萤火捕慧

谭电波 著

天津出版传媒集团
百花文艺出版社

图书在版编目（CIP）数据

蛍火捕慧 / 谭电波著. -- 天津：百花文艺出版社，2023.1

ISBN 978-7-5306-8450-4

Ⅰ. ①萤… Ⅱ. ①谭… Ⅲ. ①散文集-中国-当代 Ⅳ. ①I267

中国版本图书馆 CIP 数据核字(2022)第 221621 号

萤火捕慧

YINGHUO BU HUI

谭电波　著

选题策划：王　欣

责任编辑：刘佩莲　　**装帧设计：**云上雅集

出版发行：百花文艺出版社

地址：天津市和平区西康路 35 号　**邮编：**300051

电话传真：+86-22-23332651　（发行部）

+86-22-23332656　（总编室）

+86-22-23332478　（邮购部）

网址：http://www.baihuawenyi.com

印刷：长沙市精宏印务有限公司

开本：710 毫米×1000 毫米　1/16

字数：340 千字

印张：22

版次：2023 年 1 月第 1 版

印次：2023 年 1 月第 1 次印刷

定价：98.00 元

如有印装质量问题，请与长沙市精宏印务有限公司联系调换

地址：湖南省长沙市岳麓区观沙岭街道西江庭院 006 栋 705

电话：(0731)85817162

邮编：410023

用真诚抵达生活的欢畅

◎余　艳

我一直喜欢散文。读着读着就入心入魂，好散文就有这魔力。

说散文是相对门槛较低的文体，其实不是贬低它，是散文就从说话中来，真诚、动听，能咀嚼、能回味，再来一点起承转合的故事，你说出来的就是一篇散文。正因它的大众化，要真正写好并非易事。

“生活不只有眼前的苟且，还有诗和远方”，这是当下流行的一句话。谭电波是一位医生，他的生活应该就是看病和科研，但他同样向往诗和远方。工作之余选择一种属于自己的文体诗意耕耘，并自得其乐，实在是份雅趣，关键是他的病人也会多一缕春风拂面。

我自己是从散文步入文坛的，写了十年，在许多报刊发表，也出过散文集，后来转写小说和报告文学。散文就如根基，托着我，让读者即便说我的小说不算棒，但语言还行。读者对我的报告文学也常常惊讶，怎么还能用这样的语言写……这都得益于十年散文创作打下的坚实基础。当我拿到谭电波的散文集《萤火捕慧》，翻阅里面的篇章时，就说：比当年的我，强。

作为一名业余作者，谭电波进行的是一种去功利化的写作。这本集子是他十多年辛勤耕耘的结果，也是他灵感和智慧的结晶。他的作品，可以依稀看到他从容地徜徉在宝贵的时光里，坚定地行走在广阔的大地上，最终是从他生活的稻田里拾捡谷粒饱满的一穗穗收获。

从《萤火捕慧》一书看得出，谭电波真诚、质朴、热情，这一切构成了他作品的基调。他不虚伪矫饰、不刻意求新，遵从自己的本心创作，也就有他性格、情怀与学养的烙印。唯其真情，才会对生活的人与事细心留意、倍加珍惜；唯其真诚，才能对自己所见所闻深入思考；唯其质朴，才能够自然摒弃掉刻意追求新奇、故作姿态的毛病。

平淡质朴、娓娓道来的清新自然取胜，如雨后泥土的芬芳，过滤掉日常生活的喧嚣而显得无比沉静。这些作品在简短的篇幅中，既没有非常高深的言词，也没有空洞的说教，字里行间跳跃着一颗睿智而灵动的心。

《萤火捕慧》汇集了谭电波很多对世态人生的感悟。他的这些文字，是写给愿意在这么一个浮躁年代里还能沉静阅读并且寻求思想碰撞的人看的。悲伤与痛苦会过去，欢喜和幸福也会过去，这就是生命的真谛。生活即是不停地告别，我们由此得以顿悟和成长。哀伤是会过去的——其实，人生的挫败感和所有懊恼的、悔恨的、不自信的情绪，都应该过去。当自己总为一些事来纠结时，自己把平静的湖水给搅浑浊了。

苦难于作家来说，确实是一笔极大的财富。正是因为苦难，让谭电波得到了许多与众不同的生命体验，也让他更深刻地了解社会、透析社会。作家，其实也如医生，用文字医治社会陋习、人性垢污。“健康是人生最大的资本”，这是他毕生从事健康事业而对健康的理解与感悟。治病救人本是他最熟悉的领域，他能用纯熟的文字加以表达，这种跨界无疑对医学和文学都是有益的。他激情似火，具备严谨、专注的职业素养，又能将对社会的望闻问切充分体现在字里行间，这是一个人的难得，同时也是文学和医学这两个领域的大幸！

因此，在谭电波这些并无多少文法规约的散文作品里，漫无边际却浸润着个性与目标的饱满。如《人生如水，到哪里都要带上自己的阳光》《一切都有日期》《今夜，我去望望星星》《是树就优雅，价值彰显是人就厚德》《青皮猛兽》等，这些文章营造的意境简洁而不简单，其浓郁的诗意中闪烁的不光是怀恋里的珍视，在事物的延伸性上，同样更有着值得我们期待和重视的精神，一种思想的活性元素所赋予读者的独特感受。如美好必须牢记和遵循、无畏将战胜一切荒谬与贫瘠等。

全书收录的100多篇题材广泛、内容丰富、文采飞扬的散文作品，篇幅或长或短，涉及主题或宏大或细微，贴近自然，细品人生，锱铢入文，点滴成篇。现实的话题被浪漫化了，成了具有美感的话题；虚幻的话题被具象化了，成为真实可感的现实。在谭电波的笔下，题材总是如此广泛，有对社会环境的忧虑，有对时事的关注，还有对个人生活的叙述和表达。在他的写作中，让我感受最深的是他那颗无处不在的爱心和悲悯情怀，以及对人间大道的追寻和探求。他的作品有叩问人性的，有质疑生命现象的，甚至对一株树、一根草、一只蚂蚁，都充满了怜惜和关爱。这是作家内心柔软的东西，也是人性中最珍贵的本质。在他的眼里，所有的生命都是值得尊重的，都有自然生长和生活的权利，这是一种视众生平等的情怀。原本人在生物眼里和生物在人眼里，都是一样的，没有高低贵贱之分，正如佛教里所宣扬的“众生平等”。他解读的是一个“道”，人人平等的道，众生平等的道。这些作品，也反映着他对这个世界的认知和理解。

文如其人，谭电波为人为文大致已经形成了古雅清新、低回豪迈的个人风格。他用他的写作，向我们呈现了自己作为父亲、医生、中医药科研工作者、朋友、男人这种种角色组合而成的立体而丰富的完整形象。这个人在《萤火捕慧》里，是可触可感、可亲可近的，他用他的真诚抵达文字聚拢的生活的欢畅。

期待谭电波有更多用心感知、体悟生活的优秀作品。

人间有清音，无关丝与竹。是为序！

（余艳，国家一级作家，享受国务院特殊津贴专家。湖南省作协副主席，湖南省网络作协主席。出版长篇小说、散文、长篇报告文学等24部个人专著。代表作：《守望初心》《板仓绝唱》《杨开慧》《新山乡巨变》、长篇三部曲《情殇》《浮沉》《劫数》。曾获全国“五个一工程奖”、徐迟报告文学奖、中国报告文学年度奖、湖南省“五个一工程奖”、毛泽东文学奖、第八届“长征文艺奖”、人民网优秀作品奖、湖南省报告文学一等奖和《人民文学》新秀奖等十多次奖项。）

目 录

第一辑　改变自己就可能改变世界

第二辑　敲响命运的门

第三辑　给生命一个高度

第四辑　那边风光

第五辑　心灵的宽恕

第六辑　智慧是生的深思

第七辑　回味是人生中的一道下酒菜

第八辑 情感是漏洞百出的雨伞的补丁

第九辑　社会是个万花筒

第十辑　健康是人生最大的资本

Part 1
第一辑

改变自己
就可能改变世界

人生如水，到哪里都要带上自己的阳光

人一生中大都卑微如一滴水，在时间的长河里被裹挟前行，无法选择！而我弱弱地说：无论你走到哪里，无论天气多么坏，记得带上你自己的阳光，这是一种努力。

人天生纯净，人生并不繁杂，但在成长的路上，慢慢地染上了过多的尘埃，生命就得负荷前行。生命旅程中，人人都会遇到许多必然的境遇。一路上，既接受快乐，也承担伤痛；一路上，既接受寂寞，也承担平淡；一路上，既接受责任，也承担挫折；一路上，既付出爱，也承担爱情。似水的生命，自觉还是被逼，都得包容万物！

我们的生命，看起来如蒲公英花朵一样，随风飘荡，无拘无束，很自由。事实上，人生短促，充满了无穷无尽的无奈，无法更改的现实，无法撼动的南墙，唯有默默地自我改造，努力改变自己的心态；既然改变不了过去，那就调理现在。没有人能准确地预测未来，不妨抓住今天。人人所拥有的也只能是今天，今天就是全部。漫长的人生旅途中，谁会掸掸尘埃？谁会勇敢应对？谁会仓皇逃避？全在自身的抉择。

人生的标准并不是快乐或幸福，而是心境的高远与宽阔。自认为是那个最倒霉的人，是因为他的天空是雨天的时候，他只看到了别人身后的晴空，却没发现每个步行的人都在淋着雨。有人画饼充饥，“高枕而卧”，虚妄地想像着自己是人间最幸福的人，从来没有付诸实践，脚踏实地地去争取幸福，只是真正的失望还没来得及登门。

若不幸陷入淤泥，也要记得，只有阳光才能让水上升为云，云是飞翔的水，云是水的灵魂。岁月残酷，若有阳光，我们流的泪就不再悔恨和浑浊，而是折射了阳光光辉的童真泪。有了阳光，我们才能在混沌中坦然地做起上清液。

幸或不幸，如果有人迷失了方向，那么他将会迷失自我。

假如陷入不幸，不要让愤怒与仇恨吞没你的生活，否则你永远都不会平静，永远都不会拥有真正的快乐。在快乐来临时，千万不可沾沾自喜，不然，骄傲自满，懈怠自大，最终酿成大祸，酿成因福致祸的惨剧。

人生真正的底气，一是看破，二是豁达；一旦他能把一切都看得很淡，看开万事万物，也就没有什么想不开的，也就无惧任何失去，包括钱财、权力、荣誉、社会地位、情感、事业，乃至生命的本身。我们时刻要明白，人生中一切的拥有与失去，没有谁仅凭个人的意愿就能主宰，只能是得之珍惜，失之就坦然。生命如流水，转瞬即逝，人们都像蚂蚁般忙碌，为名忙，为利忙。忙忙碌碌何时休，到头一场空，抓不住的潺潺岁月依然故我，扬长离去。

人生艰难，身居庙堂者也有泪水，走夫贩卒、居陋室寒舍者也有笑声。富裕者未必幸福，贫困者不见得苦难。不管强大或是弱小，只要活在这个尘世里，谁也没法摆脱爱憎情怨的缠绕；笑着，忧伤着，幸福着，却又痛苦着，这便是多味的生命。心里若有阳光，在三九严寒中喝口凉水也会甘甜。心里有阳光，即使身陷困境也不会绝望，默默地吞下痛苦，用倔强的微笑打垮伤痛。

幸福其实就是一种心境，所谓“人生由我不由天，幸福由心不由境”。人的生命都活在自己的心里，终其一生是栖居在自身内心的。有了阳光，胸怀豁达、澄澈透亮，心灵随之洁白无瑕而敞亮。心灵若充盈阳光，心灵纯净得如同一滴涧水，世间再如何烟雨迷蒙，那滴清澈绝无污浊的涧水，便成了一种精神，一份信仰，那就让这滴涧水永远清凛，永远纯美。

让自己带上光芒，既是一种睿智，也是一份超脱。带上你的阳光，点亮灵魂，灵魂就动力无限，就能够把一朵花变为整个园林，把一滴水化为一股不息的清泉。

只要你心中有阳光，无论走到哪里，无论发生任何事情，你都会觉得是幸福的。带上自己的光芒，做真正的自我，不以物喜，不以己悲，诚实坦荡地过好每个日子。

人生如水，带上阳光就好！

读书，自己便是生命价值的定价人

人到中年，时间才真正属于自己，也是青灯黄卷的最佳时段。一册《黄帝内经》的封面不知什么时候开始铺积了一层灰尘，这是一册中国传统文化经典中的经典。数千年来，无数岐黄传人只是在这个大厦的墙上涂涂画画，东一块西一块，却依然还是古城墙的底色，后人居然大言不惭地说是发扬光大了。要知道，同时代还有一册《黄帝外经》，只是失传了，可以肯定的是其内容与《黄帝内经》迥异。即便如此，《黄帝内经》是寂寞的，一千个读者，一千种理解，但这不归为创新，只说明我们尚未真正理解这部巨典。

《黄帝内经》是一部活人之著，更是生命哲学，读《黄帝内经》不仅仅是职业的需要。同样，读书应该是生命的一种需要，书是我们来到这个世界的必需品。

读书本身与书中内容可能没有什么了不起。但某一天午夜醒来，蓦然发现很长一段时间没有读书了，而自己居然毫无愧疚感，说明你堕落了，说明你已不认同这个现世与现实了；你的心灵麻木了，被生活随意地裹挟在另一种可能中，被另一种生存方式束缚着。这些都和上进的生活态度是迥异的。

我们活在这个世界上，只要不是行尸走肉地活着，就会有困惑、痛苦、迷茫，就会滋生情绪，就会百思不得其解。有人挣扎后放弃了自己，破罐子破摔，在痛苦中沉沦，习惯于自我折磨，麻木不仁，浑浑噩噩；有人在书中找到振拔之途，读书，会让我们拥有属于自己的特别的世界，也会改变我们看待世界的眼光。拓宽了心胸，提升了境界，同时，心境成熟，心境平和。

读书吧，从书中寻找答案。“人们爱上的，往往都是与他们相似的人，或是他们曾经希望过的那种人，或是他们想要成为的人。”西格蒙德·弗洛伊德把人性说得很明白。人活在心态上，不能被情绪左右。读书能使人心平气和、成熟。岁月嬗变，人们日趋成长，生活负荷日积月累，理想将不再轻盈；人们逐渐变得务实，开始掂量生命，看重结果而不是花朵，甚至不再过问繁茂的枝叶。

任何成功都要付出巨大的牺牲、让步和妥协，不能迁就自己的个性，不能受控于自己的欲望，不能随心所欲；那些“功德圆满”的人是谦逊的，甚至是谦卑的。没有张扬的个性，只有约束了的兢兢业业。

一个人一旦进入了享乐的状态，就意味着他没有时间去学习，无法安静地看书，那就说明他已经停止了思考。享受生活是简单的，但是创造、奉献、牺牲都是艰难的。正因为困难，所以我们必须学会约束，充分利用短缺的资源，把所有的潜力都发挥出来，孤注一掷。

我想，如果一个人不去做好一件事，那一生太长；而做好一件事，一生太短，时间太短，精力、财力、智力都可能不够。人生焦灼就是，昨天越来越多，明天越来越少。让我们欣慰的是，人生如同故事，重要的并不在于有多冗长，而是在于有多好；这样，我们对待生命就应该抱着较为轻松随意的心态。毕竟我们只是这个尘世的一个过客，而不是这个世界的长期租客。

人生最可贵的就是没有过不去的事情，只有过不去的心情；而心情可以由自己掌控，所以，自己才是生命价值的定价人！

勤勉决定了你是谁

喜欢看央视《动物世界》，镜头中的狂野世界，常常给人以很多启迪。那些生活在丛林间、泥沼中、冰原上的动物，哪一个不是日复一日奔波在觅食与捕猎的途中挣扎求生。事实上，人类和动物一样，不管是高矮胖瘦，还是从事什么职业，都只是在田野、海洋、钢筋水泥中寻找食物。虽然人类社会和动物世界的生活方式不同，但从古至今，又何曾少过一丝那看不见的血腥。比起动物，人类为了生存，一刻都不能放松。

当然，人和动物毕竟不同，除了生存之外，我们还有更高的精神需求、独立的思想、体面的生活、社会地位、名望、财富，等等。但无论如何，于芸芸众生而言，这一切，都需要用勤勉去换取。之所以说勤勉决定了你是谁，是因为在笔者看来，每个人出生伊始，大概类似，人生苦短也罢、人生漫长也罢，生命中的一分一秒如何度过才是让你与众不同的根本所在。

老祖宗教导我们，“活着就要干事”；齐白石老人也说过“不教一日闲过”的话。这两句话虽然出自不同人之口，表达方式各异，背后的道理却是一样的，都道出了干事创业的不二法门——勤勉。

所谓勤勉，与其说是敬业精神，毋宁说是生存的需要。在回答如何取得职场辉煌成就时，美国篮球史上最伟大的球星科比曾轻描淡写地反问道：“你见过凌晨四点钟洛杉矶的模样吗？”每天早上四点，当洛杉矶还沉浸在黑暗中的时候，科比已经开始了他新的一天。事实上，那些在喧哗中最终沉淀下来的业界大咖，在成名成腕之前，无一不是孜孜以求的勤勉敬业者。

生命的快乐与幸福，谁能唾手而得？持久而竭力的争取，才能一点点接近快乐与幸福。世界上最名贵的除了良好的心理素质，还有另外一种叫勤劳的东西。勤劳不只是生活的需要，更是一种生活态度。不管在何地何境，请你让自己在勤奋中度过每一天。唯有勤勉才能成就真正的强者，才能决定你是谁！

不认命，就拼命

年少时，父母是你的面子，父母生活得滋润，周遭对你的看法更多的是友善，对你和颜悦色。父母一旦落魄不堪，这个世界待你就会冷漠。二十年后，你决定了家人的地位，你有多大出息决定周遭将如何对待你的父母与儿女，决定了周围人对你的父母和孩子的态度。不管是热药还是凉药，都不是万能的，治不了穷困潦倒，医不了世态炎凉。你可以不认命，但是你必须得拼命。

一个人想摆脱不堪获得重生的办法，要么遇上贵人扶摇直上，要么凤凰涅槃，浴火重生。遇到贵人，是个人成功的捷径，可遇而不可求，若虔诚期待，必然是一种奢望，无异于守株待兔。唯一靠谱的，就是自己的能力，就算全世界都不认同也无妨。只要坚信自己，你就能创造奇迹。如果认命，多少梦想就会被扼杀在消极的念头中。

帆不挂在桅上，那只是一块粗布；桅不挂帆，那只是一根木头。理想不践行，只是虚无缥缈的意淫。行动没有理想，只是动物般折腾。

人生没有灿烂的等待，美好是走出来的。再美的风景，如果不往前走，也只是一片虚无。心中梦想再好，如果不付出努力永远都是幻想。每个人都有自己的人生路径，如果不认命，那就去拼命。

著名诗人泰戈尔曾说过："像一支和顽强的崖口进行搏斗的狂奔的激流，你应该不顾一切纵身跳进那陌生的、不可知的命运，然后，以大无畏的英勇把它完全征服，不管有多少困难向你挑衅。"人生有无数种可能，或成功或失败，若无行动，若不挑战，结果只是徒耗光阴。天亮了，早已不是鸡说了算的年代，鸡叫天会亮，鸡不叫，天也会亮，关键是天亮了谁醒了。生而为人，宁可累死累活，也不愿闲死在家里；与其在家面壁，还不如出去迎接挑战。不论条件是多么艰难困苦，都保持不顾一切的勇气，拼命去创造各种可能。

愿此生，尽自己所能，去拼一个春夏秋冬，去赢得一个无悔人生。

一切都有期限

一册《黄帝内经》，已经有些年头了，纸张泛黄，生怕一碰就碎。原来，一切都是有时限的，包括永恒的生命。

年少的时候，我不懂这些，以为自己有很多的下一次，自己还有很多的机会，觉得自己可以慢慢地成长。直到中年才明白，人活在时间的枷锁里，成熟总是仓促而被迫。

超级市场所有商品都有期限。比如牛奶、肉罐头、碱鱼等食品类的食品；药品也会过期，包括经常使用的创可贴、防腐剂、保鲜纸等。

这个世界上，还有什么东西是永远不会过期的？

过气的老板，过气的影星、歌星，甚至最适合珍藏、商家宣称有年份的酒，都有时限。

海枯石烂的誓言，大多只是誓言。一个人的一生，很少有白头偕老的爱情，一旦没有结果，爱情迟早会结束。人们总是会有意无意地忘记那些无法拥有的人。错过了彼此的岁月，注定再也回不来了，破镜重圆依然是童话般的美好。

无论多痛，伤口都会愈合。人生没有过不去的坎，世上没有永远的黑暗；就像是黑夜过去，黎明将至。

如果错过了昨天，那就不要错过今天。过去的事情已经过去了，既然已经过去，那就让时间来处理吧，未来的事情，只能靠时间来证明了。在今天，就给自己一个机会，就给自己一个决定，因为今天也是有期限的。

世界之所以美丽，是因为它不可避免地流逝；世界之所以如此美丽，是因为它的出现恰逢其时。面对爱，我们要不遗余力地去爱，面对奔赴，我们要全力以赴。因为一切皆有期限。

梦也有铠甲

小时候，天气暖和的时候，我们不穿鞋，走在路上，如同双脚走入大海，温暖还是冰冷，柔软还是坚硬，各种感觉让我们感知到世界的辽阔与无边无际，我们只是沧海一粟。

如今，很少有人有时间赤着脚走路了。鞋如软体动物的壳，又如一些昆虫的外骨骼，我认为更像移动的小黑屋。穿着鞋走在路上，虽然安全很多，但感觉也少了很多，仿佛生活得很虚拟，正是这样才让我们越过了无数个荒唐。

鞋，成了人类腿足坚硬的外部保护装置。这是个了不起的发明。这个创造还可以引用到一些保护装备，如合金外壳等。原来，这个世界是很需要如鞋、壳之类的保护设施的，人类同时也聪明地发明了头盔、铠甲，甚至还有另一类，如精神上的马甲，尽可能地把自己武装得严严实实。

噢，可怜的人，一无所有的人，走投无路的人，所有生活的弃子们，当我们不幸成了软体动物时，当我们骨头不够坚硬时，当黑夜不能成为你的铠甲时，那就用梦、用孤独作为你坚硬的铠甲吧！

从容笑对人生

身为凡人，虽无蝶招来，却仍需芬芳，并非做作或迂腐，亦非东施效颦。我们要谢绝繁华，回归简单，拥有一份淡然的心境。

给自己留下一些时间，让身心慢下来，静下来，听一听花开的歌声，看一眼树叶舒卷的曼妙。

如果你不能忘记昨天，就不会有更好的明天。

鱼没有水会死，水没有鱼却会更清澈。不要以为你放不下的人会同样放不下你，该来的总会来，该走的都会走，别抗拒，别挽留，各自安好。如此，是不是晴天，已不是关键；有时在乎的多了，也是种煎熬，不仅对自己如是，对他人也是如此。做一个真诚的人，才能相遇有缘之人。这个世界上总有那么一个人，是你的念想，是你的温暖。

没有人能够左右自己的一生，包括自己在内，但是在很多时候，我们必须更加勇敢，更加坚定自己的选择。我们欣赏现在的自己，褪去过去的稚嫩；我们更欣赏明天的自己，比今天更成熟，更美好。没有盲目追求，就没有失望，没有挫败。

天下再大，大不过人心；行得再远，也远不过梦想。这世界上没有一种痛苦是为你准备的。何必向不值得的人证明什么？生活得更好，只是为了自己。

前路弯弯曲曲确实不是件坏事，因为你可以从不同侧面看到更多的美景；尤其你得势时，要学会从侧面看人看景。

足踏实地，走好每一步，每一天，每一个现在，这些都是你的经历，无论好坏，都是你以后的记忆。

以平常之心，容纳已发生的事；以宽大之心，容纳对不起自己的人。可以喜欢上一个美丽的人，但更要爱上一个让自己生命变得更加美丽动人的人。

醒来，就是再生。我们必须脚踏实地，必须充实而不肤浅，恬淡而不聒噪，理性而不盲从，淡定从容，不慌不忙地笑对生命！

人人皆可为王

小时候，穿布鞋还是穿胶鞋，一度跟父母较劲。自己认为布鞋又丑又土，没有胶鞋洋气，路上行走时也没有胶鞋方便，小时候喜欢在路上踏水玩耍。直到一天，猛然发现自己身后有个没有双腿的人在艰难地爬行。自此对布鞋产生“敝帚自珍”的感觉，穿上布鞋，腿脚找到了舒适、自由的感觉，不再艳羡那些花哨的皮鞋、球鞋之类的鞋子了。对脚而言，鞋无高下好坏之分，适用就好，适用为王；这也说明了凡物的潜力是值得挖掘的，如果能将它的长处发挥到极致，物件就能发挥出不一样的效能，人就能得到非常舒心的体验与感觉。

讲到权力与享受，国王是这个国家里最有权势的人。于是成为一国之君，成为许多人梦寐以求的存在，也是绝大多数人的黄粱美梦，可望不可及。而我们也大可不必妄自菲薄，我们每个人都可以成为自己理想中的君主。只要才尽其用，发挥出最大的作用，付出与回报相匹配，得到最大的回报，内心得到极大满足，你就是君主。

作为君主与芸芸众生，如同尺与寸的长短，人们羡慕尺的长，鄙视寸的短。然而尺有所短、寸有所长。尺有尺的好处，但用尺丈量山的高度未必恰当，用尺测量一张薄纸的厚度，更是不成；相对寸来说尺“长”并不能占尽全部的好处。

大而长时有很多的优点，但不能占领所有的风光。就人而言，即使权重位高，如王如皇也有他的局限性，他一生中无法享有村夫之乐、平民百姓之趣。《红楼梦》里的凤姐说得好，“大有大的难处”。据说现在的荷兰王后很为继承人问题而犯愁，她的三位孩子都害怕登上君王之位后失去生活之趣，故对王位都不感兴趣。

现代社会每一位功成名就者，都甘愿在自己的理想“国度”里，甚至一亩三分地里为王，享受高呼万岁的尊崇，享有鲜花和红地毯。比如歌手、球星，成了粉丝之王；作家、画家成了审美鉴赏者的王；学者、博士，是他专业领域内的王；幼儿园的阿姨、小学的老师整天被小朋友们簇拥着，拥戴着，他们俨然也成了王——儿童王。甚至孤独寂寞的牧羊人，在蓝天白云下，长鞭一甩，引吭高歌，仿佛天地间唯我独尊，给人一种君王的感觉。

当某个人壮志难酬或怀才不遇之际，他却依然可以东山再起，或另辟蹊径，照样为王。北宋时期的柳永，因为宋仁宗并不欣赏他，多次乡试不第，连作臣子的资质也给不了，只能做一个“民”。“凡有井水处都有柳词”，所以他在词坛成了另一类王者——词王。当林则徐被清廷贬到新疆伊犁时，沿途的官民们却竞相拜迎，泪洒长亭，送衣赠饭争睹尊容。到驻地后人们又去慰问，去求词，以致待写的宣纸都堆积如山。在人格国度里林则徐也被册封为王侯。

现实生活中，人人更是都可为王。曾经看过一个演唱会，那个演员并没有多少知名度，但当时在台上确有王者风范，台下的女生毫不害羞地大喊“我爱你”，表演完毕，就和他相拥。

国王的精神体验主要有三种：一是有成功感；二是有自由感；三是有追随者。如果达到了这三点，无论是白金汉宫里的英国女王，还是拉着小提琴的美国街头艺人，在精神上都可以获得同样的满足。而达到这些也许并不难，只要真诚、努力就行——因为它虽不是王业之成，但大小总有事业之成；虽不是权的自主，但有身体的自主；虽不是臣民追随，但必定有友人、有人缘，也就会有崇拜者。

简约人生

1. 给儿子的寄语

父亲给我取名，名字中有个“波”字，20世纪六七十年代，名字上有个“波”字是件很“时髦”的事。小时候一想起自己的名字，也觉得洋气自豪；面对波澜壮阔的大海时，顿时觉得“波”字也让自己生动起来！

老了以后才发觉，人的一生，注定要经历许多，有顺境有逆境。人生之路似波浪，一浪推着一浪，有波峰也有波底。一段路上，欢声笑语，春风得意；一段路上，强忍眼泪，硬吞委屈；一段路上，懵懂固执，屡碰南墙；一段路上，迷茫彷徨，犹豫徘徊；一段路上，自信满满，全力以赴；一段路上，失败警醒，发愤图强。

无论苦乐，最终都归于平淡，随着岁月的流逝，清秀的脸庞模糊了，心境平淡了，回味少了，回忆却多了；一个人，不需要刻意去雕琢，只需要踏踏实实、平平淡淡地活着，才是最真实的人生。一个人不会因为顺境或处于巅峰而骄傲，也不会因为逆境和低谷而垂头丧气。时常扪心自问，出生之前，谁是我？出生后，我是谁？我最得意的时候是谁？当我迷茫的时候，我是谁？当你遇到挫折的时候，一味的埋怨和愤怒，注定了你永远都是弱者。

2. 简单生活

6月时就焦虑今年蜡梅会不会错过今年的盛开；还是两三岁时就思虑儿女将来是否能成龙成凤。所要的太多，往往一无所获；太多的浮光掠影，恰如蜻蜓点水，波澜不兴。

古人云：将军行军不追野兔。人生中我们迷失了自我，忘记了初衷。生活中，无非是一天三餐，一张床，一间房；我们想得太多，追求得太多，常常把一大堆“杂物”塞进自己的心里。

人生何其烦！简约行事。简约，是指一份精神，一份高贵，是指一股值得心仪的气氛。简约为人，简洁处事，简单生活。

人生何其简单！无非就是坦荡，心若无恙，心无旁骛，其奈我何。

平凡的生活，简单的生活，谁也看不透神秘的未来，谁也改变不了无奈的过去，只能置心当下。

简单的生活，鲜花自然会盛放，海阔天空。

3. 敢于行动

一件事，我们想得太多，设计得太完美，结果成了最主要的阻碍因素，最后被迫放弃。比如写稿，动笔前，颇有冲动，想写出一篇佳作，左思右虑，一拖再拖，迟迟不能动笔，到了迫不得已，反而文思枯竭，难以下笔。只得枯坐桌旁，胡思乱想；或者，四处走动；或是东看西阅一些闲书。最后，压力越积越大，身心疲惫，心灰意冷。寥寥数字，终难写定，最后不了了之。

生活中很多事并不是想象中的那样艰难，再艰难的事情都有一个开始；生活中许多快乐总是转瞬即逝，美妙的感觉总是迅速结束。

无知者无畏，却能一路跌跌撞撞，见招拆招，居然成功了。

任何时刻，我们必须要勇于开始，才能赢得更多的生机；出发了就不会迟到，任何时候都不算晚。因为你有目标与远见，一步一个脚印向前走，整个世界都会为你让路；不要后悔，因为这是你选择的路。就将一路走来的脚印编成花环，用一辈子来回味与享受。

4. 没心没肺最健康

健康地活着是人最本质的职业，其余只是“高大上”的点缀而已。如何能健康地活着？中医说，不健康的因素：外因、内因、不内不外因，解释得如同高品质的废话，但从科学上也能说明一些问题。外因致病如感染细菌病毒，或因化学、物理等因素，就个人而言，避免或去找医生解决，而内因个人承担着很大因素，七情六欲，与性格、心态、修养、习惯、行为等有关。

人生是一场旅游，奔波在春夏秋冬的路上，不管风光与否，但绝对少不了“风景”；仿佛绑在时间的列车上，不会因为你的心情多一分钟，或少一分钟。所以，有喜有悲，有苦有甜。旅途丰富多彩，繁华与荒凉交织在一起。看过的风光也不必留恋，转瞬即逝；无论多大的痛苦，都不必耿耿于怀，睡一觉就会忘记。背负着昨天追求明天，艰难度日，会累坏每一个当下。不如边跑边忘，体会每一次迎面而来的快乐。健康幸福人生的一项条件是：烦恼不过夜，健忘才快乐。

如是，没心没肺，才能活得长久，才能真正健康。

5. 以远方为地板

一只小甲虫躺在一片树叶上，这片叶子就是一张绿色的床，周围的几株树木就是甲虫的城市，是小甲虫的天地，也是甲虫森林世界的天花板。小甲虫睡得那样安稳，似乎面带微笑，甜蜜舒坦，它似乎十分享受这个惬意的虫生活。

我们的城市，满目的高楼大厦，钢铁和水泥的缝隙里，种满了香樟、梧桐、桂花树。这些树就是我们的城市，绿色的床。

内心告诉我们，我们不能像那只小甲虫一样活着，我们的视野，应该有大海、天空、原野、沙漠，这样才能撑大甚至跃出自己的井口，看到宽广世界的无边无际，突破心灵的狭隘。

要努力哦，为了生活，为了烟火，为了今夜的风和月。要去找更远的庭院，拾更远的柴火，走更远的路，看更远的景，去捕捉更远的自己。

无数人的人生天花板高不过自己的头顶。有人豪语山高人为峰，只有极少数人以远方为地板。

6. 穿合适的鞋，才能走更远的路

励志大师傲然而立，慷慨激昂，天再高又如何，踮起脚尖，离阳光更近。命运如手中的掌纹，曲折杂乱；若由此心乱或心清，命好或命苦，只是心态好坏罢了，其实命运始终攥握在自己手中。台下，黑压压的一片，群情激愤，仿佛火山喷发在即。

然而激情过后，回归现实生活当中，更多的人却如同火山爆发之后，继续沉默，一百年，或者一千年，像座死火山，一切归于死寂。

诚然，生活中的有些事，努力了，可还是收不到预期的效果，不如果断放弃。像是一只皮鞋在高速列车上被挤下来，还不如忍痛把另一只脱下来扔到窗外。及时调整并寻找新的努力方向。人们常劝说那些诗词爱好者，努力耕耘诗坛十余年，依然写不出好诗，不如远离诗词，再发展自己别的爱好。

不是不够努力，而是我们的选择出了问题，选择的方向上出了偏差，南辕北辙，与才能不相称，才不配事。只有穿合脚的鞋，我们才能走更远的路。

即便豪言再如何上口，还是需要践行。

没有比人更高的山，没有比脚更长的路。豪言是适合人类整体的，对个人而言，就要找准自己的“山”，自己的“远方”，努力追寻，并且在反省中进步！

梦想是价值的源泉，理想是灵魂之骨；决定未来的是眼光，成功很重要，但持之以恒更重要。然而一切的前提是要找到适合自己的“鞋”与“远方”。

7. 不放弃无奈人生

从出生时的启幕到百年之后的落幕，看起来遥远绵长，如同孩子们手中刚买的铅笔一样，用着用着，不知不觉就嫌短了，还不包括铅笔迷迷糊糊中的丢失与中途的夭折。人生真的短暂，生命真的局促！很多事情，我们总想等到将来的某一天，或是某一段时间再去做，到最后却始终没能做成，不了了之。人一辈子其实做不了几件事，所以，想做的事就赶紧去做，并且尽量把它做到最好，机不可失！这样才不会留下太多的遗憾和悔恨。如同女人穿衣打扮，有身材时没钱，或者被迫穿上统一的服装，如学生服；有钱自由支配时，却没有身材。

说到底，生活是一场追逐，一场活生生往死里去的追赶。

用青春赚的钱，难赚回青春，我们依然不敢蹉跎岁月。青春的生产与消磨是生命不能回避的过程。如同鱼不停地觅食，又在不断运动中消耗；看似折腾，实为鱼的一生。我们的机体同样需要能源，也同样在生活中以种种方式消耗，这同样是生命的刚性需求。

用幸福换来的钱，难换回幸福，我们也不得放弃希望，如同沙漠也不放弃绿色。

用爱情索取的钱，难索回爱情，我们依然坚信爱情，爱可以创造一个崭新的世界。

用时间挣来的钱，难挣回时间，那么富余的时间还能用来做什么呢？

耗尽一生换来全世界的钱，全世界的钱也买不回你一生，万能的金钱只是局部的结论，反过来没有钱却是万万不能的。

人生无奈，我们无权轻言放弃！

8. 不是所有的水滴都想入海

人的情感千姿百态，难以穷尽。

有人在他人身上看见了自己的影子，莫名地产生了一种亲切感，想给予一切可能的帮助到倾己所有，就像是终于可以向曾经的自己伸出一只手。

但你以此感觉去牵手另一半，则谬矣！你即便翻过一万座山峰，走过无垠的荒野，如果那扇门没打开，你撞见的只是一垛垛高墙，你的双手何能牵些什么？！

如果说爱，似涓涓小溪，可汇聚成河成江，奔赴大海。但也不是所有的水滴都想入海。

人生应追求的两件事，爱和自由，既然爱而不得，你还是自由的，那就去选择，天涯何处不芳草。不必强求一树长青，因为你早已拥有了一座森林，而真诚的爱便是森林。

9. 遇见秋，枯木逢春

春天最好，夏天爱男人，冬天爱少女，秋天最爱我。唐诗佐酒，宋词伴茶，白日阳光温暖是免费的，带着凉爽秋风的傍晚是免费的，一年春夏秋冬四季的光阴也是免费的。踱着步，我慢慢理解世界，世界也慢慢理解我。看着环卫工人扫除落叶，我是否也要把斗室扫一扫，把心地扫净？至于明天的地与落叶还是等到明天吧，因为，此时，阳光正好！中秋的风景最美，是一年夕阳之下的一切总和。不是黄昏远胜夕阳之下的一切总和。此时，万物就不需要争什么了，坐下来，岸边还是山边，抑或那条石凳上。今夕何夕？薄酒清茶都随你，一杯装乡愁，一杯装明月；今日何日？一袖携柔风，一身沐暖阳，也都随你；听风，听雨，看落叶，看柿红，都随你。一座城市遇见秋，喧嚣不已；一个人遇见秋，宁静如秋。

10. 时间是至亲

我们知道这并非你的软弱，因为好人终有好报，只是时机未到。选择宽容，你并不怯懦，因为宽容他人就是宽容自己，时机合适时幸运就会款款而来。选择糊涂，你并不真糊涂，因为有些东西不争也会来的，用不了很久，你耐心等待便是。

人生在世，莫问前程，勇往直前，不是麻痹自己；时间会主动地向你示好，和你交朋友。壮士暮年，贫困交加，艰难生存，度日如年，数不清的薄凉。我们说，别悲观，珍惜余生吧，与时间交朋友，拥抱时间吧，就是珍爱生命。

多少人劳而无获，画虎类犬；养龙不成反成跳蚤。比如疫情期间，疫情肆虐，全球有多少人颗粒无收，有多少人屋漏又遭连夜雨；不要埋怨，静下心来，把自己交给时间，与时间交朋友，时间才是财富。

人生是一个日子连着一个日子，一寸光阴连接一寸光阴，这样，人生不仅有峰也有谷，而不是一味的低谷，终会是层峦叠嶂，终会串联成一串项链。这样的人生才圆满，一年四季才分明，才丰富多彩。黑夜绵长，白昼总会应时来临。与时间交朋友吧，时间是至亲！

人生优雅

元旦去了一次乡下，村级公路很窄，坡上，四只鹅列队迎面走下来，鹅们步姿优雅，步调整齐，走得从容不迫。不管鸣笛还是闪灯，鹅们不为所动，不慌不忙，镇定自若。给人一种自然、大气、尊贵的遐想。我们干脆把车停在坡底，行注目礼欣赏着让鹅们一路优雅地走过。

生活中，我们很艳羡那些如鹅一般优雅的人士：

一个美女，不轻狂、不浅薄，美丽而不自知；

一个老者，不苛刻、不倚仗，德高望重而谦卑；

一个身怀绝技者，不张扬，乐于助人，热心而低调；

一个智者，不盛气凌人，大智若愚，不嘲讽他人显摆聪明；

还有那些为人真诚，心地善良者。然而，我们还得看看风光背后那些艰辛的付出。鹅在水面上看起来如同在平地上一样显得优雅平稳，但如果从水中拍摄，就能看到鹅掌的另一幅景像，双掌交替，奋力在水中划着，遇到水流越发努力。

我们日常所见的那些成功人士、优雅人士，如同用健硕拳头砸在坚硬的钢板上，有人时，看起来拳头强硬，其人也若无其事，动作优雅；但无人时，他们却因疼痛忍不住龇牙咧嘴，拼命跺脚。如同水上浮游着的鹅，表面上从容淡定，其实在看不见的水下，鹅的双掌却无声地拼命地努力着。

谁想有个优雅的生活，谁就得勤奋努力，用行动去争取和证明。必须得跨过一个又一个坎，只有这样，幸福和快乐才是最有说服力的；你的快乐和阳光的生活才能感染和传递给你周围的人，那么你才是幸福优雅的人。否则，当父母要求你尽孝时，除了泪水，一无所有；当儿女们要求你抚育尽责时，除了惭愧，一无所有；当你回首过去，除了岁月蹉跎，长吁短叹外，也是一无所有。

生命充斥着痛苦，任何人一辈子都要面临生、老、病、死、爱别离、怨憎恚、求不得等各种痛苦。面临痛苦时有的人真的痛苦，甚至就此放弃自己的人生甚至生命。但是，更多的人再如何泪流满脸、心如刀割或者无助茫然，依然忍受一切，扛着痛苦，正视、坚持、刚毅、坚定地走下去，你优雅了！

生命中，并没有永恒的疼痛，再深的疼痛，伤痕也总会痊愈。生命，并没有永久过不去的坎。以平常心应对生活中的所有困境，克服一切走出忧伤。慢慢地，一切都过去了；慢慢地，一切淡然了，生活正常了，你优雅了！

当你淡定从容转身时，你反而更感谢那些曾经影响你的人；是他们历练了你的心灵，使你的心灵从软弱迈向刚毅；是他们增加了你的生命经验，使你体验丰富多彩的生命，使你真正从幼稚迈向成长、强大，你优雅了！

弱者在挫败中颓废，强者在挫败中强大。正是在一次又一次的挫败中成长，你学作杨柳，虽然柔软但也坚硬，狂风刮不断；太刚强的大树，会在狂风中折枝拨根。你学会勇于接受，学会坚持，学会适时放下，要学会微笑；渐渐地，你明白了自己该做什么，不该做什么，不盲从，不困惑，你优雅了！

优雅的人生是一种智慧，一种从容，一种豁达，一种对生活的彻悟。

美好才能遇见美好

灵魂的本质是流浪，因为美好永远只驻足在远方。

大自然一旦怀春。春天会从容地穿越荒漠，坚定地穿越沧桑，穿越千山万水，毫不犹豫地舍弃过去。新的时光将会争先恐后、匆匆忙忙地萌发。

几场春雨之后，春天的画卷丰富多彩，一卷卷展开，迎来一树一树花开。你瞧，田野上出现了青草和青烟，河流在欢快地流淌着，炊烟从山影里升起，袅袅于我们心间的是花香淡淡。

那么人间的春天呢？人世间万千风物呢？

山无语，水喑哑。梅花烂漫，我们还是不能爬出深冬的夜，隆冬的夜让我们依然如此落魄。梅花不畏雪霜，同样也不能吹熄让我们陷入深渊昏庸的风！

灼灼桃花，风光明媚，可否轻松带我们走出漫长而黑暗的甬道？！

辽阔的沃野，广漠的山川，天高气爽，我忽然听到春的哨音，在内心深处。哨声仿佛在说，一种春诞生在心中。心中怀春，心中有爱，才能驱出荒芜，赶走苍凉！

江河喧嚣，大海沉默，城市极尽繁华。总有一块土地，带来春的哨音。栽花、种草。我们奢望的春天，就会行色匆匆从暮雪中赶来。

赶紧扬鞭催马吧！在黎明前给百鸟一个交代，在曙光乍现的清晨，叫醒沉睡的花朵，百鸟报春，花朵才与春天相遇。

在大地的缝隙间，让自己长成一簇花，长出具有敌过万千风物的神采，这样，美好才能遇见美好！

大气成大器

一只青蛙，如果不熟悉生活着的那口池塘，是十分危险的。青蛙终老率不足亿分之一，故心中常戚戚；如果是鲸鱼，海中巨无霸，海洋中遨游时，就已威风十足，舍我其谁？

芸芸众生，天敌甚众，人类因智慧而成为最高等的生物，世界万物只可仰视，视之为“上帝”。

让人骄横的是欲望膨胀，让人成为万物之主的是心胸博大！

心若海，生命似海；大海无边，天作岸。唯有浩瀚如海，才能陡生无穷力量，掀出滔天巨浪。做人如大海，方能百折不挠，不惧风浪，波涛不惊，冷观繁华，方知生知灭。宽阔的海洋可以容纳一切，宽阔的胸怀可以容纳一切。

大气者，言语缓迟，慢条斯理，不急不慢，不骄不躁，不怒自威，举止不张狂，动作沉稳，举止自然，活得真实，鲜有表演。如国画留白，观者别有遐想，甚得其韵，所谓“虚而万景入”。

大气者，如一簇花，生长在山谷深处，人迹罕至，依然不亢不卑，不媚不娆地盛开，任花香淡雅而悠长。

大气者，如大树坦然，一半根深泥土，不以为辱，化污为养，一半优雅地叶茂、花开、果熟；不落寞，不怨不尤，也不孤傲，静观通衢大道上车马川流不息。故芳草年年凋谢枯败，而古木千年郁郁。

大气者，安心本分，认认真真干好手头上的事务，不为名利而争斗，不为金钱而纠缠。

大气者，有水的清澈，就不惧猜疑，无须矫揉作态；大气者，有海的胸怀，就不惧流言，一江浊流又能如何？大气者，山水的宁静，就无视纷扰，再沸腾的海啸也跳不出海岸。

无争、不辩，不畏、无惧，才是真人，能够称之为“上帝”的人。

做人一定要体面

在人生花季，我曾就读于武冈一中。高一的时候，教我们化学的是欧阳祖雪老师，他多次在课堂上讲到“做人一定要体面”。也许他只是随口一说，但我却从中获得启发，受益终生！

20世纪80年代，作为农村的孩子，我们都很穷。港台文化刚刚在我们县城（当时还是武冈县）传播，孩子们对那些光鲜的服饰与靓丽的妆扮很是羡慕。看着缀了补丁的衣裤，我们埋怨起父母，埋怨起生活，认为我们农村人很不体面，是一群没有尊严的小“乞丐”。在少年不知真“丑”味的时候，欧阳老师给我们教诲，他说：没有好衣裤，并不可耻，只要干净卫生，照样可以挺胸走路，照样体面。没有饭可以喝粥，没有肉可以吃素，但没有知识就没有希望。这个世界很大，不能够更体面地生活着的人也很多，我们先要自己体面起来，努力读书，积极向上，就有体面。一个人只有有目标有方向有进取心，才能进退自如。能够“由自己主宰”，就是好人生，就是体面的人生。他让我们务必记住：只有勤奋努力，学习时稳扎稳打，才能理直气壮；只有“用体面的方式”，才能真正“赢得世界”；体面应该是世界上一件至高无上的事……这些话，虽然不是用普通话说出，但肯定不是普通人能说得出来的。不谙世事的我们似乎都听懂了一些，至少我是听懂了、听到心里去了！他告诫我们：即便我们到了绝望的时候，也要体面！

不劳而获是不体面的！世界上唯一可以不劳而获的是贫穷，唯一可以无中生有的是白日梦。没有哪件事是不动手就可以做好的。只要你愿意走，总会有路，人生贵在行动，迟疑不决时，不妨先迈出小小一步。前进不会留下遗憾，若美好，叫作精彩；若糟糕，叫作经历。

他说：每个同学家庭出身、个人禀赋是不同的，如同元素周期表，你们现在可能是金元素、银元素，也可能是氢元素、氧元素，并不能说金元素、银元素就比氢元素、氧元素高贵，都是由原子核与电子组成。正如你们的现在，都在一中学习，都是在一间教室读书，是平等的，但最后成为什么样的化合物，做成什么样的人——高考是一个熔炉，就业、婚嫁等都是熔炉——都得看你们个人的勤奋和机遇了。

一味抱怨，一味埋怨，不体面！任性不自制者不体面！朝天吐唾沫的人不体面，因为最终弄脏的，往往是自己的脸！终日忧伤不体面！一天只忧伤一次才体面！绝望中还能抬头才体面！体面的成功才是真实的成功，才可持续！

同学们将来能否过上一种风平浪静的体面生活呢？求学阶段，唯有发奋读书，这是体面的不二法门。

人活在世上，就像船行于海中。遭遇风浪、饱尝颠簸，乃是人生的常态，任何人都无法拒绝。生命的意义在于经历，成功也罢，失败也罢，正是一串脚踏实地，最终汇成了我们每个人或长或短的一生。离开了大海的船最安全，然而，船一旦离开了大海，也就失去了体面！落在鸡群的雏鹰并不可耻，但终生如鸡一样在泥土上啄食，才是一件不体面的事……

那时候的老师，并不是一味教人知识，还做育人工作。我们很幸运地遇到欧阳老师，他个子不高，健康，声音洪亮，讲人生道理时，他总是要走下讲台，站在教室中央，娓娓道来，没有距离感，很有亲和力。

还有很多老师也很风趣，比如每月所有的同学都要整齐地站在操场上或坐在礼堂里，恭敬地听唐义芳校长训话。唐校长讲话幽默睿智，很有老庄的风味。一次会上他说：你们同学要有尊严，不要饿着肚子走亲戚，哪怕是别人请你吃饭。最好你先要吃一点东西垫垫肚子，否则，不是吃相难看，就是坐立不安，这些都是不体面的。

三十多年来，母校老师的谆谆教导一直回荡在我心间：体面是从容的，需要自制，需要准备，不能率性而为。

懂得欣赏自己

一个年轻的女子很介意自己没能长有一颗巩俐式的虎牙，四处打听，终于找一位牙医拔了自己的那颗门牙，装了一颗并不协调的“虎牙”。事后证明：原装的还是最好的。

人们的遗憾是，不知道自己是幸福的，也为他人所艳羡；忽略了当下所得，念念不忘自己未得与过往所失，耿耿于怀得不到与得非所得的，在已失和未得之间纠缠，无法释怀于当下。

你若纠结过去，就会忽视现在；当你忧伤索而不得或得非所得时，又一个当下的幸福就会在一刹那消失了。

因此，我们要学会欣赏自己，固守当下，用心当下，让心灵与当下融为一体，坚实地活在当下。

欣赏自己！

每个人都是上苍的宠儿，都有自己的闪光点。你的优秀无需他人证明。

对自己有信心！一个真心喜欢你的人，绝不会抛弃你，就算他有千百个理由与机会来放弃，但也能找到一个喜爱你的理由而坚持下去。

欣赏自己！

不能轻易让自己掉泪。世界是一面镜子。你笑，整个世界都跟着笑；你哭，整个世界只有你一人在流泪，此时世界对此置若罔闻。

欣赏自己！

做一个宁静的人、和善的人、笑容常挂在脸上的人、内心洒满阳光的人，做一个把幸福放在心窝上的人。

欣赏自己！

时光永远年轻不老，我们逐渐老去，但童心未泯，也是件令人骄傲的事情。

幸福不会缩水

1. 人生的欢乐

万事预则立，不管你怎么算计，都无法改变这个世界上的变数。再如何细心谋划，也消除不了人世间的不测风云、旦夕祸福。

人生旅途不是康庄大道，四处泥泞。未知的人、缺憾的事，如风，如雨，突如其来地出现；但不能因此而否定生命的美丽，不能否认生活的美好。诚如我们不会因为一朵残花而否定整个花园的芬芳，也不会因为一棵枯萎的树枝而否定无穷的绿色。

短暂的生命有时也会流光溢彩，犹如一轮皎洁的月照晒在石头上，一缕缕柔和的月光，温柔地抚摸着岩石，石头如晶莹剔透的宝石。这种恬静和柔美，奇迹般地点缀着大自然。

欢快、活泼的瞬间不经意穿越过来，让你的生活瞬间情趣盎然；人们所能享受的、把握的，往往不过是这么一个小小的“此刻”罢了，就像一闪而过的江岸风光。天上的飞鸟，身姿优雅，我们不能抓住飞鸟，但我们可以给飞鸟拍照，抓住鸟儿飞翔的瞬间。

人可以，所有的过往都可以被追溯，所有的将来都可以来期待，但是，动物不能。

2. 真快乐

中国人普遍严肃正经，忧心忡忡，鲜见纯粹快乐的人。

快乐是人的本性吗？不知道。但人肯定不为忧伤而活。怎样才能快乐？首先，请不要把自己的幸福寄托到别人身上，否则，你一定会感到失望和痛苦。也不要将自己的快乐全部倾注到物质上，因为灵魂的灰暗会使自己变成一个乞丐，而不能让灵魂得到充分的慰藉。

世间之事，皆有喜怒哀乐，莫要过度沉湎在负面的情感之中，悲伤、忧虑、愤懑、仇恨……不是愤世嫉俗，不是与世俗脱节，就是病怏怏之态，一蹶不振，让人不快，一事无成。

世上万物，悲欢离合也无情，不要不良情绪，忧伤、仇恨……不是让自己愤世嫉俗，与社会格格不入。

没谁能寻找到让自己一生都快乐的源泉，唯有自娱自乐，才能得到真正的幸福。

3. 一种幸福叫随遇而安

流年翩然，时光轻转，岁月如梭。看似无常却有常。其实生活并没有我们想象中那样美好，也没有想象中那样差劲。

你累了，疲惫了，不是路远，不是颠簸，是你迷失了方向，走错了路，忘记了自己要去的地方。一个人如果有了自己的目标，是能够忍受一切的。

你若痛苦，并非因为诱惑缠绕了你，而是有太多的麻烦。当你沉迷于轮回，并非为红尘所束缚，因人世间的羁绊，而是因为不放下自己的妄念或执着。

当秋阳催熟了果实，日历翻出了白发，也许你会明白有一种幸福叫作随遇而安，也许你会懂得一种快乐叫作顺其自然。

4. 幸福由心不由境

幸福是一种没有任何复杂性的自我感觉。饥时，食物能让人幸福，吃饱就好；渴时，水能让人幸福，够喝就好；寒冷时，衣服能让人幸福，温暖就好；穷时，钱能让人幸福，够用就好；累时，闲逸能让人幸福，舒适就好；困时，睡眠能让人幸福，足眠就好。爱时，牵挂能让人幸福；离时，回忆也能让人幸福。

为人一生无非六个字：看懂，看透，看破。

读懂人情世故、转面炎凉；看透功名利禄、浮沉升降；看破生老病死、物理常情。这个世界，说大也不小，见多了，也就看淡了。

我们一生，都是租来的光阴，为生命打一份工而已；认真，但不能太较真；很多事情之所以简单不起来，是因为太在意。不妨设定：人生，由我不由天；幸福，由心不由境。

5. 我们需要多学“笑”

很多动物“微笑”的萌态，让人忍俊不禁。然而，除人类之外，所有动物是不会笑的。微笑是造物主给人类的一份大礼。人类学家花大力气研究，发现人类的笑与哭两个动作的巨大差异，笑是无师自通的，而哭是要学习的！现实生活中，哭却比笑容易得多，出现的频率要多得多。说明现实让人发笑是不易的，艰难的！

为此，人们需要多展露“微笑”，甚至需要假笑。笑是人类一种珍贵的行为，是一种高贵的品质。吃亏的时刻坦然一笑，是一份旷达；被人误会的时刻微微一笑，是一份坦率；受委屈的时刻淡然一笑，是一份豁达；无助的时刻达观一笑，是一份大度；危险的时刻泰然一笑，是一份无畏；被人轻蔑的时刻冷静一笑，是一份自信；就连细小到觅到一盒好茶，也要舒心一笑，这可是一份知足。

6. 完全可以不痛苦

为人一生艰难，一是生存的不易，二是自身纠结过于激烈，所以我们总是患得患失。得不到，苦恼；得到了，不过如此，也痛苦；轻易放弃，事后发现十分重要，也后悔痛苦。

人世间有三种苦，无人能够绕开。既然如此，何不将自己一生的利害得失看轻一点；保留一颗平常心，或许苦痛就会减轻一些。既然我们不可避免会遭遇到各种各样的创伤，并且不会因为懂得，痛苦就能减轻，那么，不如告诉自己，今天就让自己先快乐。

7. 别犹豫

旧事归尽，包括往昔岁月的自己，对普通的人来说，死后八十年，仿佛从未来过这个世界。

来年依旧花开如新，我只是海岸边远处的一尊石头，冷眼旁观着，时间之潮给我卷来数不清的千姿万态，我却不能保留一束浪花，甚至连一滴水也溅不上身，所有的浪花早溜得无踪无影，只是心中免不了阵阵莫名惆怅。

谁也不能说，等待与犹豫不是小偷，其实，他们更是杀手，最无情，不见血的杀手。

我总是想等一个最合适的机会做出自己想做的事情，然后就在犹豫不决中虚度光阴。做事确实讲究机会，行动才是最好的机会，机会从来不会虚张声势，只潜伏在行动中。

检测一个人是否有作为，试问一下：我们年老时还有没有勇气，能做出新的选择、能追求新的目标，还能不能坚持做一件“不死不休”的事？

人的一生最可怕的是一直找托词说等待最佳机会，在犹豫中徘徊。这其实是：人未老，心已死，心死了，时间也跟着死了。

岁月永远年轻，人日日老去，你若童心还在，老骥伏枥，也是一件值得骄傲的事。

8. 不能丢了自信

自信是人生中的阳光，若无自信，影子也不屑与自己为伍；连自己都看不起自己，那还有谁看得起你？丢掉什么也不能丢掉自信。

自信其实不需要有气吞山河的气概，能自我欣赏就好。

学会欣赏自己，就当自己是一把游走天下的好剑。如花，有无欣赏也要芬芳；如鹰，有无鼓掌也要飞翔。

欣赏自己，无惧他人的眼光。跌一跤，爬起来掸掸灰尘，坦然前行，不去左顾右盼。不去小心翼翼地活在别人挑剔的眼光里，只求自己保持善良和纯真。在这个世上，自己才是最能左右自己心境的那个人。好好欣赏自己，才会让自己变得更豁达更从容。

自我欣赏，人生才会活得现实，活得淡定；少了攀比，就少了焦虑，真正明白人生所需。面对浩荡大江，渴了取水一瓢即可。不要成天异想天开，真心实意地做人，用情用心地做事，要活得现实，永远走在正轨上！不管我们到了多大的年龄，都要学会欣赏自己，永远保持一颗童心，不管生活有多么艰难，都要快乐地活下去。

别丢掉自信。欣赏自己，富则兼济天下，穷则独善其身。走好自己的路，其实大家也都在忙着走自己的路！

青皮猛兽

1. 世界总有风

一池水，水静，水中月亮倒影完整；水面摇动，水中月亮破碎、离散，看见波光粼粼。

我们的思想也是这样。心情摇曳了，思想就晃动了，我们就看不到真实完整的世界。

淡泊是心境至高境界，“不以物喜，不以己悲”。能达到者廖若晨星，一般难望项背，无法企及，他们免不了以物喜、以己悲，生活中面临着各种得失，美好易逝，丑陋难除。比如爱，是那么短，遗忘又那么长，痛苦绵长。比如恨，如一棵生长畸形的芽，那么难拔，折磨一生，人心又是那么易碎。

心情只是生活的一块影子，不是全部，却罩暗了整个生活，左右了全部。心态若好，风和日丽，什么皆好，心态不好，风雨交加，一切都很糟糕。我们往往不是败给了别人，而是败在了一个不好的心态。

心情有贵贱、高下之分。心情好坏也是一念之间，你若欣赏，心情就是你捧在手心中的瑰宝，熠熠生辉。如果厌恶，大脑就会选择无视，糟糕的心情便是路上的泥泞。

好的心情可以培养好心态，好心态也可以培养最好的自己。

2. 是谁在囚禁自己

一天，去医院看望一个瘫痪多年的病人，医院建在老城区，楼与楼的间距很短，仿佛伸手可触，这位朋友的病房开了一个很窄的窗户，可以看到对面楼房的外墙上的一小片斜阳。

对面那面墙斑驳陆离，长着一株绿草，小小的，嫩嫩的，在微风中摇曳。我想，能看这株生命力旺盛的小草，应是住在这个病房的病人的最好安慰了，也是他们所能感受到的生命中最蓬勃的生机了。可是，在如此窄小而人多的病房，谁能有机会通过小孔窗户看到对面的野草？对面墙体上只长了这株小草，在生命垂危之际，能够看到阳光与绿意盎然的小草，是一桩何其幸运的事！

作为健康人，我们的窗外，绿树成荫，鸟鸣稠密；我们的头顶就有蓝天白云，我们的身边就有鲜花绿草，没有疾病把我们禁锢在病床上，也没有什么人把我们囚禁起来，但我们却自己囚禁了自己。还有一些看似正常却患上抑郁症的病人，也把自己的思维囚禁在黑暗的意念中。

人们常常在追不上时才去追，味尽时才去品，不得已时才去珍惜；当生命一地鸡毛时，才想办法去捡拾那些碎屑，重新拼凑试图恢复美好。这也是另一类的禁锢自己。

3. 半杯水的悲观与乐观

同样的半杯水，人们的认识是不一样的，有人乐观地认为还有半杯水，有人悲观地认为只有半杯水了，“还有”“只有”，一字之差，最后的人生结局可能完全不一样。

乐观的人发现问题背后的机遇，悲观的人却只能看到机遇背后的问题，机会胜过明星，高傲矫情，善于伪装。恰如明星上街时，既戴墨镜又戴口罩，弄得面目全非。

不管你等候了多少年，机会从来不会主动敲响你的大门，它只会像一阵风，拂面而过，一般人是没有相应的机敏与力量去追踪，进而捕获的。不妨笨鸟先飞，持久向着某个目标前进。如同炒股，高手总能做到“卖在下跌前，买在上涨前”，而普通散户沉不住气，总是股涨前割肉，股跌时贪便宜而匆忙买入，一点本金经不了几个折腾。股市上，若无敏锐的眼光、高超的投机能力，就不要轻易离场，总有守住一场春暖花开的机会。

机会也是能被感动的，能守到的，那就充分激发自己的创造力，挥汗且用心，你的手上自然就会攥紧机会。人生路上，虽然微风没有颜色，吹拂之后却也绿意一片。

4. 没有真正的绝望

秋天到了，树木不得不丢弃树叶，心很痛；但一个冬天，又让自己在宁静中积蓄了力量。春天一到，芳华依旧。

同样是树，移栽前，需要将树枝砍掉，几近秃树，十分残忍；植树者说，恰好这样，养分才不分散，树干和根才有足够的养分确保存活。

只有生命还握在手心，生命之火就永远不会熄灭。

当透过一瓶盛装黄河水的塑料瓶去看前方，则满目混浊；当从云端俯瞰大地，黄河只是一条与森林田野缠绕在一起的黄带。一时的成败得失，也只不过是人生中的一次小小感冒。

让疲惫的心灵休养了，心灵的修复是生命不干涸的源泉。

5. 三七开

如来佛的手掌，孙猴子是逃不出的。

“心”字有三个点，没有一点不是往外蹦跳的。如果胸怀不阔不广，你越想抓住，它们往往就越急于逃逸。

凡事随缘，缘深多聚聚，缘浅随它去。

生活中，看轻看淡什么，痛苦就退隐多少。最好的生存法则不是十全十美，而是三七原则。做人，三分装糊涂，七分是清醒；做事，三分天注定，七分靠打拼；最佳饮食，饭吃七分饱，茶倒七分满，饮酒却是三分醉七分醒，做粥时三分米，七分水。对待亲友时三分谨严，七分容忍；对待亲人时三分爱护，七分责任。

三七开是黄金比例，所以，凡事三七开才好！

6. 不能躺平

人的一生，如草，春秋一场。

草原上的草木丛生，丰茂、自由，沐风浴雨，听风雨交加，看天际黎明的吐出，阳光明媚，微风送曛。所以草木不会刻意去逃避黑夜与风霜，不亢不卑，坦然面对。小草若去找依靠，寻靠山，躲在森林深处，大树之下，少了风雨，也少了阳光，虽说安静了，躺平了，但离枯萎也不远了。

人的成熟，一半是对美好事物的追求，一半是对残酷真相的接纳。那些报喜不报忧的人，不是所图，就是同那些屏蔽真相残酷的人一样，不独立，不成熟，内心脆弱，因为独立就意味着直面惨淡的人生，敢于正视淋漓的鲜血。

及时止损，止住了对过去的一贯，左则右寡，遇南墙则转弯。不能因噎废食，因善良受骗而穿戴铠甲，自陷孤独而怀疑人生，更不能从此放弃对未来的期待。

一片叶子的远方

万千人生的每一季，或宏大，或微渺，或繁荣，或寂落，都在尘俗里生生不息。

在元素周期表里貌似找到了自己。其实，自己只是一粒原子甚至一粒电子，犹如森林中一根藤蔓上的一片叶子。

叶子生命止于秋天。但谁能懂得叶子的世界呢？这也是生命的天地。叶子说它一定会跑过那条小径，把头伸出这座森林。

没有磅礴的气势，没有丰沛的给予。风为指，岭为琴。于贫瘠中、于春夏秋冬中，风生水起、繁育茂盛。

远方的鲜花盛开，不是为叶子而开的，但叶子却是奔鲜花而去。只是鲜花在远方，远方有鲜花。

远方也是一种力量。沟壑、坎坷是现实的伤痕，是真实的容颜，苍桑的纹理，是生命的一切悲欢。

浮华的尘世里，我们无论身处何地，既不妄自菲薄，也不盲目攀慕。风雨处坚守，忧伤中欢笑；在悲欢离合的故事里，踏出一路曲折的温柔与向阳的方向。当你将岁月踏在脚底下，给自己的身体涂上一份亮色，或许成为了你的另一处世界，另一抹风景。

痛苦和委屈撑大心胸和格局

年关将至，去一位自认为讲义气的客户处催收货款，不但没弄到一毛钱，反而被吼了一脸的“口水”，结果把自己弄得嚅嚅无语，十分委屈和沮丧！

人们说：每一次受委屈，都是一次成长的机会。那是对年轻人说的，作为中年人，与成长还有多大缘分呢？许多时候，劝人的话大家都会说，轮到自己，却看不懂，看不透了；所谓身外事物很分明，心上之情不清醒。

你可以承受压力，却不代表你就不觉得难过和压抑。关注他人的情绪，却又有谁关注自己的悲喜；太过于投入每一份真心，却无人能感受到自己的真心。人人活得都不简单，有满身疲倦，也有卸不下的压力；有一肚子苦衷，也有无法倾诉的时候。

还是来点阿Q精神吧，自我疗伤一下、自我安慰一下吧！

悲喜交加、有苦有甜才是人生才是生活。我们控制不了别人的思想，也控制不了别人的行为。唯一能够做的是尽心尽力地做好自己的事情，走好自己的道路，按自己的生活原则，好好过日子。

风雨之中，无伞也要前行；失败之后，带泪也要经营。没有地方可以喊累，这就是生活；没人可以诉苦，这就是选择。同样的生命，不同样的灵魂；同样的表演，不同样的落幕。

再大的伤痛，睡一觉就忘掉吧，老是背负着昨天，会累坏自己。边跑边忘，可以好好体会到每一次快乐。下一次受委屈的时候不妨尝试：调节情绪，让心情成长；调整思路，让思想提升；提高眼界，让判断力更精准；增强行动能力，提高工作效率；提升创新能力，做好每个故事。每一个委屈，就是一种成长过程。当自己的认知能力超过了大多数人、包容大多数人的时候，做事的结果也就越来越好，一切就在自己的掌控中，你就越来越不会受委屈了。

要明白：寄托在他人身上的期望，难免失落；投注在自己的梦想中，才不会空旷。因为自己便是自己的阳光，无须他人照耀！一个人的胸怀和格局，是被困难和委屈给撑大的。

十瓣月亮

1. 光明

一个事事不顺、万念俱灰的人，漫无目标地缓步于郊外的田野，对人生对世界深感无力与迷茫。

看到身边忽低忽高游舞的萤火虫，微弱的光芒撕开了铁幕般的黑夜，他抓了几只，回到了有光的房间。

“同样是萤火虫，在明亮处，我们似乎感觉不了它的光亮。”这个世界的弃儿们忽然觉悟到，人生越黑暗，就越不要熄灭灯盏，越要点亮人生的光亮。而这光亮正是梦想、信念与梦想。

2. 一个人能走多远

鹏程万里，鸿鹄之志，燕雀安知？咫尺之距，亦让人徘徊止步！人生到底能走多远？凭脚力？凭毅力？还是凭眼力、心力？

驴拉磨，走了一圈又一圈，就是吃不上眼前的那筐草，不是脚力不够！

盲人，俗称坐黑牢，终日难出那扇门，腿残之人，仅凭体能亦难爬过那条街，若盲人背上腿残者，可达千里。

一个人究竟可以走多远？首先取决你的眼光，能够看多远，取决于你可以坚守多长时间，还取决于自己能忍受什么。

一个人若能看得远，高瞻远瞩，就明白自己的走向，自己未来所需，这样就能忍受旅途的痛苦，抵挡住层出不穷的诱惑。就能持久坚持，滴水可穿石，一曝十寒事事难成。忍常人之不可忍，方可成就一生大气候。穷人之所以穷，是因为他抗御风险能力低下，不得不去解决眼前的生存问题，抵挡不住眼前的小利益与小诱惑，暂时的满足拖住了穷人的长久投入，注定他不能长期坚持。

3. 大才朴实，大智若愚

小才，华而非实，大才，质朴无华！无数事实告诉我们。语迟则贵，大智若愚！

“有理不在声高”，甚至，无言自威！小智咄咄逼人，小善斤斤计较，小成者不可一世；大智必谦和，大善必容忍，大成者谦虚平和。有大气象者，不讲排场，谈大排场者，必露小气象。真正优秀的，必具备宽容万物、宽待众生的大胸襟；真实高贵之人，对待弱于己者能平等待之，对待强于己者则不卑不亢。

4. 宁静和平，才鲜花似锦

屠呦呦是一位“三无”的生物学家，既不是“两院”院士，也无博士文凭，亦无海归背景，学术界也无半点官职。她是一个纯粹的学者，一个宁静平和的人。

宁静平和中，她仿佛看透了中国的学术界。隔着喧嚣，她把自己沉入阒寂，一心都用在自己热爱的实验与课题上。职场让她明白什么叫非分和僭越，更明白学者真正的价值与职责，从不在世俗的职权利益和享受上去“积极进取”。

真正的学者：知尘世深浅，冷暖自度，无所悲喜，物我两忘。

看透世事之人，没有生活得繁花似锦，却也过得平和安宁。

5. 航线最终是直的

麦哲伦将太平洋命名为“太平”，应该是个误会，或许是他航行的那些日子里，太平洋正好处于短暂的风平浪静，“一马平川”。

我们终生航行在人生的“太平洋航线”上，可能没有麦哲伦那么幸运。或许，一段航线波涛汹涌、暗礁密布，一段航线风和日丽、一帆风顺。无论航线如何，我们只能坦然面对，我们无法选择自己人生的航道。

其实，我们把航线拉长，就会发现航线是直的，是平的，说明命运总体上是公平的。

所以，我们在逆境时不要悲观，怨天尤人，说不定前方就是通衢大道；我们在顺境时不要得意忘形、趾高气扬，说不定前方就是暗礁密布。

所以，我们要淡然面对人世间的来来往往，物我两忘，至少学会前后两头都去看看。

6. 好好照顾自己的心

问题长久积压在心头，就会导致心理疾病，就会短寿于那些没有生理疾患、心态良好的人；即使轻微的心理问题，也会提高心脑血管与癌症的发病率。然而，现代社会，责任无所不在，竞争无所不在，快节奏中见缝插针，压力更是悄然而至，没有谁能蛰居于世外桃源而不闻世事。

我们既然不能改变外界，就得改变自己的心态，小心呵护自己的心灵。既然天空阴晦，就积极乐观些，让自己心空灿烂。

生命禅法，不让过去的伤痛折磨现在的自己，用心地解决泪水和情感上的纠葛，不让自己沉迷其中；让心灵保持着快乐、光明、平静。对人生道声珍重，呵护好自己的心灵，安排好自己的心情，更不能辜负自己一次次坚持所赢来的明天。

7. 活着，你就不该是最苦的那个人

人生可悲的并不是失去身上的物件，如四肢，如双目，而是没有生活下去的希望及目标！

人穷至极，无非乞讨，只要活着，就要相信依靠自己的努力就能过得更好。人们经常埋怨自己什么也得不到，时时只记挂着自己想拥有而未到手的东西，而不去珍惜已拥有的东西，就会陷入无穷的焦虑与怨恨。

不要羡慕衣袂光鲜的台上人，也许有人在强装欢笑，有人在装神弄鬼；真正改变命运的，是我们的态度，并不是什么机遇；还有打着灯笼满天下找困难的精神！

8. 与其羡慕不如珍惜

我们时常忧虑自己的平凡，仰望别人的成就，益发感觉自己平庸；咀嚼自己的痛苦，仰望别人的欢乐，痛苦更疼；舔舐自己的伤口，仰望别人的幸福，伤口更难愈合。好孩子是别人家的，老婆也是别人家的好。于是，美丽总是在别处，灰暗皆在自己的心头。

其实，你仰望别人的时候，也有人在仰望你，羡慕你。与其仰望他人，

不如自信，尊重自己。唯有感恩生活的赐予，感谢人生的丰足，人生芬芳的花朵才能长开不败。

9.身动不如脑动，多让思维转弯

人生如旅，常有山水相阻。有人愿众志成城，开山架桥为后人谋幸福。有人会强行横渡，却伤亡累累。有人愿意绕道，走很远的路，万分辛苦却相对安全地过渡，抵达终点。

世事洞明皆学问，人生有许多种选择，通往不同的路，在更多的时候我们的思维需要转弯。愚者蛮力锤碎世界，重组世界，智者则是如水融化世界，改善世界。

10.适合就好

古有德不配位之说，万事不可强求！命里一尺，不求一丈。

荒漠中一位八旬老妪，拉着一位从京都前来采风的妙龄女子的手说，你整天东奔西忙，真是命苦！而记者对面前的老妪也是感叹不已，她去过最远的地方是镇上，终生在她生活着的大山里兜兜转转。其实双方都在惜怜对方！却不知习惯就好！

巅峰的迎日松与谷底的普通松，彼此也在惜怜对方的生存环境，却不知适者生存，适应即好！

世界，是一幅山水画，上色也罢，不上色也罢，你得看；人生，是一场旅行，热闹也罢，孤独也罢，你得走。生活是一道酸甜苦辣的味，口感适合便好。生活是一壶冷热不定的水，温度适合便好。生活是一曲快慢相交的旋律，节奏合拍便好。生活是轮回的季节，不论春夏秋冬，心情适合便好。生活，不甘寂寞也好，甘于寂寞也罢，只要自己适合，就是幸福。

苦尽甘来的攀爬

从容与淡泊并不互为因果，而是一对并蒂瓜果。淡泊，是种境界，从容不迫的生活态度，超然物外与是非，自由洒脱，是种对人生感悟后的从容。不同的是，从容必须有所经历，有所历练。历经岁月里小火慢煎后，日子久了，从容了，无惧了，无惧山水葱茏后的凉薄，无惧浮云掠去遮住了谁的岁月的双眼。从容成了经历沧桑之后最高级的生存之道。

境遇不同，人们对幸福和快乐的定义就不同，看待事物的视角也会不同。有人在乎结果，有人享受创造、创业的过程，享受那种为了事业、产业不断付出努力的日子，这正是内心从容、淡泊之人才不计成本与代价，坚韧不拔地走下去的根本原因。

从容淡泊，并非无所作为，而是顺势而为，不是随波逐流，而是蛰伏蓄势；不喊疼，不说累，不急躁，不矫情；绝不三天打鱼，两天晒网；绝不半途而废。不慌不忙，以几乎稳定的速率与力量，一次次冲击进攻，理智行事。

从懵懂到透彻，走弯路，受伤害，是人生旅途的标志，也是成长的代价，有人畏惧而退缩，一味寻求保护而一心逃避。走了一些弯路，让我们伤痛了一阵子；绕过一些弯路，事后的伤痛与遗憾让我们后悔一辈子。无论我们付出什么样的代价，成功后回头去看，都是骄傲的，如同征服过的一座座山峰。对此，从容淡泊的人却十分淡定，仿佛一切就是理所当然。

从容淡泊的人绝不冷漠，他们有深爱，他们把一腔激情交给了水滴石穿的磋磨，转化了看透世事的从容，无论事好、事坏，无论位处高地还是洼地，他们都有一个稳定而良好的心态。突然而来的灾难，突然降临的喜悦，很难在他们淡泊的心境击起波澜，而他们又在内心理智地思索对付之策，从这个意义上讲，这就是“从容”。

人世间什么都不缺，只是缺少时间。人间有很多期待、很多爱、很多理想和关怀，最后都输给了时间。我们来不及拼搏，来不及等待，来不及恋爱，也来不及陪你走向未来。我们总是想在极短的时间里找到某种安全感——那种明知不是最好，却又不得不妥协的安全感。从容淡泊的人，看似漫不经心，仿佛都在掌控之中，提前计划，夯实事业的基础，包括夯实阅历，留下从容的优雅，淡泊而安谧。

我们做任何事情，都应该有“亮剑”精神；不管事情多么难做，对方多么强大，我们都必须亮出剑来，全力以赴地投入。

幸福是个攀爬的过程，而每一个台阶都是风雨的浇铸。

Part 2
第二辑

敲响命运的门

最危险的日子是无事可做

多少个忙碌的日子里，渴望着能够给自己放个长假，像一头猪吃了睡，睡了吃。结果真放了假才发现，自己并不能像猪一样心安理得。

一连读了三遍《道德经》。老子的无为却是无不为，低调得如此谦卑，骨子里却是随时都可以高调；《道德经》没有一个字写着张扬，但整篇文字却是高在天际的大为。

作为尘世俗人，忙碌才是正常的生活。一旦闲下来，很多人就会产生各种不适，不仅发闷而且发慌，无聊得不知所措。很多人开始渴望上学，渴望上班，渴望回到课堂，渴望回到办公室。

上帝想灭谁，先让他疯狂！生活想废掉一个人，就让他闲着，"闲着"会让人丧失斗志，没事可做是可怕的。

闲着可能是一场灾难，忙碌可以加厚防御风险的壁垒，真正忙碌的人面对风险从容不迫，而闲着只能让你待在舒适区无法自拔，一旦风险来临便无所适从。

啥也不干很舒服吧，那是留给死人的！活人真的很累，累才是活着的常态。工作是累的，人生是苦的，命运是坎坷的。忍了才是历练，容纳才是智慧，宁静才是修养，舍了才会得，做了才会拥有。你如果感到此时的自己很辛苦，就告诉自己，坚持住，你正在走上坡路，容易走的路都是下坡路。

人真不能太闲，一旦闲下来，烦恼就会不请自来，还会变得越来越多。

有人说忙碌是世间珍贵的良药，忙起来，生活便有了奔头。《肖申克的救赎》里，有一句经典台词："生命可以归结为一种简单的选择，要么忙于生存，要么赶着去死。"

登高望远，不是为了被整个世界看到，而是为了看到整个世界。如果你在努力，每件事最后都会是好事，如果不是好事，说明还没到最后。我越来越相信，奋斗了，尽力了，有很多礼物，上天绕个圈子才肯给你。人生没有捷径，也没有所谓的天上掉馅饼。没有牛人的背景，只有努力的背影。

自己不扬帆，没人帮你启航！而海就在每个人心中。人生，是一场自己与自己的较量，勤奋与懒惰较量，积极与消极较量，快乐与忧郁较量，坚强与脆弱较量。什么在较量中胜出，什么就决定了人生的成败。

只有自己是山，才是靠山；只有自己打下的天下，才是天下；没有资本，自己赚取的资本才是有含金量的资本。你弱了，遇见的都是困难，而且很坚硬；经历磨砺你变强了，遇见的阻碍与困难，都软了、弱了，或成了垫脚石。生活给我压力，我还它奇迹创造；人生给我风雨，我还它生生不息的坚强；世人给我眼光，我还它卓越赞叹。活着就该逢山开路，遇水架桥，坚持攀登一个又一个山峰！

人生就像齿轮，越转越灵活，闲下来反而容易锈迹斑斑。

人一旦闲下来，距离变成废人也就不远了。所以，多为有意义的事情而忙碌，生活才会更充实，不要闲置自己的人生。你只有忙起来，人生才会充满无限可能！

总有一扇门会为你敞开

失败接踵而至的时候，举步维艰的时候，痛苦无法排解的时候，请相信总有一扇门会为你敞开；也许你正蒙着双眼，也许门在暗处正虚掩着，不要急躁，细心地去寻找；大胆一些，摸索着去推一推，赋予自己力量和胆魄去推一推。如果无门也无窗，那就自己动手画一扇门，画一扇窗，再画上几颗星星。著名哲学家萨特独居的陋室，一百多年过去了，窗外的那块空地还在，既是萨特几十年守望的“美景”，也是朝圣者的“圣地”。

烦恼或痛苦接连不断，贯穿了整个人生。生活的挫折、世人的曲解与讥讽、失意的灰暗、疾病的折磨、家庭的怨气、灾难的降临、死亡的威胁、利益的失去、希望的破灭，还有无名的火气和压不住的怒气。诸如此类，把英雄好汉们折磨得疯狂、颓然。生活如同吊桶打水，起起落落是自然规律。没有空桶的落下，便不会有满桶的水提上来。我们管控不了其上下。假如我们向下了，那当然难受，但难受之余，我们不妨看看，离开的时候能顺走点什么，不会一无所获。我们不要担心自己会一直“在下”，因为桶沉下去就装满了水，你就存在了价值，总会有人要把桶提上去的。

人生旅途是山一程水一程，有高潮和低谷。掬一捧光阴，握一份懂得，穿越一场又一场的生命迷雾。不是没有挫折，是我们学会了面对；不是没有忧伤，是我们学会了坚强。每一次坎坷都是生命的历练，每一场经历都是生活的积累。打开心灵之窗，春暖花开，走过阴霾，只要明天的太阳还会升起，生命就会在阳光中怒放。

平淡人生，常怀梦想，梦想里存着期望与希望，含着愿望与热望，沐风栉雨也不觉辛苦，历尽千辛也觉得甘愿，困苦便是幸福的源泉。小小梦想如同一粒粒小小珍珠，散落在生活里，点缀着人生无限的风景。虽然我们的梦想有大有小，不尽相同，也许你喜欢新屋，我喜欢茶与书，她喜欢种花栽草与小动物，而他喜欢车马与周游世界，还有醇香佳肴。什么样的梦想都好，那是一个个美好的方向，通往一个个与众不同的未来。

人生没有过不去的坎

无论此时是如何彷徨迷茫，最终，我们都要过上自己想要的生活。不是豪言，而是必需。

我也知道：命运之药匣摆放了很多叫定数的药物，在我们未曾预料的时候就已开好处方，摆好了局。但是我依然会憧憬，同时希望亲友们也对我们憧憬，我们彼此交互，让生活充满美和希望。

逆来顺受与心甘情愿，内心深处有泥云之别。心甘情愿时，任何事情总能变得足够简单。人生苦短，要去的挽留不住，要来的阻挡不了。只要你播种过，浇灌过，耕耘过，标准不在这得失之间，收获多少不是成败的唯一标准，重要的是藏在细枝末节里使你终生难忘的一次次刻骨铭心，那种使你痛、使你恨、使你爱。

别把自己不当人，别把自己太当人。欲胜人者先自胜，欲卑人者先自卑。心中有敌，天下皆为敌；心中无敌，无敌于天下。心中有事，举轻若重；心中无事，举重若轻。发火时不讲话，生气时不决策，复杂事不烦恼，简单事不争吵。不轻信诺，故人不负我；不轻许诺，故我不负人。不要去欺骗别人，因为你能骗到的人，都是相信你的人。没招别出手，有招亮招。求神不如求人，求人不如求己，求己不成还要求人。发射自己的光，但不要吹熄别人的灯。

不知不觉中，我突然有一种这样的感觉，不是不冀望，是不能去奢望。有时候，出去走一走，呼吸一下新鲜空气，放松心情，也让心灵从压抑窒息中透透气。释怀过去，总结过去，尽快从过去中走出来，相信时间的力量，而不是一天到晚地琢磨着回到过去。世间事，皆有因果。

撞了南墙又会怎样

如水流淌，人生百年。

随波逐流，只是顺势而为，一滴水怎能改变河道？不见长江后浪推前浪，前浪死在沙滩上，为何又要强立潮头上？

多少人看不透人生，一生糊涂。多少人生来就是寒酸命，说不完的冷暖，看不透的心灵，一味品尝着世界的艰苦和辛酸，一味面对着人生的无奈。人生如水，逐流随波，若处于浪花之中，强行出头，非要溅到沙滩上去，将是一场难言的沧桑。

纵然粮食千斤，也不过是一日三餐。纵然身家丰厚，不过黑白一天。纵然别墅数栋，也是睡榻一间，纵然豪车十辆，也是郁闷交加。厚禄高官，也是上班一簇，女人成群，也是狂欢一夜。佳肴醇酒，也是肚腩一副，三百万手表与百元手表，时间快慢一样，数千元的茅台与百余元的糊涂仙，喝醉呕吐一样，荣华富贵，都是过眼云烟。争什么争？到头来，只是争得浮夸，争得落寞，争得遍体鳞伤。没有永远的独裁者，没有永远的首富，没有永远的赌场不败，只有争不过流沙般的岁月；生命经不起这样的挥霍。

芸芸众生，如水，终究逃不过地心引力，无论再大的浪花，也终将沉入大地。

只要血是热的，只要能活在曾经奋斗过的世界里，不计较别人说什么，不计较别人的冷嘲热讽，默读书本一样去读人和阅事，坚信自己能改变自己的命运，只要心跳还在，就不会妨碍命运的馈赠，只要能活着，就不怕被人嘲笑，不惧结局！

人生没有多少大道理，拼搏得感动自己，努力得无能为力。哪怕是驴在拉磨，没有走出过磨坊一步，至少驴子可以继续前进，继续推动磨盘。撞了南墙，泪流满面，又会怎样？！

不管多迷茫，都不要坐以待毙

太阳也许迷茫，阴晴交替，但它每天还会照常升起。不管现在的你是否迷茫，都不要坐以待毙，就算没有方向，也要去做些力所能及的事。

譬如，设一个小目标，饭后百步走；立马行动，立马奖励；各种小小的成功积累下来也很开心。成功是会让人上瘾的。

譬如，来一次说走就走的旅游，一个人，水中看树，风中听山；为在闹市街头吃个排档，即便夜深，也让自己奔驰于滚滚车流中。世界看多了，不知不觉，迷茫之雾便会渐渐停留在远方的山腰上，不会再遮蔽到你的双眼。

譬如，来个脑筋急转弯的猜谜，甚至试着用几种方法去解答一道初中的数学题。其实，人之所以迷茫，就是一时智慧短缺，或是观念顽固，这样，自己才是最大的牢狱。因为懒惰会生根，因为困惑会长大，因为观念久了就会很顽固。

人一生绵长，遥远无边，难于描画。而一步却很短，近在脚下，易于把握。

一个小目标、一个小行动只是一小步。一步一瞬的闪现，若隐若现烛照人的一生；每一步都镶了密码，都可溯源，每一步都是刻在一生标尺上的印记，或深或浅，每一步都关乎一生的希望，或大或小；每一步都紧紧相扣，串起人们一生的成败。

走错一步人生一时惨淡，走对一步人生一片光明。关键之步屈指可数，关键一步便可决定人的一生。不管现在你有多迷茫，都请不要坐以待毙。清醒选择，走好每一步。

输不起的人，往往也赢不了

平庸者喜欢品评天下，上到各个时代的国事，下到街坊邻居的日常琐事，都随手拿来消遣，头头是道，仿佛他们就是真理，仿佛这个世界的所有成败都在他们的掌控之中。

每每看到身边朋友的生意或创业失败，他们便会点评说“前车之鉴，此事不可为也”，这些“里手”还可以从不同角度阐述“不听我言，必遭惨祸”的论断。一方面，他们安于现状，裹足不前，成为害怕新生事物群体的代言人；另一方面，一面临一项具体事务就手脚无措，胆怯畏缩，极其怯弱！

没有经历过失败，一帆风顺就成功的概率是极低的。更多人的成功来自韧性，来自百折不挠地面对困难和艰苦。

电灯不是一次实验就发明出来的，飞机不是第一次就能遨翔的，无线电也不是一下子就覆盖全球的。

就算孩子们走路，那也是经历过了无数次跌倒后才从战战兢兢到健步如飞的。假若父母连让孩子跌倒都舍不得，就彻底剥夺了孩童学走路的乐趣。这样的父母和孩子，将来能受得了失败打击吗？不允许失败，不敢尝试，哪来的成功？

如果聚焦点是失败，还没开始就认为这不行、那也不行，那么“成功”的第一步就无法迈出去。恰恰相反的是，成功者的聚焦点永远是如何能获得成功。

这个世界上有人做到了，但为什么那个人却不是你？！同样的创业，同样的行业，同样的环境，有人倾家荡产，有人腰缠万贯！差别就在于人。

眼中全是别人的失败就会屡屡受到打击，丧失信心；眼中全是别人的成功就会天天鞭策自己，激励自己。命运掌握在自己的手中，所有的结果都是内心自我期望的印证，绝对不要期待天上掉下硕大的馅饼，你永远不会是那位被砸中的幸运儿，现实中，饿死了无数守株待兔者。成大事者必须经历常人无法承担的打击与压力，而后才能拥有智慧豁达的心境。

为了能够成为电影中的男主角，史泰龙拜访了所有自己能够找到的电影公司，经历了无数次拒绝，终于成就了天王巨星的神话！

借口在哪里？失败就在哪里！输不起的人，往往也赢不了！

人生两难

人生有两个境况：一个是“知道”，一个是“知足”。

“知道”，是让人活得明白。这是一件可遇不可求的事，朝闻道，夕死可矣！知识能让人生存，智慧能让人生活。当知识与智慧并行于大道时，一个风驰电掣，一个如蜗牛爬步！成功的人生就在于不断地把掌握的知识，智慧地应用于实际生活中，有效地利用它的价值，发挥它的作用。知识是死的，属于别人的，只是我们借过来用而已，不过，你能借到就不用还。而智慧是活的，是你对各种知识的逻辑思维能力、一种运用解决能力、一种发现创造能力，真正属于自己的聪明才智，别人借不走。

“知足”，是指人活得平淡的态度。知足并非陷于安逸。

决定你是谁的硬核措施，首先是奋斗；丛林世界，如果想不落单而成为强者的美食，只有三种活法，跑得快不落单；如狼和鬣狗之类抱成团，才能减少被猎的机会，还可以去围猎猛兽；还有一秘技就是狐假虎威。

人生不能被不知足所控制，我们只是人世间的过客。每个人都背着一个背篓，小时候背篓很轻，只装了几个小梦；一路走一路成长，不知不觉便功名利禄满满。背上的负担越来越重，却又什么也舍不得放下，直至举步维艰。有舍才有得，舍得放下，才能留下力量走更远的路。贪婪太过，哪怕一时的位高权重前呼后拥，哪怕是金满篓银满篓，那都是些惹祸遭殃的东西。

要说一切是为了快乐，也很牵强。毕竟，匮乏时期，一根竹马或几块小石子，就能让人快乐很久。

任何得到，任何失去，任何人，任何事，一切都会成为过去，谁伤害过你，谁击退过你，都不是重要的事，站直了，别被诱惑，别被打倒，那才是剩余的我们。

无欲则刚。人最强大的时候，是放下的时候，而不是坚持的时候。双手腾空，谁还能从你手中夺走什么！当你身陷绝境就能背水一战，黄山上最强韧的迎客松，根下的泥土并不多，厚土可以载物，贫瘠也能滋润顽强的生命，生命要懂得知足。

人之所以迷茫，就是能选择的太多，但若无选择，人生自由就无从谈起。人生不要被欲望控制，欲望深了人生就失去选择，被束缚的命运也是不幸的；人生不是多欲多得，欲多亦可害命。人生不要被金钱控制，决定你幸福的是知足；人生不要被仇恨控制，决定你快乐的是豁达；人生不能被他人控制，决定命运的是自己；人生不要被表象控制，决定成败的是看透。

人生如栗

深秋时节，街上出现了许多卖糖炒板栗的摊位。味美香甜、营养丰富，让栗子博得了好人缘，自古栗子和枣、桃、杏、李并称五大名果，有了“干果之王”的美称。

不少人可能没见栗子的本来面目。栗子像极了小刺猬。一层外壳上长满了长长的硬刺，十分扎手，采摘时要戴特制的手套。栗子外皮为何会有交错生长的刺呢，是进化的结果还是大自然的赏赐？生物学家说这是板栗为了保护自己，不会轻易被动物吃掉。

坚果的外表大都有保护膜，松子有鳞片，核桃、白果也都有苦涩的外层表皮，这些都是用来对抗“松鼠”们才长出的。

所有生物，都是将保护自我作为崇高的目的，这是这个世界最根本的法则。玫瑰的刺，不是为了伤害别人，而是为了保护自己。螃蟹没长出硬壳前，是一个完全没有防备的软体动物，后来慢慢进化出腺细胞，这种细胞，能够产生出可以保护自己脆弱肌肉的钙化物质。

人活在世上，学会自我保护也是一件非常重要的事，这世上真正意义上的好人与坏蛋极少，绝大多数都是普通人。但某些人却注定是自己生活里的癌症，而某些人就是个喷嚏罢了。人是社会的产物，是各种社会关系的总和。我们的生活，少不了他人的参与。如果头上长着刺的话，别人就会关心你的感受。假如你的双手软绵绵，人人都想揉一把。就像是一个稚气未脱的孩童粉嫩的脸蛋，大家忍不住要去吻他。后者，仅仅是喜欢，并无敌意，而前者恶意更多一些。虽然很多人私下都在非议你，说你很世故，说你太圆滑，但你要知道，如果你连自己都保护不了，那么这个世上就没有人可以保护你了。有的时候，你不答应，看似是在冒犯别人，但实际上，却是在保护自己和被拒绝的人！

在这精神道德危机的时代，沉默是保护自己的顶尖智慧，是彰显个性的最好语言！说交心话吐心声之类的事是很幼稚的；你迟早会后悔与他人吐露交心的话太多。

自嘲也是一种自卫，看似勇敢，实际上却是一种怯懦。现实让你选择了寂寞孤单，保持距离就能保护自己。不念旧情，是女性们保护自己的最好方法。一觉察到对方的冷漠就毫不犹豫地退避三舍，不再想办法去继续捂热这段不会再亲密的关系。

人或许比想象的还要擅于趋利避害，但选择性遗忘也是一种自身保护。健忘与迟钝，在许多时候倒是最佳的自我保护方法。难得糊涂，这是人们自保的高境界！傻瓜也有傻的好处，愚者无欲，无欲则刚。傻，有时是一个人自我防护的天然屏障。当然，过度自我保护的人觉得世界误会了他，实际上是他误会了世界。

现实生活中，人除了像栗子一般生长之外，也要学一学梅花鹿，拥有梅花鹿的本领，有一双超迷人的耳目、四只擅长奔跑的脚掌，还有一对能够守护自己的鹿角。

人生如栗！并不鼓励你变得太复杂，只是期望你能学会保护自己。与人共处交往中，害人之心不能有，防人之心不可无。人要真正坚强，筑起那座保护自己的坚硬的外壳，在与人交往中不一定浑身长刺，但要有铠甲护身，如是，才是最佳地活好自己，完成自己一生的使命。

绝不逃避，恰如一朵小花的姿态

天气猝然降温，北风寒凛。我在岳麓山脚下发现一株野菊，花瓣瘦小，花色也不明艳，寒风中瑟瑟发抖。植物图书告诉我，这类植物的花期是10月中旬，到月底所有花朵人会凋谢殆尽。现在已是11月中旬，这株野菊才姗姗绽放，显然错过了她花开的最佳时节。

好花知时节。若生不逢时，无论人还是物，总是不容易的！由此引发一番感叹，想起自己一路跌跌撞撞走来，恰如这株野菊，错过季节，在寒风中独守那份苦涩。然而，转念一思，我自己并没有逃避活着的光阴。

今生，我无须艳压群芳，国色天香，不用宋词描述风韵、不用唐诗抒发优雅。但我，如那株野菊普通，清新自然，幽香怡人，这就足够了。一直非常欣赏泰戈尔的一句话："生如夏花之灿烂，死如秋叶之静美。"今生，我希望自己生命的每一个段落都如笔触虽拙但也真诚的诗与画，在深深浅浅的风中，绽放花的笑颜，做一道独特的风景线。

我希望，自己今后能以一朵花的姿态行走，穿越季节反复轮回，在无声中不颓废，不失色，花开便成景，花落便成诗。

我可能学不了梅花那样，凌寒独秀，坚韧不拔；我可能学不了莲花那样，亭亭玉立，濯清涟而不妖娆，静静花开，自在飘逸；我可能学不了兰花那样，身为山中幽草而高贵典雅。但我还能像那株野菊，即使错过好季节也能笑颜灿烂。遇到风刀霜剑，也绝不自弃。或者，我只是一朵无名的小花，在宁静的一隅静静开放，不染媚俗，芳菲绽放，盛开优雅中；以最美的姿态面对红尘，锁住懂我的目光，美丽自己，芬芳别人。

那株野菊错过了季节，错过了充沛的阳光，错过了风调雨顺适宜生长的条件。我们都是出身低微的人，如同那株野菊，在漫漫人生中，我们错过了很多，我们没有太多的选择，我们只有付出更多的努力，像那株野菊奋力开花一样，不停止地向前，达到最好。惊喜不会突如其来，从来幸运不会从天而降，奇迹不会横空出世。只有千番投入、万般辛苦后的得偿所愿，苦尽甘来。

过季的野菊在寒风竭力生长，开花。燃烧灵魂吧，沸腾血液吧！作为有灵魂、有精神的我们，告诉自己，不用告诉所有人，只有做得更好，拼了命地努力，对生命才会有主动权，才配得上理想中的自己。是啊，努力或许不能让我们成功，但不努力肯定就不会有成功的机会。

努力也许不能保证你未来大富大贵，但是，一直努力能让你一直热血，一直充实。论世间，唯有努力可以“治百病”，战胜寒冬。

能在，胜过一切

“在”一定是人间一个最好的词了，在，还在，都还在，你在，我在，大家都在。

真实的别离不用长亭古道，也不用桃花潭水；在一样的充满阳光的早上，“不在了”是，有人留在了昨天。

MU5735航班失事坠毁，132人名单确认，132个家庭，132个悲伤故事，这个航班，坐满了生离死别。

在这架航班的机身上，装饰着孔雀彩绘。坠机发生后，有人留言说：“愿每一只孔雀都能平安落地。”我祈愿所有出行的人们都平安归来。

明天和意外，总是出其不意地颠倒位置。

把每一次黎明看作是生活的开端，把每一次黄昏看作是自己一生的小结。这一年里，无论你成绩是好是坏，收获是多是少，生活是甜是苦，都请记住，如果这一年你平安健康，家人陪伴，就是最好的一年。而这些我们觉得最稀松平常的东西，却也要付出比常人多百倍的幸运。

我们体验的每一天，实际上都是连接不断的奇迹。我们不过是这个时代的幸运儿而已。这个看似烦琐寡味的日子，对弥留之际的人来说，是多么地可望不可及呀。

三年来，疫情反复，停工停课，经济压力是漫长细碎的重压。能在，活着，再大的困苦都是毛毛雨，除了生死，皆是擦伤！

人活着，能在，一切都是浮云；父母在，家乡的老屋，才是家，父母不在了，自己就成了故乡邻居眼中的异乡客人，老屋就只是一堆破旧的泥木罢了，静静地杵着。

“想和你见面，地点你选，森林、沙漠、夜晚依稀的湖畔，草原、大海、清晨薄雾的街，只要不是在梦里”。看着马航家属的留言，谁都感受到锥心之痛？！

若非命运的庇护，一些人早就没了。所有的梦想，所有对人生远大的规划，都成了泡影，成了笑话，烟消云散。在医院我深深感受到一位白手起家的亿万富翁的绝望，当他看到自己身患绝症的报告单，一路号啕大哭，一路抛撒钞票。

我们所寻找的人生意义，其实很简单。以感恩的心开启每天的生活，能够每天给身边的人以幸福，能够去拥有，去营造，去珍惜我们身边这种平凡的幸福。

撑着，继续砥砺前行

一位九旬老太，每天起床已是一件十分困难的事。她说，我必须按时起床，否则就永远起不来了。她还说，起床后第一件事是开窗户，贪婪地呼吸新鲜空气，让自己顿生喜悦。然后，把每一个细节以诗的文字写下来，这些满溢着顽强的文字又成了激励无数人撑下去的理由。撑下去，才能看见明天的太阳。人生必须撑下去。

熬过无数自我安慰的夜晚，我常常自言自语，仿佛耳语一般说一些话。每当自己感觉生活很吃力的时候，就会翻看手机备忘录里那些给自己的留言。

无数个扛不过的黑夜里。年轻时，我开一瓶酒，中年时，我泡一壶茶，自己跟自己说话：拜托了，撑下去，这坎算是过了。

无论昨天多么失意，深夜无眠，天露鱼肚白的时候，我们一样要鼓励自己起身，打开门一头扎进喧嚣的世界，我们得继续生活下去，只要活着，总会有转机。天一亮，又是美好的一天。

经历得越多越明白，这世上有几样东西，是别人抢不走的：曾被嘲笑过的梦想，奋不顾身的那股闯劲，留在身上的叫素养的书卷气，还有困境中坚持下去的信念，以及成功后的喜悦。

这世上，没有不累的生活，面对生活，人人都不容易，没有谁活得顺风顺水。人生就是在苦痛的交织中激发自己，磨砺自己，成就自己。

所有的黑暗都连接着黎明，所有成功的花朵，都浸透着奋斗的泪水，洒遍着付出的汗水。某一天，当你回头看看那些经历过的人和事时会发现，再大的事，现在看来不过如此。

要相信，所有的难，总会过去，你只管努力，剩下的交给时间，撑下去，才会有后来的一切。

我的那颗有点龅的门牙掉了

貌美牙为先，齿白七分俏！

我有一颗有点龅的门牙，平时多半笑不露齿，曾有好心人说，多学说闭口声，但说起话来简单生硬。因为这颗龅门牙的装饰，很柔和的脸庞显得粗犷，有一股怪怪的忧伤，清秀的面目顿时浑浊而模糊。暗处时，牙齿才衬托出白亮，眼神也显得生动。

很羡慕他人的笑容是那样开朗，一笑就露出了整齐的八颗牙齿，闪亮闪亮的；也艳羡那些能说会道者，他们说起话来，一个个睥睨天下，谈笑风生，把控全局。

年轻的我，害怕露出龅牙，不敢多言多笑，一直幻想自己可以变成任何一个人，只要不是那个门牙有点龅的我。

一直想拔掉那颗有些龅的门牙！

但自从那颗龅的门牙掉了后，才明白自己弄丢了造物主送给我的礼物，那是一颗雕琢了的宝石。明白没有完美的生命，自然的是好的，当前拥有的是好的。

自从那颗龅的门牙掉了后，才明白我喝过的水，没有别人说成的凉；才明白自己的路不需要别人来指点。彪悍的人生，只要按时到达目的地，不需要向人解释细节，别人也不会问你是坐奔驰去还是拖拉机去的。没有人会关心你付出过多少努力，撑得累不累，摔得痛不痛。他们只会看你最后所处，然后鄙夷或羡慕。

自从那颗有点龅的门牙掉后，我才明白听话得听声，话中内容永远为王，装饰好的语言只是甜言蜜语，不中用！忠言逆耳利于行。

自从我的那颗门牙掉了后，才明白自己过去是多么地辜负它，不敢微笑。而现在，每天醒来告诉自己，微笑才美，照镜子要笑，也要笑迎对面人。

自从我的那颗门牙掉了后，才明白水清养不活鱼，人生不可能一尘不染，没有一点杂质。人生有一点点苦，也有一点点甜，苦甜参杂，出场次序很重要，少苦老甜才幸福。生活有一点点好，也有一点点坏，有一点点希望，也有一点点无奈，人生才会更生动、更美好、更韵味悠长。没有十全十美的人，没有纤尘不染的爱情，你若包容，这个世界并不像你以为的那样糟糕。

还有，自从那颗龅的门牙掉了后，年轻的时候，我们都拥有，不懂珍惜，兜兜转转一辈子，到老了才发现早已不见，比如说爱情，当然也说牙齿！

自从那颗龅的门牙掉了后，明白自己一天天老了，岁月终于对我动手了！现在过的每一天，都是余生中最年轻的一天。每天给自己一个希望，试着不为昨天而叹息，不为明天而烦恼，只为今天更美好。

自己的那个屋檐

立秋早过月余，长沙一直等不来秋凉，“秋老虎”逞威。“今年长沙格外热、时间格外长，气温什么时候会降下来？”一个老长沙人望着天空盼望说。现在早已是仲秋，仍酷热难耐，静坐室内，仿佛进了“桑拿”房，出门便是“铁板烧”。

即便如此，秋雨还是会来的，不要焦虑，准备好遮雨的屋檐，慢慢等就是。有一天，我一个人站在郊外的荒野，分明看到秋天早就来了，满山淡黄的野菊，露出一地凄清；一株站着的芦苇，加深了秋天的辽阔，一株株歉收的果树，零散地挂着几枚营养不良的果子与一树枯黄的叶子。秋老虎再如何气势汹汹，气温再如何膨胀，阳光再如何火辣，荒野的荒芜说明了秋天即将过去。一场秋雨早已蓄势待发。

这个秋硬挺着，为做今年最后的秋天而努力；今年这个秋景尤其类似中年人，恰如开始秃头的中年人，恰如挣扎在逆境的中年人，也如中年人的心有余而力不足，每个中年人都有自己的艰难和困苦，都有自己必须面对的单枪匹马的战斗。中年男人已为人子、为人夫、为人父后，上为渐已年迈的父母担忧，下为未成年的孩子操心。真的是不敢病，也不敢死；恰如硬挺着的秋。所以，在哪里谋生，从事何种职业，无论身处哪个阶层，中年人更容易产生危机，更有危机感。有一个笑话，中年如秋，简直活成了一部《西游记》，老沙的秃顶，八戒的肚子，悟空的压力，唐僧的唠叨，九九八十一难一个都不能少，关键是还离西天越来越近了！

中年人的人生秋雨，早就来了！遮雨的屋檐呢？

秋终会去，冬终会来。人最终会老去。到了一定年龄，自己就变成屋檐，再也找不到地方躲雨！

不能轻易坦露自己的脆弱，有些伤痛只能独自品味。也不能抱怨自己不幸福，不能责怪命运不公平。累时，要独自面对孤独。累时，暗示自己，也许生活充满了痛苦和绝望，但总有苦尽甘来的那一天。累时，把苦水全都酿成美酒，保持一份乐观的心态，珍惜自己当下所拥有的一切。毕竟，自以为的不幸或许已是万幸，人生劫数无下限。毕竟，世上还有很多人风餐露宿，颠沛流离，甚至为了生存狼狈不已，与他们相比，这点挫折，已算命运垂青。

知天命，要放下，要无为而治，健康与快乐更重要。这就是我们中年人立身安命的那个屋檐。

人到了中年，好像没有喜欢的东西，没有喜欢的人；好像什么都没有，好像就是为活着而活着，不再感慨岁月无情，好像自己与岁月对冲，相抵了。毕竟岁月与我谁也不曾饶过谁，悠悠过一生，淡淡又一年，人的一生，其实所需要的并不多，稳稳的心安，稳稳的幸福，认真地活着，优雅地老去，就是满足。人到了一定的年龄，自己就是那个屋檐，再也无法另找地方躲雨了。

如是，我如同长沙人一样渴望着那场秋雨。中午时分，一场秋雨倏然而至；中午时分，窗外，秋雨，宛若跌落凡尘的精灵，曼舞轻歌，却又缥缈无着，淅淅沥沥，清清冷冷。阵阵秋风吹起拂面而来，将笼罩周身的热浪一扫而光；站在屋外，尽情地享受着这久违的凉爽。沐浴着秋风，蓦然从心底对秋风产生了一种从未有过的亲切感。

我赶紧回屋，沏了一盏热茶，闻着幽幽的茶味，轻轻抿，热流就驱散了一丝凉意；默默地看着茶叶一片片在袅绕的烟气中缓缓舒展身姿，而思绪伴随着这雨声，愈来愈密。

中年人的秋天，中年人的屋檐。

哄自己开心是一生的事业

人这一辈子，一程风雨，一程坎坷，一程喜怒哀乐，一程磕磕碰碰。一生不长，总有一天要还的，何苦纠结，郁郁寡欢？！

1. 别攀比

为什么别人可以做到，我却做不到？为什么别人可以拥有，我却没有？内心总是烦恼意乱？我们期待着公正。

人和人是不一样的，即便是发小，即便是同学，即便是处在同一条起跑线上，也有快慢之分，人生结局也不一样，有人高歌于峰巅，有人沉沦于谷底，而多数人挣扎于半山腰。

同样一年365天，同样一天24小时，人家一年就硕果累累，人家一天就光芒四射，而我们同样的一年总结却故事寡淡，一程回眸经历空泛。夜深人静时我们心痛，又一天虚度却还无能为力，而明天我们依旧只能虚度。其实，没必要去攀比，没必要太执着结果。

我们大多数人都只是针尖上的一滴水，滴入大海，既无声音也无踪影，一切都得归入虚无。人生过程才最重要，牢记自己的责任，三四月翻田平地，不去焦虑时光，时序到了自然瓜熟蒂落。

能过好自己的日子，走好自己的道路，开开心心过好人生的每一天，才是赢家！人生，没有什么可攀比的，比你有钱的，未必比你快乐，没你有钱的，未必没你幸福。日子禁不起蹉跎，不如清平乐。学会知足，不要辜负岁月，不要荒废年华，就很好！

2. 别计较

婚姻需要经营，但不是经营企业，讲究投入回报。婚姻生活不能计较，这是个只讲感情不讲理的地方。你的家人懒一点，那你就勤快点，多做少做没什么，爱便是奉献。假如心里不平衡，那就给自己一些奖励，你有他没有，你也就平衡了。感情经营不是易事，为家庭的付出总有多寡，不会对等，不能秤称。若心有不平，必有纷争，不得安宁。

其实，婚姻生活中彼此过问少了，是生活平淡了，并不是不懂珍惜，是把对方当成了亲人。亲情多于爱情时，我们不再那么周全思虑，事无巨细关注；很少留意对方，不是不在意，而是太熟稔。相识不易，婚姻不易，且行且珍惜。

3. 别怨怒

人的软肋不只是嗜好，被情绪左右的人生，就如同活在一个牢笼里。伤人伤己，不能静下心来去做更重要的事。身心疲乏，了无生趣。生活就是这样，总是波澜不断，总是烦恼不断。

生活窘迫难堪，有时穷得没钱干坏事，有时饿得无食可吃，有时熟得不能做情侣，有时困得无法睡觉。这没什么！学学蒲公英吧，不怨不怒。小伞早就准备好，却一季无风。

当自己站在高处往下看，都是一张张笑脸，往上看却都是一个个的猴子屁股。在高处，朋友知道你是谁，在低处，你才知道谁是朋友。这没什么！你还是你，站在高处低处，你的身高不高一分也不矮一厘。

别怨怒！自己哄自己开心！我们不能因为别人待我们不好而不快乐，拿别人的错误惩罚自己，拿别人的随意约束自己，都不值得。

你大可不必纠结怨怒，你只要振作精神，对自己好一点，让开心多一点，冲着生活笑一笑，把想要的东西买回来。失意的时候，就多鼓励自己；心累的时候，就出去走走；难过的时候，就吃份美食。假如一份不够，就再多加一份。

4. 哄自己开心

世间没有快活人。人不可能事事都如意，方方面面求得中庸已是不易。认命常被认为是懦弱的表现，实际上又何尝不是一种智慧。在这世间，最重要的是心的感受。虽然我们不能改变命运，我们却能改变心境。知命乐天。知道命里注定会缺少什么，欣然接受老天给我们的一切。不纠结，不怒怨，不回首，依然努力前行。

学会自己哄自己开心，是你我一生的事业！

Part 3
第三辑

给生命一个高度

今夜，我去望望星星

与人接触久了，我突然想起了我小时候养的那只土狗。也想起了人们常说的一句俚语：人有时不是人，而狗永远是狗。

我是南方人，真喜欢北方的雪，真想在白茫茫的雪地里打个滚。春天太幼稚，夏日太暴烈，秋天故作深沉，只有冬日高冷坦荡而纯净。

街上熙熙攘攘，我挤在人群中，远远望去，仿佛自己是被按进了一张挤满人的照片。久了，倦了，我时不时地逃离这张压抑人的“照片”。漫步在乡村小径，舒展一下自己的心肺，时间一长便喜欢上旷野小路的干净与微凉，喜欢上乡村夜晚的几盏灯明，还有被城市抛弃、被寂寞赎买过来的月光。

所谓淡泊的生活，便是见惯了城市的繁华喧嚣之后，依然独享乡村的生活，吟听黄昏，看狗打架，听鸡打鸣。

长期生活在乡村的人，我觉得应该有只一直陪伴自己的小狗，穷也罢，富也罢，狗对你是不离不弃的。你也可以把它绑在身上，背着去旅游。就像我小时候喂的那只土狗，它不仗人势，也不摇尾乞怜。

乡村的空寂清澈，乡村的天穹高远辽阔，渐渐让人心灵安宁，思绪缓缓地铺开铺平……我悠悠地思虑着，人怎样活着才算好？

人的悲剧有两个，欲望得不到满足与欲望的满足。说到底，人一生只在做两件事，忙着生，忙着死。但生与死要如何做才算做好？尤其是活着与死去这一段时光里活得明白，活出精彩，活出意义？

活着，体面地活着，明白地活着，是人生的三个层次。活着，不易；体面地活着，更不易；活得明白，尤难。

人似犬，一听到哪里有点响动，就忙不迭地狂吠一阵子，胡乱起哄，人云亦云。既不管那响动是否与自己相关，也不管乱吠一气的后果是什么。这些敢于暴露自己缺点的人，不是有足够的自信，就是糊涂虫，或者别有所图。

活得明白的人，不以昨日的眼光，看今日的人；说什么样的话，走什么样的路，知道自己将做什么样的人并努力做好自己；不旁骛，不说媚语，也不听媚言，明辨是非、真假、对错、输赢。

活得明白的人，认为别人的好只是参照物，心中要有一面镜、一杆秤，敢说“不”！不讨好，不妥协，也不沉默，做好自己；不一味听别人如何说，不使自己活在别人的世界里。

活得明白的人，不只讲获取，不把每一个目标物化；活得明白的人有智慧，天下大智是“求同存异”，方得独立、平等、和谐与合作，此智大到邦交，小到你我来往。

一座花园

世界是喧嚣的。一个人一旦受到尘世的纷扰，仿佛就是一只酒醉的蝴蝶，终其一生翩翩沉浮于迷离的花花世界中。

每个人都有一座花园，这座花园犹如纯洁的水，需要远离纷扰的海洋。

只有一条路可以进出这个花园，除了自己没有谁能进出。花园是独一无二的，犹如一个梦，就连双胞胎也不能做同样的梦。

花园里是少不了树的，树是用来贮藏太阳的。树最好是箍了铁圈的榆树，榆树因此受伤时能从锈蚀的铁圈里吸收大量铁粉，对真菌产生特殊的免疫力。

不仅是榆树，人也是如此。我们也许在生命中受过各种各样的伤害，但这些伤害又成为生命的一道养料，让生命变得更刚毅，更坚强，更充满生机、活力和希望。同时也让伤害成为一个警醒，让我们及时从迷惑中解脱。其实像这样踩着大地，憧憬着天空的榆树才是我们自己。

沉寂的内心，就是一座美丽的花园。花园里只有自己一人，坐在月光深处。站在低处静听，我们能听到生命美好的声音。远空的星辰，也会给我们一片光的应和。

满天星光，满屋月亮，人间依然悲凉？我们就在花园里修上高高的藩篱，切断一切出入的路口，包括一切欲望与诱惑之路，远离世界的纷扰。

花园只有皎洁的月光与满天星光，心灵拥抱着思想歌唱。自己是光，也是影子，自己的一部分遮蔽了自己的另一部分。用清澈的月光、星光洗涤心灵，擦去影子，使光更纯粹的是光。

这里不再是风暴的中心，安静的雪地，万物可以竞自由。我也不需细量，人与人之间的关系是金钱关系，还是价值关系。

孤独的梦境，将在创造的花朵里实现。在这个花园，我们在祭奠自黑暗的夜空陨落的历代星辰。

世界千万座花园，终有一座是你的满天星河。

人生之路

人生之路，是有长度的，但不能以日子为计数单位；人生之路，也有高度，但不以海拔为计量起点。

人生的道路是崎岖不平的，每个人的道路都是不同的，每个人都有自己的路。我们走过，用自己的一生和脚步去测量自己的生命长短，在每一个足迹中体验着，经历着，领悟着，也孤独着；一路上苦乐相伴，一路上承受着悲欢离合。不同经历，不同感悟，不同选择，风景也不同。

人生之路就像是一趟旅程，不乏激流险滩的磨砺，不乏高山大川的壮丽，还有花红柳绿，相随了人生的荣辱得失。有人走得自然，有人走得战战兢兢、畏畏缩缩。

旅途上，有人把人生之路比作对灵魂的寻觅，胸怀远大的抱负，用理想作为航标，以征服者的姿态征服自我，寻找彼岸的乐园；旅途上，追求物质的人，践踏心灵，践踏道德，背弃亲人，使灵魂失去依靠；而对普通人来说，路途上的种种艰难险阻，都是一种心灵的磨炼，在平淡中找到灵魂平安、平淡的归宿。

旅途上，有人把人生之路比作苦行，承受着痛苦，陷入绝望。旅途上，有人则把人生之路比作漫游，心怀淡泊，从从容容，欣赏沿途风景。

只有将人生之路视为一场修炼，历经磨难之后，我们才懂得生活就是每一个生命的精彩，才会明白人生的真谛。

我尤佩豪杰勇士们，志存高远，创造出一个新世界，所走的是一条创新之道，一条无路之路。这路如梯，梯之高，对绝大多数人而言是绝路，一辈子也跃不上。但豪杰勇士们，不是走在斜坡上，而是攀爬在峭壁上，其间并没有路，只能拼命跃起，抓住头顶上的石头，挣扎着爬上去，一旦失手便粉身碎骨，这是置之死地而后生的路。这些人，要的不是岸，要的是海浪翻卷。没有犹豫，只有悲壮，只有神奇。

豪杰勇士一路上不仅有“一览众山小”的感受，还有只身前行的气概，他一个人就像一支队伍，对着自己的头脑和心灵招兵买马，不气馁。他仿佛率领了百万雄兵。

道路曲折又如何？路途遥远又如何？他们的人生之路从来都是在攀爬。一生都在爬着坡，眼前是山，身后是山。站在此山顶，看到的是云，站在山腰，看到的是树，站在另一座大山脚下，看到的是草。角度不同，层次不同，结论不同，无谓对错。

人生路上，最重要的动作便是“争”与“抢”了，社会资源是有限的，一部分人的收获就意味着另一部分人的失去。不竞争天上也不掉馅饼，主动才会有更好的结果，被动只会任人宰割。有预谋的先手棋，才有对弈时的占上风；弱者只会用“与世无争”敷衍自己。豪杰勇士们却不屑，以不私为私，以不争为争，积极创造一切。

人生之路，就是生命的轨迹，命运的痕迹，灵魂的追求，任谁也无法回避。

热爱生命

1.欢欣迎接每个清晨

友人来电疾呼：快来，樱花快落了。樱花花期短，花开时轰轰烈烈，花落时干脆。诸多文人骚客为此感叹，而樱花树却岁岁从容，依旧优雅而短暂地花开花落于春风中。

人生短促，幸福总是姗姗来迟，却又稍纵即逝。

短促的人生，只怕草率地挥霍，无谓失去，一切得到，最终会失去。用心珍惜，也就无惧失去。人生得失守衡如四季轮回，花开花谢，四时更替；该走的必然要走，谁也无法挽留，该来的必然会来，谁也阻止不了。

以喜悦之心迎接每一个清晨，以淡然之心送走每一个黄昏。敞开怀抱，坦然面对；不亵渎生命，就能最大限度地延缓失去。

2.咀嚼日子，反刍生活

人生很赶，人生很忙。人们内心深处以为溜走的那条鱼是最大的，总以为前方的风景更美丽，总以为未来可以解脱一切烦恼。甚至以为旁人要好于至亲好友，所以总对亲友抱怨、发怒，没耐心。

其实，人生中的“动”很美，“静”可能更美。我们对每个日子都囫囵吞枣，生活的滋味荡然无存。尽量别假设，未来少预想。若浮夸过多、浮华过重、浮躁过甚，必心境难平、欲壑难填、负赘难卸，徒增烦忧，终劳力伤怀。

人生确实繁杂，用心体验，无论苦乐，无论逆顺，都坦然对待。唯苦中寻乐、转苦为乐方能开阔视野、豁达胸襟。

3.放下

有些人，近在咫尺，无缘一生；有些情，短暂，却留心间。总以为不再想起，就不会相思再染；总以为不再念起，就不会再有忧伤；总以为放下所有，在眼泪掉下时转身离开，还能看到彼此初识的微笑。

将过往尘封收藏；将一些沧桑尽藏于心；不问流水无情、落花无意，不执着找寻有你的天涯。

4. 远眺，风景更美

小时候，玩捉迷藏时，眼睛让小朋友用小手遮住，眼前就什么也看不见。

大了才知道，什么才叫一手遮天；年轻人失恋，天崩地裂，不知道“十步之内必有芳草”。有时大脑被一些古怪的念头攫住，举止言谈怪异。比如，为路人的一个怒目而耿耿于怀数天。

不明白，什么是一叶障目，也不明白，什么叫作脑洞大开。如果你太想要，一样东西，就会看得很大，大到占据了自己的全部心思，大到成了自己的整个世界。

得不到，痛不欲生；得到了，多数人发现也不过如此，甚至还后悔不已。

5. 处处皆是景

适逢“十一”，外出旅游。人挤人、人看人成为旅游景光的奇观。若去看看，只能算是到此一游。

我等闲人，心中梦游之外；夕阳之下，随意拾一段乡间小路，散散步；轻轻松松地环顾四周的风景，顾盼流连之间，便也不觉得苦，不觉得累了。

如同走上人生的路，心怀一份淡泊，从从容容，一种优雅是边走边看，一种闲适是走走停停，一种豁达是边走边忘。埋着头赶路，把自己逼得那么累；路到尽头，却湮没了乐趣，错过了精彩。

6. 顺其自然，无为而为

人往高处走，人心比天高，人终其一生都在争取，人生需要的东西很多，其实，需要放弃的东西也不少。

喜欢得到，不愿放弃是人最大的弱点，由此酿造了太多的人生悲剧，导致失去更多，偷鸡不成而蚀一把米；芝麻没拾成，反而丢失了西瓜。很多人吃了苦头才悔悟。

只才内心清澈的人才明白，流年里徜徉，没有永远的快乐，也没有永远的伤痛，得失无非是福祸相倚，所以要物我两忘，用心关注自己的身心。好好爱自己，因为你不爱自己，没有人会更爱你，你若不坚强，没有人会替你坚强。难过的时候蹲下来抱抱自己，累的时候记得停下来歇歇，寒冷的日子给自己些温暖，孤独的时候为自己寻一片晴空。

我们都是红尘过客，不再为消逝的事物所烦恼；凡事凡物如人与人交往一样，讲究得失与缘分，缘来时你在我心里，缘去时让往事随风。

7.若想长寿，就要没心没肺

人是情感的动物，一不小心就自我感伤，不能自拔，没了心情，也没了寿命!

人生之旅不论顺逆，无论坎坷与通畅，我们都不要再去执着，这样，自己就不会充满悲情，不为消逝的事物而耿耿于怀，而烦恼与后悔。擦洗自己那颗沧桑的心吧，心如明镜，物来则映，物去不留；如白云苍狗，空中无迹，水面无痕。

在这个繁茂的森林世界里，我们何尝不是一株小草；在岁月这条浩荡的大江上，我们何尝不是一滴水珠。活着不易，顽石何尝不快乐？！坦坦荡荡面对生活，不悲不喜，来去从容。

8.敬畏才能爱护生命

生命是宇宙间的奇迹，它的来源神秘莫测。是进化的产物，还是上帝的创造?

生命是如此复杂与精巧，以至于人类无法将身体结构与功能统筹起来。计算机有硬件、软件两大块，而软件又分系统软件与应用软件，人则有身、心、灵。无论现代医学如何发展，可以认识身，却无力于心，更无力于灵。我们该如何面对生命，唯有敬畏。不是因为害怕，不是因为怯懦，而是因为震惊。因此，只能用心去感受这奇迹，懂得欣赏大自然中的生命现象，用它们的千姿百态来丰富自己的心胸，善待一切生命。

9.纯洁是一次高质量的萃取

远离乌合之众，才能闻到灵魂的纯香，看到灵魂的纯净。

纯洁是一种简单。拒绝任何的修饰与附丽，无须彩绘，不施粉黛；纯洁是一种天真，排斥世俗，拒绝世故；纯洁是一种出自心胸、发自灵魂的坦荡，一举一动都出自内心的宣泄，不隐藏，无掩饰。

纯洁是简洁的，但绝不是空白与一片虚无；是历经千万磨炼高纯度的萃取与浓缩。

纯洁是纯粹的，要经过无数的苦难才能提炼出来。雪的纯洁，是风与阳光在天空中熬成的渣，人们称之为冬季的使者，纯洁的象征。荷花并非生长在净土上，而是出污泥不染。由此，我也喜欢灰烬的纯净，也欣赏苍桑脸上的慈祥，饱经困顿的恻隐之心和历尽艰辛与耻辱后所酿造善良的纯净。

纯洁必须是纯的，是历尽千万磨炼萃取而成的。金刚钻与石墨同是碳元素构成，一个纯洁无比，一个一碰就碎，差别是后者经过1400℃高温后才脱胎换骨的。由此推演，信仰，是在剔除无数个欲望，洗刷掉无数个小我才能矗立的；比如黑夜，如无底洞融合万物，如博大的胸怀，悄悄掩盖一切，以致夜空如此清澈宁静。

纯洁善待一切而不顺从一切，它宽容一切而不容纳一切。

人生如花知时节

真羡慕花，在花开的前一天，会有风先来报信，而风必守信、守时，从小寒开始四个月，八个节气，二十四候，梅花、山茶花、水仙花……都应时而开。

真羡慕花的生活方式，节气一到，自然而准时开放，他人可以观赏和喜欢你，你却不必应酬任何人。

人生如花，花开花落却很难应时、顺时，天人合一，命运舛乖！

人生最后悔的是：年少时，没有珍惜时光，没好好努力学习考个好大学，以致一生碌碌无为。

世界上最残忍的事，不是没遇到爱的人，而是遇到却最终错过；世界上最伤心的事，不是你爱的人不爱你，而是他爱过你后，最后却不爱你。

于是有人退休之后，亡羊补牢，今天这个老年大学，明天那个文化课，弄一大堆文凭，除了满足个人的爱好、瞎忙外，所学的那些知识对他本人与社会而言，作用不大，这些老人也很难凭此再来发挥余热。

至于错过爱，爱错人。我想，90%的女人认为没嫁个好老公；90%的男人认为，自己老婆没有别人老婆漂亮。90%的女人，想有浪漫的故事而没能浪漫起来；90%的男人，很在乎自己是否戴上“绿帽子”，却热衷给别人戴“绿帽子”，盼望别人的妻子红杏出墙。

我们常说：“人生，当有所为，也有所不为。”那么，哪些该为，哪些该不为呢？顺势而为、顺时而动是大趋势。

“明知山有虎，偏向虎山行”，这是勇敢，还是固执愚蠢？不能妄下结论，得视具体情况而定。

追逐梦想、寻求突破是一种“为”，学会理性思考，不好高骛远，与万物言和，是谓“不为”。世事纷繁复杂，有时让人迷茫、难以抉择，我们要想有所作为，就必须在“为与不为”中做出正确选择。

明知不可为而为之的历史故事有：文天祥宁死不屈、孔子周游列国、愚公移山、勾践卧薪尝胆、霸王别姬等。“知其不可为而为之”代表一种执着、坚持的勇气，指的是一种为理想信念而献身的精神。关乎信念、信仰，立志时一定要有底线，不能让步，值得称赞，顺势、顺时时，我们无论何时都要勇敢坚定地面对困难。

苏秦为印证一句话明知不可为，不惜身败名裂而执意为之。诸葛亮“六出祁山”北伐的故事，面对比蜀汉强大很多的曹魏，诸葛亮也知道不可能取胜，可还是强行北伐，最后病逝于北伐途中，千百年来令无数文人骚客不胜唏嘘。

“知其不可奈何而安之若命，德之至也”，是一种学会妥协与适时放弃的智慧，面对不可改变的现实，要懂得顺其自然。有时审时度势、适当放弃，未尝不是明智之举。金无足赤，人无完人。我们在选择人生方向的时候，最好能考虑到自己的特长、特点，考量自己的性格，去做最适合自己的事，要认清自我、明确定位，做到不强求、不乱为。

可有时知道不可为还要死钻牛角尖，到时受伤最深的就是自己。知其不可而为之是有范围的，出界了，结果可想而知。可以执着，但不可以固执，否则最终以愚蠢代之，就泥足深陷了。

“君子有所为有所不为”，对“当为之事”要尽力而为，避免后悔；对“不为之事”要增强自制力，竭力不为，避免乱为与愚蠢。生活中难免存在诸多诱惑，易让我们陷入浮躁、冲动的旋涡，进而迷失自我。唯有不断增强自制力，面对“不为之事”增强克制，免于犯错，才能获得更多宁静。

识时务者为俊杰，能认清时势，顺其而为，愿你我在这纷繁复杂的社会之中，保留初心，辨清是非，让自己有所作为！

人生如花，好花知时节！

也谈圆满

我一直认为勤能补拙，一套线装的《黄帝内经》，前前后后，断断续续，翻了三十余年，至今也只读出一个大概，但心里却是受用之至。这期间，有知识给我的愉悦，有对自身勤奋的认可，这些能让我看到自己踏踏实实生活的印记。

这个世界总有很多事不如意。如喜欢的人，但对方不喜欢，就只能装在心里。明明每个字我都认识，怎么也读不透整篇文章的意思。

一个人一生不做一点事，活多久都是太长；一个人一生要做好一件事，活多久都太短。一个人想在短暂的一生中有所建树，就要有坚定的信念和顽强的意志，要时刻盯紧自己的目标永不放弃。人的精力是有限的，要干成一番事业，就必须有所舍弃，减少那些凡俗大众的乐趣，如打牌、喝酒、玩游戏、扯闲谈，甚至是逛街、看剧、大小聚会等事务。即使是同样有意义的兴趣爱好，那也还是要分清主次轻重的，是留是舍，得有个决断。希望自己能十八般武艺样样精通，那是不太可能的事。

之前的三十余年，差不多是我人生光阴中最精华的部分。现在细细一想，我把最好的年华给了“养活自己”这一目标，没花费多少时间于《黄帝内经》的研究上，于是，我这辈子便是与《黄帝内经》越来越远了。

三十年光阴，我如同与亲人吵架、与陌生人讲心里话一样对待《黄帝内经》。

人生路上充满了风吹雨打，也经常面临百般诱惑，只有志存高远，拒绝各种诱惑坚持自己事业的人，才能最终走向成功的彼岸。“将军走路不追野兔”，其实“英雄远征是不能去采摘野花的”。相对于不追野兔，不采野花更具挑战性，更需要坚定不移的意志，真正的英雄就能抵挡住这种诱惑，最终战胜自己，完成使命。

《西游记》里，师徒四人往西去取真经，一路遇见妖魔鬼怪无数，我们姑且称之为困难与险阻，需要智慧和勇敢来突破难关，确保平安西去。但美艳无比的“白骨精”“蝎子精”“玉面公主”“杏仙”“蜘蛛精”“玉兔精”们却是百般诱惑，乱人心，勾人魂，设下桃花局要夺人性命。如何辨识真伪，不可错信歹人，免于落入陷阱，这也是一种功力，是一种修行。至于像女儿国国王那样深情厚谊的美丽女子，款款相留，百般温柔，更是对一颗初心是否坚定如初的考验。

一切外因内因都圆融了，一切陷阱艰难都撑过了，一切欺骗引诱都克服了，一切温情心动都抛开了，取回真经，完成了最初的交托，也完成了人间的修行，可以回列仙班，成菩萨成佛，这谓之为圆满。

我们平凡人，要想做出一点成绩，一生有所成就，莫不也要经过千难万阻，扛过九九八十一难，才能圆满。

仰望格局

我曾向一位国医大师讨教，他说：中医师的工作对象虽然是病人，与其他行业的从业者，处理问题的思路大致一样，望闻问切，四诊合参，抓住主要病症，可对症下药，一套程序下来，才有手到病除的可能。

人们常误以为高明的中医师天赋异禀。其实，中医师的能力在于他的思维格局，在于他思考问题的广度与深度，而不能简单地归功于他的丰富经验。他们行事时极少以偏概全，否则导致诊疗方向错误。所以，自古就要求中医上知天文，下晓地理，中及人事。作为常人，只能看到彰显之处却很少关注细微之处，关注面上的东西，却很少关注面下的东西，比如，只单纯考虑枝上是否挂果，却不关注树根、土壤、水分与肥料。

修身养年又何尝不是如此？人人都讲求延年益寿，多少人终身固守一技，固守一术，固守一方，一味到底，如此刻舟求剑，何能长寿？人世间本无绝世秘技可言，用对了便是灵丹秘药，否则，便是毒药恶术，谋财害命。有大格局的人，才有大眼界。古人说，行万里路读万卷书，便是养思维之眼的。思考问题时既要在“庐山”中，又要跳出“庐山”，既要近看，又要远观，避免一叶障目。我们多少高人，在技术上或某一环节上精益求精，如在麻布袋上某一破绽处绣补貂皮，精致美观，却忘了补丁是绣在麻布袋上，而不是貂皮大衣上。思维上的盲区与作茧自缚，导致最终干不成大事。唯有大胆地解放自己，自己革自己的命，才能海阔天空。

大格局的人，并不是没有疆界。虽说大家的理想如同舟船沉浮海浪上，但海洋也有此岸与彼岸的。火车是不能跑出轨道的。世事多变，生存环境复杂，我们不能选择，只有适应驾驭。人生最困难的事，不是努力，不是奋斗，而是做出正确的选择。有大格局的人，往往目标明确，思考深远，不会被小事牵绊，不为争权夺利困扰，坚守本心，自我超越，立足当下，自我成就。

大格局讲究大气，因为，你放不下的人和事，岁月将会替你轻描淡写；

大气的人，从来要求自己日子简单过，虽然不快乐，但绝不去堕落！受得了那份寂寞与孤独。

大格局讲究气概之外，重视时机。英雄本无根，时势造英雄。时机不到，活着最好，放下姿态，放下高远的思维，做好当下，与环境与人和谐相处；时机不到、位置不到时不展现过多。时机一到，全力以赴，一飞冲天，无所畏惧。

自主人生

1. 投资生命

暑天，家乡的老人们开导年幼的我们：同热不同寒。意思是说，无论贵贱，热天对大家是一样的，是公平的。当然，那时还没有空调。

事实上，唯有时间是公平的。心在哪儿，时间在哪儿，行动在哪儿，收获就在哪儿。

将时间投资在脸上，换得了无瑕的美貌；利用时间去学习，获得了知识与智慧；把时间用在家庭上，培养了亲情；把时间投资在市场上，成了投资商人；把时间摊在牌桌上，成了赌徒；将时间泡在酒场里，变成了酒鬼；将时间放在寻求幸福上，幸福就会降临；花大把时间去抱怨，幸福自然远离。

2. 认真做好自己，人生足矣

心眼多了，你朋友就少了；心眼少了，玩你的人就多了。你有钱了，跟随你的人就多了；你没钱了，远离你的人就多了。你权势炙手时，陪你的人会众星拱月；你一身寒酸时，门庭冷清是自然的。

试探人心，不仅让你失望，还会让你绝望，这就是残忍的现实。做好自己该做的，安心对待自己面临的人与事。有些人认识了就好，不必深交；有些事知道了就好，不必多说。

3. 自己的人生自己做主

人生最悲哀的事是把自己对人生的思考放在他人的脑袋里，而不是自己的钱放进了别人的口袋。比如，人们很愿意把自己的钱放在父母子女口袋，那是孝敬与关爱。但长大了事事征求父母意见，言必称妈妈这样说，爸爸这样要求，这肯定不是一件幸事！

人生总是苦甜相间，开始不苦，后来必不甜。苦苦甜甜就像一部交响乐，汇成我们的一生。一个人如拒绝“苦”就等于关上了“甜”的门，须知，果熟果甜是霜后；须知，攀登得越高，走过的荆棘就越多。

既如此，与其很忧伤地接受，不如很快乐地迎接。两种姿态，两种人生，孰是孰非，自己的人生自己做主。

4. 改变想法，改变思路，天堂在眼前

思路决定出路，理念决定人们的选择。愚痴的人，事事都朝坏处想，愈想愈苦，终成烦恼缠绕一生。聪明的人，凡事都往好处想，以欢喜心想欢喜的事，自然成就欢喜的人生。

世间事都在自己的一念之间。想法不同，就有天堂地狱之别。人生没有那么多的顺风顺水，世间浮沉总如此。

压抑时，走一走，扩扩胸，做做深呼吸，尽量去取悦自己，尽颜微笑，这样力求心情舒畅，神情昂扬；心累时，换个角度看世界，世界将会清晰，充溢温馨，自己心情才轻松；困惑时，换个位置去思考，豁然敞亮，狐疑顿消；犹豫时，换个思路去选择，内心笃信果敢；郁闷时，换个环境找快乐，舒畅痛快；烦恼时，换个思维去排解，内心安宁，写意顿生；抱怨时，换个方法看问题，理解万岁；自卑时，换个想法去对待，自豪自信。

生活中，换位思考，思路改变，柳暗花明，你的世界便有洞天，更美更靓，仿佛天堂就在眼前。

5. 争强好胜终不赢

一位父亲在女儿婚礼上的讲话，颇有见地。他说：“家里不是讲理的地方，没有对错，没有赢家的争吵声，才有恒稳的婚姻。”

水至清则无鱼，人至清则无朋。跟朋友争，争赢了，情义没了；跟家人争，争赢了，亲情没了；跟爱人争，争赢了，感情淡了。争的是理，输的是情，伤的是自己；人活着，没必要凡事都争个明白。

时间会证明，黑是黑，白是白。多一份平和，多一点温暖，生活才有阳光；宽心做人，舍得做事，放下自己的固执，赢的是整个人生。

6. 相信变化，心定才能成功

相信变化，更相信心定。

现在，若有人谈信仰，不是认为话题沉重，就是讽之为幼稚不世。但人心浮躁也未必是件幸事。

这个年代，一切都在变，唯一不变的是变。面临的环境在变，人是不能过同一条河流；纵然孙猴子附身，也难以顺应种种变化；生活压力陡生，日夜焦虑，脾气也大得骇人，要不，冷漠不仁。

俗话说，人是要有精神的，有了信仰，才有人生最出彩的精气神！才能有恒心，才能心定、才能心静、才能有所作为、才能越努力越幸运！做任何事情，不管是搞艺术的、办学的、办企业的，各行各业，心定了才能成功。

圆规画一个圆圈，必有一个脚不动。如果两个脚都动，就画不出圆圈了。人的生活也是这样，环境动，心一定不能动。这是人生的必修课，谁把这个修好了，那么谁一生当中，就会有大幸福，就会有大爱。否则就会浮浮躁躁，庸庸碌碌，烦烦恼恼。

一切都在变。无论心情多么沉重，受多大创伤，一贫如洗也好，山穷水尽也罢，都要坚持住。不幸的日子总有尽头，太阳落了还会升起，过去是这样，将来也是这样。

7. 做自己的摆渡人

看到俞敏洪叫卖农产品的小视频时，很受感动。直播间的画面中，俞敏洪略显生疏，但神态依稀可见当年给学生作演讲时的激情。过去的一年，新东方业务大幅缩减，市值跌去90%，60岁的俞敏洪也回到了起点，面对他惨不忍睹的“事业”，他选择了重新开始。

这，我们不得不佩服！

曾被丢弃过的猫通常会显得温顺，因为它们担心再次被丢弃，然后变得谁都带不走，温顺的外表下全部都是戒心。

而人一旦失败。有人十年怕井绳；有人躲在暗处，一蹶不振；很多人终生摆脱不了游荡在内心失败的阴影。比如失恋，有人好像失火般焚心烧肺。失恋总是很痛苦，二人几乎像自相残杀。

眼泪是人类所能制造的最小的海洋，汗水也是。经历过世事浮沉的人，都明白：万丈深渊不见底，靠谁不如靠自己。

人活一世，最大的敌人，是自己；唯一的救世主，是自己。一生很短，就做自己的摆渡人吧！

当你的前途一片黑暗时，你应该意识到是你需要发光了。

生活嘛，笑一笑就好了，只要你不认输，生活就没有办法撂倒你，你又不差，加油！

不亢不卑

今天出差，走的是高速。高速路与高铁路时而并行，时而交叉。驱车在高速路上，觉得高速路不但路直而且路面宽广，如康庄大道，而旁边的高铁路，窄而弯曲。昔日乘坐高铁时则看到另一幅景像，旁边的高速路上，车如蜗牛，爬在弯曲的路上，高速路同样显得窄而细弱。同样的一条路，观察角度不同，感觉完全不一样，很大程度上是以自己为中心去看待、去衡量的。

未出行的大部分时间里，我还是感觉到一闪而过的高铁，时尚而大气，而自己坐的汽车与高铁相比自惭形秽；坐在高铁车厢时却远望旁边高速路上的汽车如过江之鲫，挤在车流中，自由而温馨，而高铁却显得孤寂落寞。

人总是难以客观地对待观察对象，这山望着那山高；没被网着的鱼总是最大的。恰如两个鱼缸的鱼，总羡慕对方的鱼缸漂亮，哪怕调换鱼缸，亦是如此。坊间还有经典的说法，老婆是人家的好，儿子是自己的好。

人与人交往中，总是尺度不当，左右偏颇。制造出无数错误的“定律”。如苛刻亲密的人，客气陌生人。嫉妒身边人的进步，而不是陌生人的飞黄腾达。

任何单位，任何群体，人际关系结构都离不开“三三制”，并且一般不会因人而异，三分之一的人对你好，三分之一的人对你一般，三分之一的人对你不“感冒”。好的要保持，中立的要争取，敌意的要宽容。永远不要被少数人所利用。

抑己扬人，是一种普遍存在的不自信的心理现象。其实，刻意压抑自己没必要，奉承巴结也没必要。富人与穷人、城里人与乡下人、上司与下属不可能对等。趾高气扬的人，再怎么尊重他，他也不会平等对待你，不会因为同情而施舍你。

处境艰难，出身低微，都不要寄希望于他人礼遇。自己才是唯一可信、可依靠的人。唯有保持应有的人格力量，直面人生，别心虚和畏首畏尾，当做时就做，当说时就说，就不会轻易让人看不起，也将赢得人的尊重和更多平等的机会。

所以，人生路上有三看:一看远、二看宽、三看淡。

人生如旅。只有看远，才知道自己的方向，才知道自己的选择，才知道身在何处，才知道未来的自己是谁，从而获得让自己深信不疑的理由；远方在自己视野深处闪亮，目标牵引自己成长，飞翔充盈自己人生，往前一程便是境界一处。如登山，高一处，就远看一处，风景更宽更远一处，心自会淡然，胸怀自会坦然，更能体会到“一览众山小”，对人生不断顿悟。

人生不仅只有长度，还有宽度。人生越有宽度便越有生命质量。人生宽度即宽敞的思路、宏大的胸怀。看宽是平视，不是偏视，不是俯视，不是仰视。平视看人，平等地看待，理性地看待，全面地看待，客观地看待，对卑微者来说是一种骨气，对高贵者来说是一种品格；平时做事，是切入现实，是与时代并肩，是聆听岁月的乐章。这里，需要想得开一些，思维空间大一些，心胸宽阔一些，处事宽容一些，眼睛就会明亮一些。

看淡，是修行的最高境界。看淡，是一种释怀，是一种坦然，睿智豁达，世事洞察。淡泊，不是没有欲望，属于我的，当仁不让，不属于我的，千金难动其心。一种无为而无不为的气魄，一种水居低处的大度。一种固守生命本分的态度，一种人生轻松处世的理念，热望但不奢望，执着但不执迷；固守自己的所得，珍惜自己的幸福，与世无争，简单而又快乐。因而，心平气和者身体健康，胸怀淡泊者长寿。

最后，对自己充满信心，相信自己比依赖别人重要。做人要有社会责任感，思索时力求深思熟虑，干事时尽心尽力，而不担心自己被埋没；端正心态，有机会就为社会多做点事，富则济天下，穷则独善其身，没机会的时候记得给自己打好工；不论人生给予机遇如何，努力总是没错的，尽量不辜负青春时光。

花谢了，春依然

花谢了，春依然！

不是所有的花儿都是在春季盛开，也不是所有花儿都是因为春去而凋谢。不同的花儿会在不同的时节开，也会因为种种原因零落成泥碾作尘。

但没人关注，应时而开的花，比如春天的花，若恰好遭遇倒春寒，花苞因此冻住，无法开花，这些花不会等到来年才盛开。我想，花是不会的，寒流一走，天气转暖就会百花齐开。人如花会如此么？人是不同的，更有可能“不开花”。

人生一世，草木一秋，荣辱得失不断轮回。成名要早，这是大家的渴望，但不是每个人都能在一开始就一鸣惊人，人生是个艰辛积累的过程。人生之旅途，坎坎坷坷，跌跌撞撞，在所难免。有人永不停息，努力拼搏，屡败屡战，越挫越勇，战胜自我，振作向前，最后迎来了春暖花开；也有人会因为一次失败而颓废一生。

一生顺遂的人不多，每个人一生中顺遂的时间也不多，大部分人，大部分时间里都备受了折磨。顺遂久了的人，如温水煮青蛙，遇到突如其来的变故，往往不知所措，失去了跳出陷阱的能力；而习惯于波折的人格外敏感和熟练，遇到困难多能冷静应对。

那些因为一次失败就一蹶不振的人，不是没有足够的实力站起来，而是没有足够的信心站起来。他们看不到任何希望，自觉人生已是一片黑暗，觉得自己没有再去做什么的必要，又何必白费力气。然而，他们不过只是跌进了一次失败经历里，却准备在低谷里终此一生。其实，爬出低谷未必有多难，克服了困难，战胜了怯弱之后，人生会生出许多可能性，变得无比精彩和顺遂。但是他们已被低谷吓住了、降住了，根本不敢尝试去爬出来；或者说，他们更害怕再次承受失败的滋味，于是干脆放弃获得新生的机会，宁愿用一辈子祭奠这一次的失败。

世界上没有什么是不可能的，有的只是一些人的绝望。那些只有抱着一丝希望的人，才能在毫无希望的境地里依然坚持到最后一刻，他们始终坚信，办法一定会比困难多。假如遇到困难或者挫折，我们别急着绝望，这不过是人生里的一个关卡，生命里的一道坎，只是春天里的一次倒春寒。我们要做的不是畏惧难关，而是想尽办法通关，跨过那道坎，才能看到希望，才能拥有未来。

一朵花的凋谢，并不意味着春天的终结。对人而言，希望就是人生的春天，信心就是春天里的阳光，坚韧不拔的人生才有春天的降临。一次挫折，并不意味着一生都是失败了，但希望破灭了，信心丧失了，真正意味着春天终结，人生的冬季与黑暗来临了。花谢了，春依然；跌倒了，希望仍在。请相信，花谢了，春依然。

你只管善良，其余交给上苍

今晚与几位西藏朋友相聚。朋友王辉说："藏族是个包容的民族，也是个坚守的民族。"在我看来，这是个浸染佛缘很久的民族，有种繁华后的纯朴，一种纯净的高贵，一种清澈过的责任，仿佛一切皆为天然。我以前一直不明白，信奉佛教的甘地为什么被称为圣雄，忽然之间，我明白柔弱的力量与坚韧。由此，我感喟一个民族所具有的性格与承担的责任。

人生是一场旅行，于红尘俗世中，不论悲喜，没有退路，无论爱否，没有回程。无论是谁，都选择不了命运。无论民族，还是具体的个人，我们肩上都有一份责任，必须去承担。

善良地活着，也是一种责任。人不必太漂亮，但心地要善良。因为善良能让人在举手投足间，散发出淡淡的幽香，时刻温馨自己，也芬芳他人，能让人牵挂；人不一定很富有，但若善良，照样过得幸福；人不一定要强势，但善良，也能活得有尊严。人若善良，心怀坦诚，做人也就自然轻松；既不为自己增烦恼，也不为他人添负担。

善良，是行走在世上的通行证，无形无质，却时时都能感受到。因为你善良，懂得理解，懂得宽容，大家才都愿意与你靠近，与你交心。

善良，是一种精神力量，更是一种乐观态度，它可以架起友谊的桥梁，让人通过友善打开彼此尘封的心窗，拉近彼此之间心的距离，友好相处，同舟共济。

其实，做一个善良的人很简单。别人有难了，你就热情帮一把；有人摔倒了，你就主动扶一把；有人伤悲了，你就上前劝一下；有人委屈了，你就去安慰一下。帮了别人，积了功德；功德越多，福报越多。

吃亏是福，善良付出必有回报。犹如辛勤的农民将种子播撒在田野上，付出了辛劳、汗水与时间，秋天便有收获。无论你对谁好，从长远来看，都是对自己好。当你发现每件事都充满顺缘，当你发现一花一草一木都在对你微笑，当你发现身边的人越来越喜欢你，这就是善良的回音。

生命是一种回声，你把善良给了别人，终会从别人那里收获善意。佛陀曰：“善乃为人之本，善乃福报之本。”你只管善良，上苍会负责考量。

一生善良，步步生香。善良的人，后福必定无量。善良是一盏心灯，它会照亮黑暗中的所有的人，它会影响身边的人们变得高尚善良。

善良比聪明更难。善是人性中所蕴藏的一种最柔软，也是最有力量的情怀。聪明只是一种天赋，而善良，却是一种选择。你付出了善良，或许不会马上回报，一定会在另外的空间节点得以弥补。但一直善良下去，总会与幸福更近！

强大是弱小磨生出的茧

“一切的故事，都是平凡的人。千回百转，千锤百炼，矢志不改，如此而已。”《明朝那些事儿》这一段话让我感慨不已。的确，伟人也好，凡人也好，都一样要在尘寰中反复地磨炼、洗涤与考核。强者们却会做出行动，改写自身的人生命运，从而扭转局面，逢凶化吉。弱小者会埋怨天道的不公，会感叹世态炎凉。

你若强大，就没有什么好怕的，你若脆弱，一个小小的困难就能将你击倒。这个世界，没有强大的敌人，只有不够强大的自己！命运无法同情你的软弱，命运认可你的强大。每个人都有脆弱的时候，但每个人也有坚强的时候，要相信自己，让自己的坚强，去战胜你的脆弱。记住，风雨再大，不及你的坚强，风雨再小，足以击垮脆弱的你。当你变得越来越坚强、越来越强大的时候，你将无惧人生任何风雨。你唯有强大自己，方能百毒不侵！

努力强大自己，不要有任何抱怨，也不要去怪这怪那，若有这个精力，不如好好修炼自己，提升自己，争取更好的出路！

无数次较量、竞争，甚至斗争，我们发现，真正的强大，不单单是有着一身过人的能力与本事，更是有着一个不断努力的内心。不因外物而动，不为外部事物所干扰，固守本真，哪怕身在无间，心亦在桃源。人生就是一场自己和自己的较量。

将一度是别人眼中的弱者，活成他人认为还行的那个人。由弱变强没有什么具体的方法、技巧，若硬说诀窍的话，那就是重复，不断的重复。

一个人要提升，就需抓住这种相对静止的力量，将其赋予自身，变成灵魂上的烙印，这是你的品行，甚至转化为你的本质，才是真正的变强。

一个人要变强其实非常的简单，三个条件：1.强健的体魄；2.充沛的精力；3.澎湃的意志力。除此之外，还要学会不时激励自己。

记得自己孩时走山路的经历，当时正是10岁少年，独自一人，需从家里到父亲工作单位去取回面条，用作青黄不接时佐红薯饭的菜肴。这一段路程有田埂、山路、公路，还要穿过水库那段隐秘的小路。这是一条全程有十多公里之遥的崎岖之途，对10岁左右的少年来说，似乎是个不可能完成的任务，是一条让人心惊胆战的路，山路阴森，一路上除了少年一人，几乎没人。年龄越小，想像力越丰富，鬼怪恐怖的情节接连不断，若前方树影晃动，吓得自己半天不敢动弹，若后方有响动，绝不回头，一路疾走，气喘吁吁。一路只得自顾自地高声说话，高声唱歌以壮胆。还有不时出现狂吠不已的狗，让人沮丧的是，饥饿、劳累更易让人泄气胆怯，甚至放弃。然而，穷苦的孩子早当家。既然如此，自己就得义不容辞地担负起责任来。路途上，以树、房为标志物为单位划分阶段目标，没有明显标志物时就以走200步为计数单位，不断地鼓励自己，不知不觉就徒步走了七八个小时。小孩是怕黑的，很多次走在这条路上，我遇到了月亮，再弯的月亮都有清辉，不但让我看清路面，也驱散了黑暗的恐惧。

放弃很容易，但坚持也不是很难，因为坚持比放弃只多了一笔，但正是这一笔，才有了天差地别。能坚持就需要马上行动；行动之前，首先应动手将遇到的问题无限细化，分到不能分为止，列出一个个小目标，接着，再按一个小目标又一个小目标去实现，坚持不懈，积小胜为大胜。面对任何困难与问题，务必理性，不断地询问自己：是什么？为什么？凭什么？怎么办？经过自己灵魂的无数次拷问，才使得自己理性，坚强。

不是我选择了坚强，而是坚强选择了我；不是我想要坚强，而是现实并没有给我退路！如果你对付不了自己，不对自己严格一点、狠一点，不逼自己一把，生活就会来对付你、逼迫你，就会对你狠，让你无从逃避、无法躲闪。也许你会觉得残酷，但这就是生活。

强大自己，是你唯一的出路，当你变得足够强大，你身边的一切会越来越好，全世界都会对你和颜悦色。在生活面前，谁都挺难，没有谁是容易的，我们唯有打败弱小的自己，让自己变得强大起来；战胜自己，你才能轻松地应对人生的挫折，生活的坎坷，才能把生活过好，将人生路走漂亮。

本来无一物，何处惹尘埃

1. 别让雨淋湿了灵魂

人生中，有人把生活演绎成故事，演变成传奇。而不少人把生活混沌成经历，糟糕而乏味，只能说明自己曾经来过人世间一趟。

一边拥有一边失去，便是人生。含着泪水哭着来到这个世界，又在别人的泪水和哭声中离开这个世界，中间的过程就叫作人生，这段光阴是为活着的人准备的。

人生，不是麻布袋，不可能把一切都装进来。活着，就是一边拥有，一边失去；一边选择，一边放弃。

没有事事如意的人生，没有样样顺心的生活。所以，不值得去和别人较真，不值得去和自己较真，不值得去和往事较真，不值得去和现实较真，因为伤不起自己与他人，因为过去已经过去，因为生活还得继续，因为我们耽搁不起。

人注定要在旅途中遭受一些挫折，不能因一次失败丧失斗志，因噎废食，十年怕井绳。拍拍灰尘，振作精神，疲惫了就休憩一下，支起自己的屋檐，别让雨淋湿了你的灵魂！

2. 够了，真的够了

你若从沙漠走来，饱受干渴煎熬，江水三千，你只会取弱水一瓢，水暴饮也会中毒。谁也不敢奢望，能把老鼠喂养成猪，多食之鼠必被撑死。峰高则谷深，若取高垫低，发现世界是平的。

命里一尺，难求一丈；多贪多求必有奇祸！

3. 天命难知

人到中年，无奈与不适成了钝痛，这种感觉让人心躁，真希望来一次刺痛，来一次呐喊，结果是一张口又无奈地闭上。

人生，因为怀疑，所以伤害；因为在乎，所以痛苦；因为看淡，所以幸福；因为看轻，所以快乐。一切随缘吧。“缘”是自然的，符合规律。之所以神浮心躁，其根由是少了慧根。看不懂，不明白，是没找到“缘”，弄不清楚自己是谁，周遭是什么，难知天命！大家都是天地的过客！很多人与事，我们为何要强行做主？随缘吧！

人生，不过一杯茶，满也好，少也好，只要不空，只要不馊，争个什么；浓也好，淡也好，自有味道；急也好，缓也好，那又如何；暖也好，冷也好，相视一笑。

4. 放下，便强大

是放下让你强大，而不是坚持；是失去让你淡泊，而不是得到；是自己的格局与内心的学识让你登高，而不是他人的肩膀；你能站立，是因为不屈的抗争，而不是卑微的苟活；让你重生的是勇敢地和它说再见，而不是等待往事的结束；能让你终生追逐的，不是远方的目标，而是不死的信念。

5. 失去未必不是一种幸运

转头遥望，岁月已逝，无奈而必然。

人生短促，倏忽几十年，人生最大的缺憾就是留下了遗憾，想哭就哭，想笑就笑，所以尽量不要给自己留下什么遗憾；心灵自由、智慧无限才是一个人真正的洒脱。

一旦没有结果，再美好，也不必去纠缠，久了，你会累会倦；纵然兴趣再浓厚，也不要过度沉溺，物极必反。就算再如何留恋，逝失的爱，就要放手，久了会心碎神伤。不能牵手，不能成为粉红知己，甚至不能成为朋友，那就不妨远离，不妨仰慕，距离美也是美，时空是最大的稀释剂，稀释焦灼也稀释压逼。

有时，放弃是另一种坚持。一块心田，你放弃种花，它会长出繁茂的树木，你放弃种禾，它会长出玫瑰，你错失了夏花绚烂，必将会走进秋叶静美。放弃一事一人，另外的一事一人就会坚持到底，这说明失去未必不是一种幸运！

价值彰显

1.经营简单生活

生活简单！活着才是内核！如住房，内核是家！房屋的功能不复杂，能遮风避雨，是个窝而已。世人却对它赋予太多的奢华元素，一百多平方米的房屋，期望其安全如城堡，装修像庙宇，神圣而辉煌，摆设如商场，“繁杂而富有”；左看是个窝，右看是仓库，就是不像家！你看，就是因为心多了，希冀多了！

心简单了，才有心思经营生活；生活简单了，才有时间享受人生。经营好自己的生活，就是享受好自己的生活，过好每一天，而不是天天混日子，也不是天天熬日子。

尘世间是个大染缸，充斥了太多的不如意，太多的烦恼和痛苦，太多的喜怒，太多的悲欢。人生百年，白驹过隙，无暇感伤！抓住一点喜悦，抓住一点美好，放大而回味。唯其如此，才能乐天知命，知足常乐，一生舒坦！

2.梦的新解

最近常做梦，梦到什么并不重要，重要的是为什么做梦。梦多，一般是在自己迷惑不知所措的时候，遇到难以解决问题的时候，或是对自己所走的路失去信心的时候。

一旦对自己所走的路有所怀疑，就会失去信心，心就会抗拒、徘徊，行为就会软弱无力，最终就会失去方向，一切看似合理的理由其实都是在找借口而已。人就会日渐慵散多梦起来，万事提不起兴趣！这就是所谓的“男人中年综合征”。人生余下的日子，似酒醉，左一脚十年，右一脚十年！岁月催人老，转眼就到了暮年。

生活中，越是自己不感兴趣的，越要做好。人生途中许多事是不能回避的，否则，它们会找上门来，横在你前行的路上，不会因为你的无趣而消失！

我们做每一件事，最重要的是意义，不是兴趣。越有意义的事，困难越多，越要靠我们的愿力与智慧去面对，愿力决定始终，智慧决定成败。

3. 淡定是稀缺的力量

人们总企图改造世界，以显示自己的“肌肉”和智慧。当人们用蛮力去敲碎世界，再黏合世界，却发现“世界”变成了一个怪物。如同技术低劣的美容师，手术后发现自己的客户毁容了。

人类的力量不是无限的！何况芸芸众生中的普通一员。既然不能改变，不妨试着接受。每个人，都有倦累的时候。累了，就停一停，给时间以时间；倦了，就缓一缓，让过去成过去。凡事尽心罢了，绝不可勉强。

淡然，是人生的最高境界，恒定淡然，不以己悲，不以物喜。宠辱不惊，看庭前花开花落。淡然，是对人生的态度，是一种美德，一种涵养，一种风度，一种勇敢，一种力量，一种原则。

不与群芳争姝丽，淡若清风，来自心灵深处。真正的高人，淡定中就把世界融化了，再“自然”地呈现一个崭新的世界，天衣无缝。淡定，看似无为却大为！

4. 宁静孕育大悟

人过了三十，已是过了人生小溪喧哗般的经历，应学会宁静，肩负担当。

宁静，是一种美好的境界，气质高雅，修养顶级，出言有尺，嬉闹有度。如一泓秋水，映着明月，恬和、安宁；世界纷扰喧闹，我当淡泊安静；心若向阳，不惧忧伤；心若干净，不惧肮脏；心心若安静，不惧喧嚣；若不动，风又奈何？

宁静，是一种内涵丰腴的悠远。不是平淡，更非平庸，而是于静中触景，“于无声处听惊雷”。放逐那些，争不来的梦想；放逐那些，看不见的希望；放逐那些，放不下的彷徨；听凭它们随心灵的河流漂向远方。

静能开悟，静能生慧，静能明道，静能养生；要想大彻大悟，大智大慧，必须由静做起。

5. 狼有后顾之虑，人有自省之心

狼回头，不是感恩，便是复仇。人能百忍则无忧，事不三思终有败。

这个世界，看的是眼，品的是心。眼睛一样，看法不一样；耳朵一样，听法不一样；嘴巴一样，说法不一样；心一样，想法不一样；钱一样，花法不一样；人一样，活法不一样。

上帝给人唯一公平的是时间，每个人的岁月却绝对不一样；有人拿今天当作昨天来回忆，今天和过去的每一天相差无几；有人拿今天当作明天来期盼，今天都和未来的每一天一样虚无缥缈。

昨天，你已经无法改变。明天，你无法完全掌控。你只有一个今天，稀缺的东西就该好好地珍惜，浪费了今天就是浪费了生命。

人生，只有一辈子，活着就是胜利，挣钱只是游戏，健康才是目的，快乐才是真谛！

6. 还有一种险，你才是我的险

少年雄心壮志，怒马鲜衣，江湖论剑，仗剑走天涯，四野尽纵横。少年张弓持剑，手紧攥梦。

曾记否？当年，收拾碎银，怀里揣满着江湖，提着剑，一腔热血，浑身肝胆下了山。那时月尚满，花正艳，少年眼中的险尚是匪，是官，是些恶贯满盈。

可非所有的故事都遂人愿，少年败在了那时和姑娘的擦肩瞬间，还有以爱的名义诞生的众多好意，众多善良。

少年丢了剑，忘了下山前的雄心壮志，只道这世上虽然平淡无奇，却不知八十一险早已恭候。温柔之乡可否也是一锅煮蛙的温水？乡愁可否也是另一副忧伤的羁绊？嘘寒问暖也是另一类的甜蜜麻醉？还有很多，包括你的关爱，无微不至，我们是亲人，我们是朋友，我们是彼此的依靠，但说不定，你却成了我最大的险！但绝对又没有半点恶意。

用不着旷日持久！我只知道，那双本应该掬明月而揽的手最后只见它轻轻拂袖，瞬间隐于千万人之中，而长空犹留，明月依然高悬！有一种险，你才是我的险。

7. 今年的春天与去年的一模一样

清晨，一缕阳光从窗棂射进房间。这阳光多么有活力，我细细一辨一听，竟有五六种声音：新鲜如清脆，温暖如乖巧，活泼如玎玲，快捷如掇撺，没有一种声音是悲伤的。此刻，仿佛是这悠长的阳光把春天衔来了。

春天真的来了，世界像一个匍匐的幼儿，突然就学会了行走，这喜悦的来临让母亲措手不及。花蕾拱破了枝条，蜜蜂们沿着花香一路赶来，所有的花朵婀娜无比。

疫情反反复复，城市再次被封控。相较于前几次的稀里糊涂，这次多了一份颓丧与麻木。怎能不颓丧，冰封了一冬的土地，好不容易盼来了苏醒。

其实，今年的春天与去年一模一样。树上的那些芽，如一只只小触手，在试探着风的软硬；那些花，正憋足了劲张开羽翼，渴望在春天妖娆一把；田野上的油菜花早就落了。

生命是个过程，遇风遭雨是必然。莞尔一笑需要勇气，但也不要整天抱怨。这比起生命价值来说，轻如薄雾。真不是颓丧的理由！

8. 是树就优雅，是人就厚德

风与树本不属于同一个物类，只是因为有缘而存在于同一个空间，于是有了许多美好，并能和谐相处：清风徐来，树叶鼓掌欢迎，树枝挥手欢送。尽管还有树欲静而风不止的事情发生，毕竟只是赋闲之词；当然还有“木秀于林，风必摧之”的“事故”发生，也是低概率的事件。亿万年来，树总是优雅地站着生长，于是有了千年古树，绵延无垠的森林。

芸芸众生，同属一类，却少了些风与树之间的默契，少了些和谐，多了些龃龉，多了些以邻为壑的不雅。

人生短促，走一趟世界不过几十年，难道就不能像树一样优雅地活着？我是一棵树，必须尽大自然赋予树的本性，坚守初心；我是人，性本善。做人不能恶，善良是本性，不是软弱。忍一忍风平浪静，让一让天高海阔；忍让，不是退缩。宽容是美德，宽容不是怯懦；厚道，不是笨拙；厚德能载物，助人能快乐！

是树就优雅，是人就厚德，如是，便恒久！

不认为自己是圣人

1.成功不自知才是真成功

常胜将军，历史上没有几个。有那么几个，有一个共同点，就是他们本人并不自知有过人的本领，在平时左看右看与常人无异。

成功者是懂得低头的人，绊倒自己的是足下的小石和小坎；肯低头，就不会撞墙；肯让步，就不会退步；容纳缺失，才有满足；欣赏细小感动，才会幸福。无限放大任何一次的成功，只会裹足于今天，“死”在今天，明天只会是行尸走肉；每次失败不是人生的终审，世上没有永恒的黑暗和困惑，没有任何遗憾的事，唯有坚强不倒的毅力与信心。

2.人，一点点醒，一点点成长

人若倒过来活，该多好！少了多少后悔，少走多少弯路。人生就是这样一个苏醒的过程。

这个世界正被剥开，层层叠叠地向我们展现，上一刻面目迷离雾里看花，这一刻清晰如出水芙蓉；这一刻恨之入骨绝不饶恕的人，下一刻就会相逢一笑泯恩仇；这一刻山穷水尽，下一刻柳暗花明。是的，我们不断消除着自我的狭隘、偏激与固执。

3.心胸大，路更宽

“走自己的路，让人去说吧”已是“陈”词，可做到的人寥若晨星，不是自信不足，就是实力不强，所以，内心深处渴望“认同”。人间理，人自悟；世间事，世人度。“计较”生是非，有些事无须计较，时间会证明；有些人无须去看，道不同不相为谋，“无视”已清静。面对伤害，微微一笑是豁达，不理会辱骂是超凡。忍耐是宽容，不是懦弱；退让是大度，不是无能。将军赶路，不追小兔。当自己有坚定的目标时，是无暇顾及几滴口水的；自信有大格局的人，必有一个强大的“胃”，会把一切拿来“消化”掉，为己所用！酸甜苦辣咸，生活的滋味，没有哪种滋味是“坏”的，习惯就好！赤橙黄绿青蓝紫，人生的色彩，少一种，人生之光就怪异。

4.人生博弈，自在逍遥

百味人生，总存在残缺。学会低调，取舍间，必有得失。

不要疑惑自己的人生，人生永远是一场博弈；心胸豁达开朗的人，凡事看得高远；生命有止，挤不进的世界，不要去硬挤，难为了别人，也是作践了自己；不要硬做做不来的事情，换种思路，也许会事半功倍。

切莫攀比他人的幸福，抱怨自己如何不如意。知足常乐，才能自在逍遥。

5.因为善，人间才绚烂

善良的心能成就人间的一切美好，智慧能看透世间的黑白，世界才绚烂。

善良必宽容，唯此，坦然接纳无法改变的不好。需要我们宽容，双眼看自己，只眼看世界；容下他人的不理解和无礼，容下别人的中伤；忍住困苦的折磨，才有“我不下地狱，谁下地狱”的坦然。

让努力成为习惯

我们听到看到很多励志的人与故事，努力就能进步。

努力就可以进步，不少作家一天写数千字，时间一长，就写出上千万字的网络小说来，这是努力和勤奋的结果。

努力就可以进步，一只蜜蜂每天飞出去15次左右，一只蜜蜂一天可采花蜜0.75克，蜜蜂的寿命为30至40天，而能飞出去采蜜的时间为20天左右，除了蜜蜂本身需要消耗的蜂蜜，每只蜜蜂的一生实际只能为人们提供15克蜜。看完这个数据，再看瓶里装的蜂蜜，每一瓶都是无数蜜蜂一生的辛劳，是不是顿时觉得无比珍贵？

努力就可以进步，马比骆驼走得快，但骆驼一辈子走出来的距离可能是马跑出来的一倍以上。马喜欢高速奔跑，但跑一段时间后就累了，累了就会停下来休息。但骆驼一旦走起来，一走就是一天。特别是走进沙漠以后，它意识到如果不走就会死在沙漠里，没找到前方的绿洲，它会一直走下去。走，成了骆驼的本能。这是坚持和勤奋的结果。

既然知道努力就可以进步，为什么大部人还是不努力？努力与付出对很多人而言是阴暗沉重的。努力就可以进步，这句话本身就是一个怪圈。它创造了痛苦，意识到对自己的不满，同时又指导你用痛苦（努力）去克服这种痛苦。如果你做不到，就会更痛苦。现在，“我不满意自己”，这个新念头一闪现，就潜移默化地侵入自己的每时每刻，给你带来压力；让你不快乐，让你觉得现在这些时间都没有价值。耽于幻想，沉迷于有朝一日成功后的如释重负。泄气，自怨自艾，精神萎靡，缺乏动力。因为，努力一定是痛苦的。

人生是看不到尽头的马拉松，不是百米赛跑，拼的是耐力、专注和持久。多数人不能坚持，诱惑很多，专注转移，热忱一时。

如何打破痛苦的怪圈？如何让努力成为习惯、成为本能？！这是成功的诀窍之一。

努力可以进步，只能理解为努力才可以进步。否则，选择了一条路，就必须要坚持走下去，要走得比别人更久，走得比别人更远。你才能够看到别人所没有看到的风景。

人生不设限。路很多，选定了就要心无旁骛；挫折不少，坚定了就要持之以恒。你有一生的时间去努力，去改变，去创造，所以，永远不要用你的此时此刻来判定你的未来。

只有坚信能，才会真的能！路走过之后，才发现人生的潜力是巨大的。你只管努力，余下的交给时间，还要学会享受努力。或许，这才是成功的秘诀吧。

从容、善思与专注是最好的修行

传说诸葛亮、刘伯温、曾国藩等人善于相人。他们认为，从容、专注、聪慧善思，是一个人是否有福缘的根基。

1. 从容大于能力

当你给客户打电话的时候是不是说话不自然，事情没有完全搞明白就把电话挂了？当你和客户交流的时候是不是很紧张，害怕客户不和自己合作，处处迁就客户？遇到紧急事情需要处理时你是否大脑短路，手忙脚乱，不知道该如何是好？

不是自己不够优秀，而是很多时候自己遇事不够从容、淡定。

一定要时刻提醒自己从容大于能力，遇事多思考。

2. 选择大于努力

选择什么样的妻子，你就会拥有什么样的家庭。选择什么样的工作，你就会有什么样的工作环境。选择什么样的朋友，你就进入什么样的朋友圈子。选择不对，再多的努力也是徒劳，选择大于努力。

一辈子只干一件事。

术业有专攻，一件事情重复做，坚持做，才能成为行业的精英，才会更容易成功，一事成则事事成，什么都想做，最后什么事都做不成。简单的事情重复做。

一辈子有两件事需要一直坚持做，运动和读书是不是值得你一辈子拥有？那你是不是也应该锻炼一辈子。运动代表着健康，读书代表着智慧，智慧是不是会让你获得成功，想要成功是不是应该坚持读书。

3. 思考

做一步想三步，遇事多思考，把思考当成习惯。一个小的细节没考虑到位就很可能会让你犯下大的错误。记住思考会让你少犯错误，思考会让你变得更加睿智。一切伟大的成就都源于思考。

抵御岁月的荒唐

在成长的岁月里，我们无法抗拒生命所带给我们的各种体验和历练。这里有幸运、喜悦、温馨和感动，也有苦闷、挫折、失败和不幸，一次次体验，构成了充实而丰富多彩的一生。昨天再好，已经成为过去，无法重来。

学会遗忘，学会放手，学会放空！

有人说秋天是个宁静的季节。我认为，秋天是一个最忙的季节，你看那落叶飘零，你看那秋风把春夏两季的繁荣扫荡成了万物萧条，秋天是一个放空、御下的季节，彻底到天高气爽。

老茶不去，新茶无从融入。心灵如杯，人若执着回忆，无法让自己内心如空杯一样装进一些新的内容；过往如老茶，占据了杯子的空间，又因太久的积淀，品之索然无味；生活不再精彩，是一生塞满了过时的记忆，人生有一份遗憾和悲伤那就是太满。空，就是期待，就是一个等待的状态，空杯能够装入更灿烂的明天，正如白卷能够绘出人们随意想象的任何一幅图画。

沙滩上再深再倔强的脚印，也会被海浪冲刷抚平，沙滩又恢复了原状，仿佛无人来过。一个人若想生活得愉快，过得从容自如，就需要学会忘记。所以人们不但要学会忘记过去的伤和痛苦，也要学会忘记过去的辉煌和成就，以一个归零的心境，去应对全新的生命的挑战。

其实，在深山里的杜鹃花，没人赏识，也要芬芳；那里的鲜花小草，没有人心疼，也要茁壮成长；那里的雄鹰，没有人鼓掌，也要飞翔。这是生命使然。

人来人往，花开花落，月圆月缺；你无可抵挡，一切随风，一切随缘。花开花落是起伏的生命，春去春回是别致的景色，一切得过去，快乐才是生命的本色。

短斤少两的发呆

有人说：夜，熬多了，梦也会缺斤短两的；结束一天的疲惫，发发呆真好！发呆这种事儿，如果做得好，那就叫深沉；如果做得不好，那很有可能睡着了。

国外研究发现，每天适当发会儿呆，能将焦虑和抑郁降低25%，心脏病患者发病的风险也降低。当冠状动脉病患者的精神压力达到平时3倍时，更易死亡。

发呆其实是一个思考的过程。看似什么都没做，其实事情都在你的脑海中，对的错的这时候都已经不再重要，重要的是，你绷紧的神经松弛了，大脑放松了，不焦虑了，心灵也静下来了。

有人将读书视为另一类发呆。艰难的时候，唯有读书。一是可以切换场景。二是寻求安慰，看到别人受苦，庆幸自己还算不苦。三是生活琐碎、实际、单调枯燥，无论你做什么，都是长时间反复地做着同一件事情。读点书知道一些自己不知道的事情，让单调的事情变得丰富起来。

对谁都一样，我们都生活在一个围城里，一个铁屋里，只有大小之分。世界上有些人因为忙而感到生活的沉重，也有些人因为闲而活得压抑。人啊，都有自己一本难念的经；可是不同处境的人又很难理解别人的苦处。一个人的成长过程是一个破茧成蝶的过程；虾蜕壳蛇蜕皮，否则无法完成生长发育。

我们都曾勇往直前，却逃不过孤独迷惘；我们都曾豪情万丈，却藏不住遍体鳞伤。命运总是不如人愿。也许某一刻我们会因失业、失恋，因生计发愁而想逃离这个世界。

一切都毫无办法。对于一个普通人来说，只好听命于生活的裁决。这不是宿命，而是无法超越客观条件。在这个世界上，不是所有合理的和美好的都能按照自己的愿望存在或者实现。

越长大越喜欢发呆，随着时间的流逝，就连发呆都成了一种奢侈。找一个角落，独自发呆成了我每日最大的美事！发呆是唯一不用付费的宇宙漫游。一梦入混沌，烟火撞星辰。

人们对发呆还是很失望的，这么一段美好时光，到底也是浪费了。时间，就是个可怕的东西，当你还活在过去的时候，它却早已潇洒离去。我还在发呆时，生活的闹钟又一次响起，于是发呆便短斤少两了。

发呆不是一味沉迷痴梦，也不是看破红尘，而是看懂了红尘。面对残忍现实，醒悟的人开启了另一种躲雨避风的模式。发呆的人有另一个世界，不是那个世界太美，而是这个世界太残酷。发呆的人只是在逃避，逃避某个人、某件事、某些说不清道不明的东西。

我认为，发呆是每个人的觉醒；发呆将孤独迷惘发酵，使之成为成长之养分，伤口也会长出翅膀。发呆可以帮助人们减轻疲劳，对大脑来说，是很好的休息，偶尔发呆有利于心理健康。

在无数的痛苦中，在重重的矛盾和艰辛中，很累的时候，就给大脑请个假，不管今天有多大困难、多大烦恼，发发呆；到了晚上好好睡一觉，做一个甜甜的梦吧！

发呆是一块糖，清苦的生活需要自己加糖，太累的身心需要自己放假。在这个喧嚣的年代里，要给足自己发呆时间，让心灵至少有片刻宁静；不要因为忙于与外面对接，却忘了与心灵联系。

Part 4
第四辑

那边风光

旅途上的风景

1. 我们在哪里

望着海中的岛屿，沉浮于潮来潮去的海浪中，千年不变，懂得海浪。我望着远山，鸟飞来飞去，山岿然不动，年年如此，懂得了飞鸟。我们人类只是时光匆匆的过客，我们的位置在哪里？我望着墙上的芦苇，风雨中的藤蔓；大智者能理解自己与他人所生活的世界，从来不活在别人的眼里，不活在别人的嘴中，不活在别人的世界里。

2. 人生如乘车

人生如乘车，如公交车、火车之类，不断有人上车有人下车。

各有各的位置，各有各的风景。没有人永远乘着这趟驶向未来的车。也没人能览尽沿途所有的风景。对任何一个人或一件事，想象的与实际的差别是很大的，同时，与人与事与景的相会也只是一段时光。

碰巧大家聚在一起，绝对是缘分。各有各的世界观、人生观、理念、价值观；严以律自己，真诚善良，宽容待别人；不要随意苛求别人。成和败，得与失，聚或散，都是人生的一种成长。看淡，心情才好，看开，日子才美。

3. 生活如波浪

把事情变复杂很简单，把事情变简单很复杂。水波之下的淤泥可以长出白莲，但绝对种不出白菜。方向对了，淤泥也是养分。红炉可以烧化草木，也可以冶炼钢铁，困境可以成就伟人，也可以困死蠢材。

果经一季，多数苦涩，但经过酷暑秋霜却可以甘甜；老者常觉得小青年无病呻吟，其实老人年轻时未必不是这样。久经磨炼方成睿智。心电图若走成了一条直线，一定是心跳停止了，复生乏术。生活如波浪，一浪翻一浪，一波过一波；波峰时，且慢高歌；波谷时，不必垂泪。只有撑过风浪，才能抵达人生的彼岸。

4. 梦中的自己

快节奏的生活，看似忙碌，却窒息了思想。仿佛被时间的高铁绑住，人驶向苍茫的未来，日子如路边的风景一闪而过。难能可贵的是，我们还有梦，梦尽管短暂，却有机会让你在梦中咀嚼着如落叶般的日子。

梦中，你是寂寞的，是孤单的，没有人理解你，却是自己最懂得自己；梦中，你守在电话旁，没有人聆听，却是自己最爱自己。

只有自己看重自己，自己欣赏自己，才会为梦想而努力，才会努力去成为一个有价值、值得爱的人。最终和谁在一起并不重要，重要的是遇见梦想中的那个自己。

5. 静与独处未必不美好

独处是一种境界。人们视独处为不足，视能交往为能力，其实独处也是一种能力。不善交际固然遗憾，不耐孤独也未尝不是缺陷。独处是寂寞的，或者是孤寂的。人生，是一串串五彩日子，自然也免不了还有白的黑的颜色，这便是寂寞。

学会独处，学会寂寞，心底的尘埃沉淀，心灵净化，灵魂的污浊得以洗涤，才能造就良好的心态。

学会独处，学会寂寞，内心才会丰富，才能享受一份宁静的惬意，享受一份孤独的快乐。学会寂寞，学会独处，也就等于读懂了人生。

一棵树上没有两片完全相同的树叶，生活没有模板，但不能缺少心智。万物在变化，就是这一秒的此时、下一秒的彼刻，自己的心情也不一样。多舛的命运里，照亮人生天空的，永远是自己的心智。

开怀一笑吧，笑能让你释然；让泪水畅快地流下来，哭能让你减压。沉默是金，那就不用解释；放下能更好地前行，为什么还执迷不悟！

你的脸对了，你的世界就对了。不是你心的强大，而是心智的理性。放下了，你的世界才澄明；不是心的豁达，而是自己少了欲望，少了搅拌，心空纯净了。

6.宽容，接纳一切

记得年轻时，读了房龙的《宽容》一书，很是震惊，深为其思想所折服。当时，只是以欣赏美文心态读一读而已，并未领悟其实质，如同水滴在石头上，只湿了石头表皮而已，并未“穿石”。

日子一天天地翻过，也常为“用别人的错误惩罚自己”所折磨。要不就是自己与自己较劲，转眼之间世界已物是人非。现在想来，不要企图去纠正身边所有人的缺点和错误，让万事万物都如自己意愿，如同我们不能移除全世界所有荆棘和石头，使前方的道路笔直平坦。想要在一条路上走得更远，就得穿一双适合的鞋子。其实，不一定是别人真的错了，或许是我们看问题的角度出现了偏差。

7.看透了，处处是生机

我们苦恼的不是疏忽懒惰，而是方向不明。世上只有极少数人能模糊地研判方向，多数人浑浑噩噩，随波逐流。看不透人生的人，处处是困境；看透人生的人，处处是生机。

拿不起的人，处处是漏失；拿得起的人，处处是担当。放不下的人，处处是迷途；放得下的人，处处是大道。想不开的人，处处是凋萎；想得开的人，处处是春天。做什么样的人，决定权在自己的手上。

8.心魔是纸老虎

小时候，老师教育我们，困难是弹簧，服强不服弱，你若硬它就软，你若弱它就强。大了，才明白老师讲得纯粹了些，困难实在了一些。那时，我们有股初生牛犊不畏虎的劲。随着阅历的增加，一般人，磕磕碰碰多了，畏难的阴影与日增长，顾虑一多，更严重的是心魔也壮大了。

尽管心魔只是水中倒影，但看上去它强大无比，其实它真的只是个纸老虎，张牙舞爪，十足骇人；直面正视它，灭其气焰，绝不掉头就跑，助长其气焰。千万别用自己的想象和恐惧去喂饱它、强壮它。反过来，要不断增长内心光明的力量，心魔就会在光明下显得苍白无力。

心轻者：寻找一处桃源

憨厚的人，若内心浪漫，加上本性善良，时常会做出一些“幼稚”的事情来，夕阳散去，幻想却还能在脑中闪烁。十多年前，人生中跌了一跤，之后在一个微寒的秋日里，独自徒步走到了大山深处，见夜色已深，无法返回，只好硬着头皮，问一位老者可否借宿。老先生十分惊讶我的造访，事后，我也了解到这位老者，也是个很绝望、孤独、身陷绝境的人。他曾是个成功的商人，因生意上的失败而负债累累，于是，来到大山深处栽种了千亩黄桃和柿子树。这时候，他的心脏已经出现了问题，妻子逝去多年，儿子独自一人无所事事，浪迹天涯。接二连三的变故，弄得他破了产。此时他正处于低谷，很穷，处境窘迫。

我的突然造访，老先生还以为我是乡政府搞人口普查的。我实话实说了自己的困境之后，他笑了，瞬间我们成了朋友。他邀我进了他起居的地方。这其实是个仓库，空荡荡的，一处角落用于居住，凌乱地摆放了一张床，一张陈旧的桌子，两三把椅子，一口土灶，碗与筷子之类的生活用具，摆放得很随意，十分散乱。仓库的其余空间用于贮藏水果。他请我吃了一顿红薯稀饭粥，红薯与大米的分量差不多等量，那时乡下还是很重视晚餐的。这顿晚餐寒酸，与穷人家的主食差不多，20世纪60到70年代过苦日子，尤其青黄不接时，南方大部分穷人们的主食也是红薯稀饭粥。

不知是有意还是真的交不起电费，当夜他家点的是蜡烛，后来干脆把椅子搬到仓库外面的草地上。那夜恰巧秋雨已停多时，天空清朗，满天的星星很高、很亮、很纯净。我们聊了很多，他的故事多得可以装上一火车。我曾问他，为什么不搬到镇上去住？他呵呵笑着说，我在外奔波多年，现在总算找到这处安静之地，权当是自己的桃花源吧。也是，这个“桃源”并不美好，看起来似隐居，更似探险，这种探险是异常艰苦的。对心灵，或许是一种净化，但对身体，无异于一种折磨。

那夜，我们聊了很久，最令我难忘的是他说了这么一句话：在这里，我会享受从肉体到心灵最充分的自由，仿佛全世界只剩下我一个人。在这里，人们虽然贫困，但也有尊严，有着穷人的尊严；在这里，星空高远，星星很大、很亮；只要愿意，星星能成为我们穷人的钻石，也可以成为富人们的钻石，与真正钻石不同的是，真钻石穷人不能而富人才能拥有，星星这种“钻石”，大家都能看到，没有谁能把星星藏起来；穷人与富人一样都能看见星星，什么都没有的穷人，此时也不算一无所有了。

有一种代表富贵的钻石只戴在富人们的手指上，好在还有一种钻石镶嵌在天上。天空就是穷人们的珠宝箱，它应有尽有，只要你肯抬头仰望，便能拥有它们。它无法用来炫耀，但永远引领你向高处看，能提醒你，这个世界还有属于你的美好和希望。

一个被世俗浸淫过的人，我认为，他根本不可能再回归桃源。因为走得太远，已经忘了真正的桃源在哪里。那么，世间到底有没有桃源呢？我与老者通宵闲聊的那一夜，让我终于明白，桃源一直在，只要你心有所属，并且一直依附着它，它就无处不在。哪里若能真正宁静，哪里若能让内心回归，哪里就是桃源，桃源不是千寻百觅的一处地理意义上的桃源，而是寻到一处能让灵魂安置妥帖的桃源。它只藏在你心里，由心灵孵化构建。你的桃源是一段柳荫河岸，一片草场，一座青山；他的桃源，或许仅仅是一间斗室，一壶清茶，几行诗句。即使生活在城市中，走在大街上，坐在办公室里，躲在咖啡馆的某个角落，只要心中藏有一处桃源，心有所属，内心宁静，你就是陶渊明或者梭罗，甚至比他们更加安宁和充实。那是由自己心灵构建的真正桃源，那是灵魂的桃源。只有宁静和美好，没有阴暗与压抑，在那里你是至高无上的国王，或者与世无争的农夫。

我们不企望来世的天堂，不祈望那个地理上有个遥不可及的桃源，只期待今生今世的安祥愉悦。此时此刻，我们就要朝着愉悦和幸福的方向前进。

秋登岳麓山

秋天，花费两个多月的时间稀释了整个夏天积攒的情愫，暖和不热烈。昨夜的秋雨绵绵，少了些火辣的情绪。小草泛黄，树叶飘零。我漫步于岳麓山的枫林中。十月的风景，是中秋的模样，可我是个感觉迟钝之人。有人说，真正会聆听的人，会聆听到无声之声；真正会看的人，会看到心内的世界。此时，我忽然发现了岳麓山的秋。

秋如画，一幅美丽的画卷，风景空灵透明，画卷里一脉脉山峦，一条条尘埃不染的山泉清流，云雾里翱翔放飞的梦。

秋如诗，一首首抒情诗，隽永美好、温婉如梦，适合低吟浅唱。

秋如歌，似一首老歌，在泛黄的岁月中，唯美演绎，循环播放，感染思绪。

秋如酒，注入清冽的秋水，秋色和着秋风，用最老的颜色，收集落花与落叶的深情，酿造出诗意，沉淀出甜美。

走在枫叶零乱铺着鹅卵石的路上，享受着这暖阳和微冷而清爽的秋风，心想，谁此时没有房子，也就不必建造了；谁此时寂寞了，就永远寂寞，在这林荫路上永无休止地游荡。看着红叶零星飘落，在秋日的薄暮中，在云麓宫门前的露台上，饮着黑茶煮沸后色如琥珀的红汤，人与桂花俱醉。“自古逢秋悲寂寥，我言秋日胜春朝。”

然而，秋天毕竟是晦涩与沧桑的，写着岁月的凉，挂着草芥的黄。我一步步往山下走，站在爱晚亭旁，倚立晚风中，落叶不经意间飘入眼眸。秋风还是露寒了，树叶终是枯凋了，只得与树忍痛割离，半空曼舞，展示最后的绝美，任生命和灵魂零落成泥。或许，秋终究还是要去的，包括所有的东西，凡物都有了自己的归宿。世上所有事物，时间都会不动声色地把它带走。

看着片片黄叶落入亭前的池塘，仿佛生命都飘进了似水的流年中。人生何尝不是如此，偶尔的独处，那些落满花香的岁月就渐远了，偶尔发呆，转眼我们的青春就被甩出很远。曾经的粉嫩青春，再看如今的衰落。可记否，春天里的妩媚弄姿，流水的纵情牧歌，群鸟的逍遥欢翔；俱往矣！难道秋风寡情薄义？此时，我听着杂草中蟋蟀悲吟声声，不知蟋蟀是为自己，还是为晚秋而怆然伤悲。是呀，生命在轮回季节里的无奈谁也无解。

岁岁年年都相似，物非人也非！三毛曾说：“时间极美，就是时间不可避免的流逝。春花、秋月、夏日、冬雪。”这说明我们对季节，对命运，都无需去改变，坦然接纳。于命运，只要是自己经历的，就坦然接纳不后悔；于这个秋天，我们也只需接纳它的流逝，迎接寒风的前来！这便是季节的魅力，也是秋天的美。秋天马上会在悄无声息之间，将风景花木转换色彩；就如现实生活，就如我们的人生，在时光里将繁华演绎，变成平淡，让我们徜徉在人生的风轻云淡之中，在时光的风景里释怀，日子也在转身时惊喜不断。

冬是薄情，主收藏

冬，安排凌厉的风，莽撞中将树叶从枝头摇落。冬，以自己特有的冷静、素简，勾勒出一幅简约而又清癯的水墨丹青。冬，一季高冷霸气，场景被推出得如此辽阔。风凛冽，寒意催，水喑哑了流动的诗章，一派凉薄，那蓬勃的葱绿，洗去大地妖娆的锦。水远山高，清冷孤寂寒凉。世间万物仿佛被冻结在冬日的飘雪中。

冷风嚣张，而这风是一条没有颜色的河流，它时而暴涨，时而隐退。树根下的枯叶颤抖呜咽，飘远了的树叶，在风里翻飞；若没有风来翻翻落叶的牌子，这冬天就会更单调，也更凉薄。雪，是冬的颜色，也是冬的精灵。它将一切枯草残花覆盖，它粉饰了人间的颜色，只给你看一看童话世界的模样。

冬，既缺乏绚烂的色彩，也没有醉人的花香，田畴空淡，农家的日子也缓慢下来，仿佛一切变得寡淡无味。

冬，世界晶莹，纯净了双眸，琼枝玉叶，皓然一色。雪，柔和了寒冬，淡泊了尘嚣，成全来年的收成，原来在彻骨冰寒中还能品赏这样一种美，糅合了冷、纯与静。人们喜欢适宜人类生存的，比如温暖，比如花香，却忽略了还有这种匠心独运的美，这种美远离舒适，避开喧嚣，付出才能拥有。

冬季是一个主回收、主收藏的季节。冬用了各种冷寒，剥去一切外在，直露本质；一切都被还原到本色，一年中最绚烂的色彩直接归于统一,一年里最大的收获揽入怀中。万物璀璨放纵之后，生根发芽，叶茂花开，硕果累累，接着偃旗息鼓，瓜熟蒂落，花叶凋零。但生命又以另一种方式沉默无存着，此时，冬对生命做了无限珍藏和沉淀，冬对万物潜藏了无尽的深意。

站在冬的门槛，看光阴流转。时间赐生命以悲伤与欢喜。风来过，雨来过，朝阳热烈，月光清澈妩媚，如今，大雪也在向我们奔来。那些春风、夏雨、秋霜、冬雪，如人间五味，都是生命的营养，都是上苍的恩赐，都是上苍对生命的眷惜；都被生命片片点点地收藏，构成了生命的血、肉、骨骼与灵魂，是生命里的宝贵财富。

冬是严苛的，但并未扼杀万物生机，曾经的纯真和旖旎，只是远去，其实并未消失，厚重的岁月里，它们已渐渐沉淀成山水美丽，在心灵的画框里，时常泛起美丽的涟漪。如藏于深处的父爱，不会轻易显现，但父亲早出晚归，肩负着养活一家老小的重任，在粗粗拉拉的管理教育方式里，还是溢满了浓浓的父爱。有父亲为了给儿女买上的一个玩具，卖过血。

冬是冷酷的，一场朔风，一场朔雪，抹去一切，曾经的繁华、热烈、执着，都被掩盖，只留深深浅浅的印象，返璞归真，如同这洁白的雪花，携上那份清幽的芬芳，深情地萦绕在记忆的匣里。

冬用冬的纯与静，比如简洁、安然、干净、透明，淡淡告诉我们，尘世中过多的诱惑和欲望都是浮云，一个简单的人，必须要删繁就简。这样才会岁月从容，快乐和幸福才会缠绕香肩。

历经人世间的四季轮回，随着年龄的增长，我们不知不觉开始迷恋一些干干净净的存在，渴望着风能吹走寻常日子里累积的阴霾，包括所有寂寞和疲倦，似风烟俱散；渴望着一场雪，能覆盖所有的灰尘，让被欲望蒙蔽的心，变得单纯明快，从而善良温暖；因此我能用善意和阅历垒起一座长亭，寒冬时每一个长途跋涉从此路过的人，都能用真诚来敲门休憩。我知道，生活不是诗是四季，有一季春，也有一季秋，还有夏的炽热，冬的冷酷，生活在四季中的人们，有着平凡悲欢，因此，对岁月我们不能挑三拣四，需要认真对待每一季，认真做好每一天分内的工作。

冬，是一个适合沉思、适合反省的季节。犹如白天喧嚣已归隐，深夜来临，寂寞似月亮从山背后爬上来，把人间照得清澈如水，忙碌一天的人们解脱心灵的约束，如衣帽，如枷锁，在内心宁静的雪地上搭一间小屋休憩、放松。为此，我喜欢冬的纯粹、冬的朴素、冬的内敛、冬的平淡、冬的安详、冬的寂静、冬的款款深情、冬的庄重、冬的静默。

冬主收藏，经历一季严寒的历练，生命在来年的夏季是会更精彩的。仿佛是伤口好了，留下的伤疤将会成为更坚硬的盔甲，使你更强大。只有隐忍过冬的寂静，才能迎来春的热闹与蓬勃。素心草木更深深地懂得，严寒不是生命的终结。人世间，挫折与磨难的背后往往蕴藏着更加强大而蓬勃的力量，如危机，危越大机遇越大。

人生，一日春来，一日冬往。繁华过尽，落寞降临，无论身处何季，尤其身陷冬季严寒时，我们仍旧能坚守一份执着的信念，保持着内心的湿润和柔软，怀揣着几分对岁月的敬畏和眷恋。再苍凉荒芜的日子，内心深处的阳光也能驱散冬季的阴霾，绽放出独属于自己的春暖花开。

无论季节如何转变，始终要有一颗温暖的心，无论世界多么薄凉，你心里一定要有珍藏的暖。顺境里，不惊不喜；逆境里，不卑不亢。持一份淡然，平常于春荣秋枯，携一份从容，风雪中缄默前行。

不冷的思想

一场秋雨，一阵寒。萧瑟的季节，点点愁思在心头。撑着伞，走在雨中的银杏林下，此时，适合发呆，很适合想念，也适合与时光对白。

少年听雨歌楼上，红烛昏罗帐。壮年听雨客舟中，江阔云低，断雁叫西风。而今听雨僧庐下，鬓已星星也。悲欢离合总无情，一任阶前，点滴到天明。

这是宋代蒋捷的词，我在少时就喜欢它的忧伤滋味，此时却是喜欢它的淡然。人生处处可听雨，雨还是雨，听雨时的心却放得越来越缓慢了。

深秋的银杏树煮在秋雨中，煮得树叶金黄，再加几场风催，便散落了一地，在秋阳下熠熠如金。我的心，不深不浅，一半盛清凉，一半盛淡然。人与树此时同是清瘦，同在享受着孤独，品味着寂寞。我一个人，就这么孤独地穿过这黄昏的旷野。孤独像一道雷电贯穿我周身，直接而真切，不给我一丝丝空白。

孤独与寂寞是不一致的，孤独是孤孤单单一个人，没有人能陪伴；寂寞是某个人不在身边，于是有了很多空白与期盼。但我不明白自己内心的孤独从何而来，又该如何排解。银杏树，你可否知晓？！

也许，每个人与生俱来就孤独，从落地生根到落叶归根。人生始终是一个人的人生，是一场独角戏，主角从来只有你自己。那些生命里的人都是来帮你完成使命的陪跑者，包括最亲的父母，也不可能永远陪你，子女也终会离你而去走自己的路。

孤独是一种难以名状的情感，是一种无法言说的心境，是一种打不开的忧郁心结，有一种静态的美。人的一生，在孤独与喧闹交替的道路上行走，我们不能摆脱被孤独追随，不能避免被孤独青睐。孤独像一个幽灵，浸染着我们不够高尚的灵魂。我们不可能一生都走在生命的波峰上，在低谷时，孤独常会陪伴在我们身边。

回想以往，我一直是个孤独的行者。独得久了，才发现孤独也会成瘾，于是爱上了一个人独处的时光，爱上了极静与极简，自己一度觉得这是心老了的缘故，原来是爱上了孤独；孤独是生命中的必需，是书画的留白，不是生命的苍白。甚至有的人，会主动去寻找孤独。

孤独是友好的。它多数时候像一块随身携带的镜子，它常常跟随在我们的身后，像一团随行的漆黑影子，碾不碎，甩不掉，无法从自己的灵魂深处抽离。

对于孤独，年少与年老的感觉是不一样的。年轻时喜欢热闹，因孤独而不安，以孤独为苦；中年时面对尘世的喧嚣，更喜欢安静和稳定，偶尔的孤独是一种享受；而到了老年，风云也好，风月也罢，久经沧桑，历经磨难；职场已远，情场已定，周围发生的那些故事，瞅一眼便知道答案，拈须一笑。沉默是睿智的，心门关上了，不是知己再也叩不开了。这些执拗和孤独像夜空的星星，也像躲在夜间独自绽放的花朵。

若无人能懂，那便热情招呼、问好，然后痛快地转身离去。我的心情，可以告诉花儿、鸟儿；我的情绪可以藏在魏碑的一横或隶书的一竖当中；我的滋味可以在一杯茶的氤氲里，在一盘棋的琢磨中。

只有孩童爱着无止境的热闹，累到站不稳了，还舍不得和小朋友告别。这是个金贵的时候，过了这一年纪，便再也找不回这样的心境了。不管是多亲多爱的人，你都会渴求那么一点独处的时光。就好像你吃了一口蜜，咽下去，需要时间停下来品味这蜜的滋味。况且，随着年龄的增长，眼前的人和事越来越繁多和复杂，带三分孤独，便能远离七分是非。

“享受孤独”，独享人生的静谧是人生最高级的活法之一。日子烟雨朦胧，斗室独坐，窗外小雨淅沥，室内温酒煮茶，忘记所有的烦恼，放下所有的心事。对话自己的心灵，读懂自己的内心，看清楚自己，知道人生想要什么，该放弃什么。

孤独是一种宁静的心境，是一种高贵的品质。孤独是失意时一杯慢慢品尝的香茗，淡淡的芳香，梳理清晰我们朦胧的意念。孤独是痛苦时的一杯烈酒，漫漫长夜里，燃烧一颗寒冷的心。孤独是泪流满面时的一杯苦咖啡，细细地品尝，苦得刻骨铭心，心就会慢慢醒来。学会享受孤独，把思念的苦痛都化作祝福的祈祷，把悲哀的泪水，当成芳香的美酒，邀月对饮。享受孤独，更能珍惜生活，珍爱生命。

谁在驱赶银杏叶

人比鱼更容易搁浅，这时候谁会反推你一把，让你重回海洋的怀抱？还是黑心地将你从浅水推到沙滩上？

我们的思想时常卡顿在十字路口，一句不经意的话，或者一个不经意的动作，也常让我们醍醐灌顶，柳暗花明。当然也不乏某些时候，被人带偏了，陷入沼泽之地，甚至死胡同中。

独自漫步于乡野，看见几个人在用竹竿敲打树枝。可能是为了响应马路上不留一片落叶的卫生要求，他们干脆先将快要飘落的树叶震落，再打扫干净。一片片秋叶，如蝶舞般在萧瑟冷风中飞旋，轻缓地落地，几枚叶子飘落到我脚前，于是我俯身拾起，暗自猜想：这些叶儿，有哪枚不曾挂在树梢上？哪枚没有历经风霜？哪枚没铭刻倔强与坦然？哪枚不曾记录过那些阴晴圆缺的夜？我看这些金黄而显疲惫的银杏叶，每一片叶都是一帧画，每一片叶都是一篇日记。可是我却读不懂它们。

眼前，银杏叶金黄，一抹抹铺展在灿烂的秋阳下，它们正在涂画自己一生最终最极致的美丽色彩。这是季节的大写意，是乡野的符号，自然的见证。它们只有短短三季，一生来去匆匆，却从容与灿烂。且不说韶华如梦，却没辜负春光明媚，却没有失望了夏阳炽热，却相宜了秋风明月、炫彩了生命的烂漫，只说这人间故事，为何如此残忍，为何不能还给它们自由、随风，演绎一个个美丽的相逢。

好想暴喝一声："住手，放过它们！"对这些美丽的银杏叶，该来的时光自然会来，该走的日子自然留不住，何必死死相逼？风雷在我嗓子眼里凝聚，然而，我还是沉默了。

叶子凋落是自然的、从容的，除非人为的驱赶，强行剥夺它们的"瓜熟蒂落"。这让我们想起了窘迫的人生。人的一生都在"赶"，急迫而热切，甚至连漫无边际的童真也锁在围墙、课本里，一个个被催熟得让人心疼。随便走在这个社会上，就会感觉处处都有人，随处都上演着“龙虎斗”，急着捞名，急着捞利，急着赶路，急着吃食，急着睡觉，连散步也成了竞走……囫囵吞咽着每个日子。

人们急于“吞咽”，急于“捞取”，不仅不能及时消化，也超出了他们自己的需求，加重“消化”系统的负荷。人一生只是沉浮在浊浪大潮中，挣扎在名来利往、尔虞我诈、钩心斗角、炫富示威之中，没有轻装上阵的洒脱，没有从容地享受生活，也许还会硬生生地把人情亲情玩弄得渐远渐淡。稍做思考，又何苦来呢？一切都是过往烟云，到头来还是一捧黄土，所有的一切都会画上个纯色的句号。归零！如同落叶碾作春泥！

一枚落叶，可以参透人生。一日三餐，可见平凡。吃好喝好，体魄健康。淡然过往，开心活在当下。

长沙一日游

鸟累了，树知道；云累了，天知道。人累了，谁知道？心累了，听一听音乐就能解乏？烦闷了，聊聊天就可以解闷？不如沉默，不如发呆，静静歇会儿。话多不会卸下身心疲惫。微笑，确实可以解决很多麻烦，若是不合节拍的假笑，岂不让自己更难堪。

周末，四月微风正爽，带上影子，我来了一次长沙一日行。

车水马龙，湘江大桥依然坦荡，敞开胸怀，不惧任何压力。真仰慕这金刚不坏之躯。桥说，我只简单地承担车辆的碾轧，车辆是依次而过，不是层层叠加在我身上，也没超过给我预设的承载能力。人们让我来到这个世界，让我干啥我就干啥，我不超负也不躲懒，我既不带来什么，也不会强留下什么，当然我更不会失去任何东西。不像你们人类，有一半压力来自生活竞争，有一半来自攀比；总寻思付出最少，得到最多，花费最少，占据最好，整天患得患失；什么都想计较，却又什么都想抓牢。

岳麓山，真正的“山不在高，有仙则名”，但它很谦卑，我不伟岸高大。珠穆朗玛峰只有一座，没错，但岳麓山也只有一座。一个人或有两个面三个面，但再有本事的人也不可能同时拥有夏花和冬雪。我们要服气，不能顾此望彼；人生祸福相依，祸就在福的隔壁，随时过来敲一敲窗。若你不肯开窗放它进来，它可能就要破墙而入。选择拥有一些，便只能放弃另一些；我们要学会放弃，也要学会接受命运的残缺和悲哀；得到了当然是好，却不必狂喜嘚瑟，别有一副吃了半年南瓜汤，终于尝到了一口肉的样子。现在流行以事业定成败，以收入的多少定义幸福指数，其实它们只是附庸，并没有表面上那样的风光。烦恼会消长，不是因为缺钱而苦恼，必会为了别的什么而苦恼。而再普通的事业，也有它的快乐，再寻常的收入也能带给你幸福。只要，你的心在情在。比如岳麓山，它不高大雄奇，无深壑险谷悬崖，无珍禽异兽奇花，可它却是长沙市区唯一的山，深受天南地北人们的喜爱。

麓山寺，就在岳麓山的半山上，白昼里红尘滚滚，夜风中松涛阵阵，黎明前经声渐起，暮鼓间禅茶一味，安然同享国泰民安的福分。人生，在哪里不是一种修行？在山脚的学府，在洲头的风中，在江河两岸的灯火辉煌里，在三湘四水的车流，谁都享受到了这国泰安民的福，就别装糊涂了，把日子过成一副苦大仇深的模样。

谁都无法预知未来。人生在世，谁也不知道幸与不幸哪个先到。不能事事较真，不能凡事透彻。给生活罩上一层薄雾吧，是自我的保护，而不是自欺。任何事，任何人，都会成为过去，不要跟它过不去，无论多难，我们都要学会抽身而退。一件事，就算再美好，一旦没有结果，也不要再纠缠，因为久了你会累会苦；一件物，就算再留念，如果你抓不住，就要适时放手，久了你会心碎会更痛。有时，放弃是另一种坚持，错失了夏花绚烂，就不要耽误走进秋叶静美。所以，人生的好坏都取决于心态。你的心态好，坏事极有可能就变没事；你的心态不好，好事也可能会变成坏事。

我在王陵公园的时候，便不由自主地想到，古人是相信轮回的，不论贵族还是平民都会为死后计。甚至生时便为死后预备棺木陵墓，亡灵是否会计较陵墓大小呢？这个没人知道，但生人是肯定计较的，但凡有权有势有能力，莫不是生享死带，谁知道许多墓最后却因此被贼子盯上，反累墓室遭盗。倒不如现代丧葬模式，骨灰一坛清葬于墓区，没有任何盗挖的价值，反而安稳。人生百年，终有一死，身死道消，有什么好要百般计较。

富贵草上霜，荣华花间露，生不带来，死不带去。一辈子就是从生到死的过程，短短几十年，失意些什么？得意些什么？随遇而安、顺其自然。有的人终其一生都在追逐名利，倘若获利满满，他们自然快乐；多数人却在日复一日平淡的生活和工作中，平凡地度过每一天，这又何尝不是一种幸福？

站在橘子洲，我的眼前是岳麓山，脚旁湘水滚滚奔流。橘子洲定是这山这水这城的结晶。橘子洲说，没必要攀比，水有水的深度，山有山的高度；没必要模仿，云有云的温柔，风有风的自由。去寻找你认为快乐的，去守候你认为值得的，去珍惜你认为幸福的。别太在乎别人的看法，没有不被猜测的人，没有不被评说的事；依心而行，做最真实最朴实的自己，才能无憾今生。

我就这样每天徜徉在大长沙的山水洲城里，笑看风云，随着时光一起流淌。没什么能阻止一个心情宁静人的安稳和快乐，不妨就将自己融合在这个美好的时代里，从容淡定迈过生命的每寸光阴。

一口山塘

20世纪80年代，一群莽夫听说有矿，便在山坡上挖出一个大坑，结果不仅一无所获，反而坑底一片狼藉，岩石嶙峋，间隔之处雨污狰狞，露出了与美好山水极不相称的尴尬。一件崭新光亮的裘皮大衣，烫出了一个黑乎乎的洞穴。清澈的双眸污浊无光了。后来，人们用水泥糊好了坑底的裂隙，加固加高了坑坝，还开渠从山顶引来泉水，不经意间诞生了一口美丽的山塘，一个藏在深山里的山塘。

这次回家，特意去探瞧了一番。顺坡而上，前面是郁郁青青的森林，一个小水沟涓涓细流，无声地流淌。溪流的源头是深山里一口水面很大的塘，也就是那口矿坑积水而成的塘。塘水洁净清澈，水波潋滟，盈盈荡漾；弱柳依依，凉风习习；我慢慢踱着步，偶然，瞥看一下那几个闲汉呆若木鸡地盯着一塘池水垂钓，别有一番情趣。山塘四面环山，郁郁葱葱，湿润的空气中吹来了阵阵凉爽的山风，听着山谷中鸟语声声，呼吸着清新空气，心旷神怡，一处世外桃源，美景让人惊艳。诗人说，大山是山民的母亲，山塘就是大山的乳房，大山用乳汁孕育着儿女，大山用乳汁孕育着希望！有人说山塘是一架相机，底片上映着美丽的天堂！有人说它是一碗圣水，养育大山人世代隆昌！我站在池塘一隅，除了凝望阴阴的天、细柔的雨、静静的湖水，什么事也不做，似乎这片天空就是我的！小鸟在山林中自由自在地飞翔，在这片寂静的天空，啁啾作响说个不休。山空故鸟乐，水空故鱼乐，天空中万物都乐，且让我和它们共享眼前的这片乐境吧。

池塘柳如烟，鸟鸣深树间。芳草野径里，一个活神仙。我不禁遥想感喟，一口坑底岩石狼藉的大坑，一个荒芜的矿坑，一经蓄水，摇身一变，便丰腴美丽，风情万种起来。如一颗明珠嵌入大山中。是因为盛满了清澈的泉水？一定是流动不息的泉水不断地涌入、注入，肯定是因为水的缘故，才生机盎然。

世界之大，水为先，没有水便没有生命。难能可贵的是，水以不争争，以无私私；如此的坦荡，如此的潇洒，如此的睿智，造就了一个水净香自远的境界？！我想起了人，人性善？人性恶？我想未经修炼、文明熏洗的心灵，犹如矿坑般荒芜杂乱，甚至不堪！

生命如水。生命中少不了的磕磕碰碰、是非恩怨，以及得失荣辱，我们当如水一般用博大的胸襟去对待，若如水有盛装整个世界的气魄，容得下所有，以微笑面对所有，才是对优质生命的另一种品味与衡量。

生命如水，“滴水穿石”。一滴水的能量虽然很渺小，但和漫长的时光结合了起来，就会法力无边。人们只有坚持了他人无法坚持的坚持，才能拥有他人无法拥有的拥有。

水的适应性，是尘世间其它事物所无法拟比的，不管遇到怎样的奇形怪状的容器，水都会愉快地进出，并坦然地存在着。我们有时候无法选择的事情很多，比如，我们无法选择出身，无法选择性别，无法选择容貌。我们要学习水的适应性。

人生一辈子忙忙碌碌，坎坎坷坷，饱尝着生命的磨难和苦痛，免不了精神疲倦，免不了迷惑，免不了愤懑……但又无可奈何！不妨学水一样顺势而为，以不争为争，平静淡然，含蓄深刻；在内心深处寻得一隅的清静之地，回归自己。在平静中思考生命，体会生存，迈向成长。

学习水的自甘低下，享受平淡，拥有一个潇洒愉悦的心境，这是一个生命的选择，与地位权势无关，与钱财物质无关。同流水一样，顺流而下，实际上是一个适应环境、适应生命的洒脱的态度，同样也是一个积极的人生态度。

人生是一本书，封面是父母给的，厚度由自己选择，内容是本人写的，精彩程度也可自行创造，而灵魂只能由自己塑造。如水般柔软、流水般洒脱。一个人的内心，可荒芜，可繁盛。若“注入”了清净之水，就能化解红尘执业；内心才能丰富，这样灵魂才能高贵。引入流动的溪水，用水洗洗心灵，再平淡的生活也有多种美好。

一座山，一条江

我曾想过边走边爱，反正有的是千山万水，后来，发现自己已无边走边爱的豪情。崀山一山，夫夷江一水，就挡住了我的千山万水。

崀山的丹霞石是幸福的，有树和草的掩映，有夫夷江的缠绕，它就淹没在繁茂的爱中。通过无数镜头，我们见证了崀山与夫夷江的美和纯净。

站在辣椒峰上，无论是回归，还是出发，沿着夫夷江，大家都喜欢唱着歌儿御风翱翔，而我独愿涉水前行。

夫夷江，曾以元木山老井的名义生我养我；在这条江，我也曾放生鱼群，我也曾养活理想。我最羡慕这江水的清澈，在波光粼粼里，我的面容摇晃，笑面如花，仿若我幼时的那张笑脸。这水真没什么变化，一直是曾经那样的纯真，比阳光更新鲜，比小孩子的笑容更甜蜜，比百岁老人的慈颜更祥和。

收捡心情，打开一本书，或守着一窗阳光，或在夫夷江岸边那棵树下，独守孤独。无须遥望对岸的倩影，只需要静静地望着江中的那条小船，船上有人正在撒网，网似梦幻般的透明，沉下去，不知道会网住谁的梦，梦里有爱，有阳光，也有鱼。

如果有爱情摆放在昂贵的橱窗，陈列出来的必是华丽的幻想。理想的家园在游子的画里，才楚楚动人，熠熠生辉。幸运的是，我们还算不上真正的游子，但这山这水酿成了我们的思乡之情，如沉香传情绪，在多少静夜里，摇曳于梦中。

多想与三五乡亲、幼时同伴，比如周德生、肖调湘，端一碗烈酒谈笑风生，在江边一处不知名的小酒肆，或者直接站在山巅的丹霞石上。此时，家乡必生一缕清风扫开人间阴霾。

前方或许有云，这是家乡给我们的一把伞。

黑麋峰走缆绳

黑麋峰国家森林公园地处长沙望城区境内，北距长沙仅三十公里。境内主峰海拔590.5米，山中云雾长封，峰顶开阔。亚热带季风气候。黑麋峰原始森林园区境内动植物资源丰厚，树木覆盖面约为百分之八十三，曾因有“麋鹿满坡”而得名。登临绝顶，山峦莽莽，朝赏日出，暮看落霞，令人陶醉。空气质量清洁，水资源优越，峰高林密，夏无酷暑，冬无严寒，堪称城市人的一大“氧吧”。黑麋峰人文鼎盛。黑麋寺即洞阳寺，位于黑麋峰顶的西坡。渊源1200余年，香火不绝，声名远播。道家称此山为“洞阳山”，列入全国“三十六洞天”之二十四位。

黑麋峰有一个空高走缆绳的游玩项目，在众多项目中最为落寞。走绳，发源于美国中部的一处攀岩胜地。攀岩者完成攀岩任务，作为日常身体练习，返回途中在护栏与扶手栏上行走，以锻炼平衡感。渐渐地风靡整个美洲。走绳是项需要精神高度集中、全身肌肉协调配合的运动，能改善失眠与体重。我有恐高症，害怕登高、走玻璃桥之类，更遑谈高空走钢丝了。但为鼓励同行的一位小朋友，当时冲口而出，别怕！我来带队。为践诺言，只得硬着头皮穿戴好保护设备。看着高空中的钢丝绳，不免心慌，手心冒汗，我从来没有走过高空钢丝，即使身上戴着保险绳，心里多了一丝安全感，但依然心惊胆怯。我们一行十七八个人，结果只有三个人游玩这个项目，三人中，我走在第二位，战战兢兢走了二十米左右，缆绳离地越来越高，晃动得也越来越剧烈。我不由恐慌起来，至少三次同身后的朋友说，我要退回去。但他一直鼓励我，其实，退回去也是很艰难的。我只得艰难地停下来，喘着气，双手紧紧抓住护绳，身体僵硬，几乎把全身压在护绳上，不敢动弹，仿佛一只笨拙的黑熊扒在两根高压线上。一段不到600米的距离，险况百出，我几乎是挪移着自己走了半个小时，不止一次想象跌落悬挂的景像。慢慢地，体会出脚下的每一步将如何踩实，体会着双手如何抓牢；停止焦虑，内心坦荡起来，“无非是跌落缆绳，我又不是没有系上安全绳，只是挂在缆绳模样不雅罢了”。步子慢慢地迈开，我不再顾虑脚下，直盯前方终点，尽管步子迈得很慢，模样如刚会走路的婴儿，但离终点越来越近。

想一想人生的某个时刻，也会像走钢丝绳那样胆战心惊，甚至没有保险绳，没有退路，不得不被迫地去做自己不喜欢或者不敢去做的事情。人生就像一盘棋，我们只是棋格里的“卒”。只可一步一步前进，不可后退。选一条路，人生就需要一往无前的毅力，必须努力地走下去，要坚信，再大的困难也会熬过去，再大的风雨也会挺过去。只有努力过了河，“卒”方可左可右，却永远没有退路。一般人都喜欢为自己留下一条退路，但有退路的人却做不到全力以赴；人一旦有了退路可选，人就泄了气，变得懒懒散散。一个懒惰的儿童，将来一定是个精神褴褛的老者。毫无退路的时候，才能背水一战，就是潜能激发最大的时刻。为了最好的结果，让我们把疯狂进行到底。要胜利，就发疯，头脑简单地往前冲吧。

是激流，还是逆境，你都需要面对。一个人的强大，不是甲胄加身，乃是内心的坚忍与从容。豁出去的人心中装着目标，顾不得奔跑的姿态美不美，也不在乎身边人的目光。

犹豫拖延将不断滋养恐惧，而行动是治愈恐惧的良药。行动是打败焦虑的最好方法，当你不清楚该做什么的时候，从离自己最近的事情开始，把手头的每件小事做好，走好每一步。

水有了压力，喷泉才漂亮；水没有退路，瀑布才壮观；水持之以恒，滴水才穿石。人生也是如此。把压力转成动力，每天努力多一点，越努力越幸运。

人生旅途上，横竖都是路，决定今天的并不是今天，而是昨天自己的人生态度；决定明天的并非明天，而是今天对事业的作为。我们的今天由过去决定，我们的明天则由今天决定，其实都是由决定来决定，信念虽然薄如蝉翼，如果坚持，它就会越来越坚韧，越来越厚。斩断退路，赢得出路。在许多时候，人们需要一个斩断退路的信心。身后无退路，背水一战，就会集中所有精力，全力以赴，就赢得了出路；身后有退路，就会心存侥幸，进而安逸，前行的脚步就会缓慢。只要你不认输，生活中就没办法撂倒你！

在人生跑道上，有人用心观赏美景，有人尽力让自己变成风景。而我们能做到的只有拼尽全力，哪怕迈出的步子再小，也比昨天要更靠近自己的目标。根本没有一条“更好的路”，只有一条路，那就是自己选的路。而关键是，自己要大胆地走上去，坚持走下去。放弃不难，坚持一定更酷！

人生短暂几十年，最多也就三万天罢了，等你终老之后，一切归于尘土，一丝一毫也不能带走。岁月艰苦，人人如此。庆幸的是，那些艰苦的岁月最后变成了整个生命中最精彩的日子，只要你能挺过。人生是一列只有前进没有后退的单程列车。生活就像切洋葱，虽然我们都泪流满面，却乐此不倦。将每一段酸甜苦辣视为生命中宝贵的体会与磨砺，微笑应对一切。

秋日，郊外晒太阳

城中无秋，只是一座水泥森林，年年岁岁，灰灰黑黑黄黄，一眼是看不出春夏秋冬。几株零星的银杏树忽然告诉我，秋天竟然快要结束了。不多的金黄银杏叶零星地挂在树枝上，地面一片金黄，银杏叶就这样静静地俯仰，在树下铺出一个圆，倒像是要给树添上裙裾。秋天竟这样就要过去了！

秋是隔着夏了，但秋和春却是双胞胎一样，有许多相似之处，比如说温度，比如说雨的温柔和清寒起来，比如说越冬的庄稼和蔬菜在这时候就该种下了的春播。秋云让那些格外敏感的人，会在某一瞬突然错乱，疑惑这是个春天。秋的美并非来自花，而是来自叶。花花草草的身量未免太短，要靠数量来染色。秋天却是那些沉默了半年的绿树，郁郁半载，炸窝一样地就变色了，像一树烟花，一树里各种深浅，像花一样绚丽。然后满山就被树给点燃了，飞快地换了秋装。田地旁边那些孤零零的树也遥遥响应，像一支火炬似的表达自己的观点。

这正是另一个春啊，这是个颜色丰富的童话，每片叶子都成了花。抬头一看岳麓山，葱葱郁郁的树林里，一株又一株、一片又一片的枫树都明亮起来，像秋阳下的火堆，像饮醉了酒的酡颜。秋的情绪多么激烈啊！

游人来了，拿着各种设备拍照，摆出各种美丽的姿态。落叶像模特走秀的红毯，红得堂皇而富丽，竟让这深秋的肃杀，溢出泼天的暖来。

周末，金秋的蓝天白云飘逸悠扬，阳光恬静温馨，乡野的秋风和煦轻柔。我们决定去远郊秋游。对我这样的吃货，携一壶浊酒，甩两袖清风，哼一首*SEE YOU AGAIN*就能出发了。

与男人伤秋有悖的是，有四季，我独喜欢秋。

秋，亮丽、清澈、舒爽。秋是集大成的季节，中和了春的躁动、沉淀了夏的浮华、稀释了冬的冷漠。秋是浓缩版的四季，初秋的艳阳仿佛是夏阳经凉水洗浴一般，温暖而不燥，中秋的明月温馨而明媚，很美，适合思亲。我最喜欢的却是满是沉甸甸的质感的晚秋，沧桑而冷峻。近距离触摸，便可读出那秋的豪放与怆然，丰硕与悲壮，读出秋的厚重与沧桑。

读秋，如同阅人。不知何人将中年的女人读成怨妇，其实历经风霜的女人更胜清晰艳丽的少女，人们更喜欢丰采背后的风韵，活泼后面的沉稳与沧桑。一个中年女人，如秋，有秋的温婉，秋的苍凉，秋的烂漫，秋的情思，在女人的气韵中尽情舞蹈。

秋叶凋落，我读秋，读出秋的深沉、浓烈、博大、惆怅；读出秋如中年男人的伤怀。我分明看见一个英雄走向落日黄昏的背影。

晚秋，大气、肃然，如深邃冷峻的男人浓情无限却又庄严肃穆。你看，那株高大的柿树把一身的绿叶脱落，只剩红黄的果子挂满光秃秃的枝头。秋中和了夏季的炎热与冬天的苦寒，它和春是孪生姐妹，有着相同的闪光点，如洞明世态炎凉的壮年男子。秋，他站在阳光里，让人觉得心里笃定。

晚秋，示人以毫不修饰的本色，真诚、童趣、激情、威严、睿智、冷峻。有坚定永恒的高天行云，那高远辽阔与恒定的深处，有一颗硕大的洞察人间的悲悯之心，有一股强大的任尔东西南北风的乾坤定力！

秋，让人感伤。成熟之后的瞬间，秋果断用凋零、衰败结束了一个冗长，残忍而绝不拖泥带水。犹如一个迟暮的英雄轰然倒下之前以撼天动地的力量，奋力撕开夏的眷恋。

冬，以严苛的手段重整山河，重新安排秩序和未来。然后农人和土地都需要休养生息，以待来年。

晚秋的爱如父，他规划，他忙碌，他支撑，他给予一家人最安稳的未来。那爱，壮丽辽阔，高天朗月；那爱，似繁花点点，闪烁在晨曦里，在暮色下，在风雨中，闪烁在田野，在荒漠绿洲，在涧边伟松，在林中，在飞虹！晚秋展示的大爱，旷伟瑰丽，令一切呢喃软语、悱恻缠绵黯然失色！

晚秋有憎恶。欧阳修说："草拂之而色变，木遭之而叶脱……"一切污泥浊水、毒菌虫蛇，魑魅魍魉都在晚秋冷峻无情的荡涤肃杀之列。那大憎恶，毫不遮掩；那大憎恶，摧枯拉朽、淋漓尽致！寰宇清、人间净。

不经意间，晚秋去兮！秋去秋还来，岁岁年年秋相似，年年岁岁秋不同，时光好像是停滞的，仿佛又飞快消逝了。

心灵深处，垒一处桃花源

如果心过于疼痛，往往领悟最深。此时，一边听心慢慢碎裂的声音，一边渴望自己有一处桃花源，那里有一颗温暖跳动的心，正在温柔地向你凝望。

然而，世上并没有桃花源，桃花源只属于心灵。正如，永远，只是我们的一个期盼，事实上，任何事情都没有永远。

无人喜欢悲伤，但我们有时又不得不悲伤，因为悲伤曾经闯进过你的心房，留下了刻骨铭心的痕迹。那时，你还未垒好桃花源，那颗心裸露在外，如一颗秋日的柿子，挂在赤裸的枝上，任凭风霜侵蚀。

人世间如同迷宫，一不留神，就走失了自己，迷失了自己。即使再如何不堪，再如何曲折，再如何被他人不认可，我们也会小心收藏，那些曾经走过的路，都是我们的成长。颓废，往往出于无奈。比如有些感情，不是你的，不必苦苦追问，路过就好。

世上，心痛最深，心死最残忍。人心决定了自己的快乐，心死了，快乐也死了。与其用酒精麻醉自己，不如号啕一场。我最美好的祝愿是，想哭就大声哭吧！然后将所有的痛，彻底埋葬。

如果拥有一座宫殿，我愿用每个角落去储藏幸福；但我更希望自己有一处桃花源，直接把自己藏在那里。

如果拥有一座金山，我愿用尽每一两去购买快乐时光；但我更期望将自己安置在桃花源，无风无雨，不喜不悲。

满足是快乐的本源，人恰恰最难满足。人生最大的遗憾，人世间不是缺乏快乐，而是缺少了一双现时能发现快乐的眼睛。我们常常怀念旧时光，不是我们喜欢怀旧，而是我们没能从中及时发现快乐，在一味渴望美好的同时忽视了当时的美好。桃花源是人们最后的心灵归宿。

秋夜里的箫声

如远处闪烁的灯光，如远处的箫声，它们忧郁了一个秋夜。

思绪被感染。夜晚便站在一处天台，内心忽明忽暗浮现着这个没有情节的故事。我想，这样的故事，你和我，所有中年人可能都会有。箫声把忧郁也装饰得如此美丽，把秋夜装饰得如此澄明。老歌都好听，是因为你我都是有故事的人，那曲调仿佛诉说自己过往的心事，让人想责备命运，却说不出来，不忍惊动这份宁静。露珠不知何时悄悄沾在我额前的短发上，然后凉凉地滑落，亲吻了我的额头。

夜色携着幽咽的曲调在静默的空气中缓缓流淌，微风里还有清凉的桂花香气。我并不知道附近哪里有桂树，便揣测花香从何而来，不知那吹箫的人是否也能嗅到。还是，只是来安抚我的？

是什么让箫声如此忧郁呢？是爱情吗？还是浓厚的夜色？

吹箫的人呢，是男人还是女人？青年还是中年？

不，这样的箫声，它不可能从无忧的少年唇边涌出，也不可能从睿智老年人的心海泛起。这颗心一定被红尘感动着，被红尘牵引着，为红尘而苦恼着。

那箫声啊，一吹就是一夜。把秋夜也吹得如此忧郁。

不知道这一夜箫声，还拨动了哪些人的心弦，还忧伤了谁的梦境。不知道这些甜蜜的桂花香，是否也与箫声一起抵达。

星空浩瀚，在同一片星空之下：

你就这样陪我。我就这样陪你。

树与风

风喜欢缠树，树喜欢揽风。树因风而生，风因树而舞。风留恋树的浓荫，想要依于树的身旁，树也喜欢在一抹晚霞中，倾听着风的诉说；可是风终没能为树停留。它飘逸的身影，只能轻轻地拂过。因为流动是风的生命。

树希望风为它停驻，它是真的期望。

风渴盼树的挽留，它是真的等待。

最后，树静静怅望，风凝泪回眸。它们都只能记住这一瞬间的美丽和心痛。

因为风注定要漂泊，而树必须得坚守。

树说，你可以去这世上的任何地方，每一处地方都可以助你成长。任何去处都可以是你的归宿。如果你流浪累了，若能回来，我依旧等你。

风说，时光美丽，岁月残忍，夏的烈日，秋的萧瑟，冬的寒寂，我都不在，你要好好照料自己。

今夜，我站在树下聆听。

我想，人何尝不是一棵树，虽然可以移动，又如何可能像风一样自由。当然也有不少人像风一样自由，但爱上了大树，也同样不可能将树拔起，带走。

风和树，树和风。这对大自然里最常见的朋友，这红尘间最常见的恋人，其实从一开始，它们注定了只能浪漫相爱，不能厮守。你是树，还是风？

桂东爬山去

未攀登桂东青娥山之前，我理解不了层峦叠嶂，站在山的高处，对面的八面山似波浪，一层高过一层，山色由青转黛。桂东的山真大，我们气喘吁吁爬到山顶，蓦然发现，这个山顶只是另一座山的山脚。

攀到山顶的人都知道要攀上前面那座更高的山，就得先下这座山。舍不得下，也登不下新高。罗健东先生在山顶上指着两侧说，这一侧是更高的八面山，另一侧是风景旖旎的齐云山。而事实上，只有你爬上这山顶，这座山才能成为你的支撑。人们总认为漏掉的鱼是最大的，没有游览过的风景会更美，山峰更险峻。

看到那块刻上字迹苍劲“青娥仙”的石碑，我知道，没有爬不上的峰，只有不愿前进了的心。人生也是如此，没有过不了的坎。当然，你需要更多的东西，一双登山鞋，坚持不懈的努力，还有攀爬的树藤，以及同伴的鼓励，人生又何尝不是如此？！会选择，能坚持，懂感恩。

你可能一生都不爬山，但你心中必须要有一个座山，它让你有向上攀爬的冲动，让你有个奋斗的方向，任何时候你只要一仰起头颅，就能看见希望。没有方向的船舟，哪里都是逆风，没有目标的人生，哪里都是迷茫；这可从反面例证，在靠近青娥山的峰巅之处，是一大片草甸，测风塔就在前方的高处，草甸散落了不少的脚印与断断续续的几条小径。

只有你爬上这个山峰，这座山才能成为你的支撑。

人生如登山，一山是另一山的起点；只要不死，今天便是明天的起点。

一个人去看海

鲁迅说："日子有毒"，解药还是有的，一要心灵要有强大的免疫力，二是要服食一些滋补品，三是清热解毒之类的药味也不能少，比如旧友、音乐、文字、风景之类。多年前看了一次海后，看海便成了我的解药。未看海前，误以为看海会很无聊，总是未能成行，拖延不仅消费了渴望，反而成了畏难。

一百次心动不如一次行动。

人们都豪言，今天不胜利还有明天，明天不胜利还有后天，不管身在何处，总有明天。其实，盛年不重来，一日难再晨。我们得时刻勉励自己，时不我待。人世繁杂，生活不易。我们需要经营好两亩田，一亩田白天劳作，填饱肚子，饲养肉身；一亩田晚上耕种自己的未来，滋润灵魂。二者要平衡好，否则不成动物，便成亡魂。

时间是毒药，无需通知我们，什么时候皮肤就皱褶了。时间又是最好的救赎，前提是我们不能失去生命的热情，否则必然使你的灵魂起皱纹。

一个人去看海，长途跋涉，不仅是肢体的劳顿，而且还有心灵的激励，重重顾虑的克服。经历激烈的思想斗争，去看海终于成行了！喜欢一个人穿梭在深林与公路，密林的幽静与公路的隔阂；自行车和风加明媚的阳光；一百多公里的路途上，我居然没有想过西北风加黑夜。走在去看海的路上，我的脑海浮现一幅情景，与我夜深人静脑海浮现的别无二致，有那么一条路，有那么一个人，路的尽头出现了一个背影，没错，这背影是我，也是你。一路上，路上有些零星的石头，我竭力绕过去，实在不行，硬冲过去。不时勉励自己不能畏难，不能沮丧，更不能放弃。生活中，若把困难举在头上，它就是灭顶石；把困难踩在脚下，它就是垫脚石。路途休息时，我与一群儿童玩起了扔石头击靶的游戏，结果十扔十空，估计是我们游戏的时间不够。假如我们投了一辈子石块，就算闭着双眼，也必然有下一个击中。

一路上，我遇到几条岔路，我发现每走错一个路口，都有人及时告诉我。

生活中你错了的每一道难题，可能是命运让你遇见对的人，而你面对的每道难题，都是让你遇见更好的自己。一路上，松树都挺拔成林，但因为成长成材，松树却从不对四季如春的温室大献殷勤；一路上，涓涓细流不断；我想小溪如果结束了喧闹，浩浩大海也会暂停了喘息。

中途，我吃了一顿午餐。我有些偏食，喜欢甜食，喜欢荤食，结果，上了有些涩的蔬菜，有些苦的苦瓜。可能是因为体能消耗太大，那餐成了我一生中最甜美的一餐。人生的整个流程，无论是阳春白雪，或是青菜豆腐，我都得尝尝是何种风味，才不枉来走这一遭。

终于见到大海了。大海无边无际，一望无垠，仿佛永远游不到尽头；大海，湛蓝湛蓝，铺天盖地。大海深处，除了宁静，还有蓝色的孤独。看海以前感觉看海很枯燥，但看后感觉内心得到了从未有过的宁静。大海是位得道者，大智若愚而胸怀大志，在深邃中却又复归沉默与宁静。来到它的身边，无言以教中得到启发，得到点化；欣赏大海宁静的模样，咆哮的模样，雄浑而苍茫；望着那片广袤无边的海域，内心早已将都市的狭小、拥堵、喧闹都抛至九霄云外。

海是一座没有墙的城，我总认为海是安全的、宁静的。建议大家，难过的时候，独自去看看海，眼中会是一片蓝，心中会是一片气势磅礴的空，浮躁沉淀了，烦恼成了小岛。不言不语，放空自己，如少女独处的时光。

又见枫叶红了

秋又来了，大家都已熟悉所有的环节，不用吩咐，秋雨秋风就悄无声息地把枫叶染红了，岁月静好，一切若无其事！人生中，我以为会一直在的人，走了；我以为会一直牵着的手，松了。然而红尘无恙，岁月依然若无其事！然后我发现，原来，离别是很简单的事，轻轻地挥手，轻轻地转身。当脸颊上那抹苦涩的微笑轻轻地收敛，我把所有不舍一一淹没在唇边。很多人会闯进你的生活，只是为了给你上一课，然后转身离开。

突然发现对着镜子相看良久，才发现里面的人已经变得陌生了；突然发现分别的时间久了，那些原来铭心刻骨的名字也变陌生了；突然发现某些常常书写的文字，顺手写出来，却觉得它怎么都不像一个对的字了。我试着去问枫树，你觉得风是过客，还是叶是过客？

世界在变，风景在变，周围的空气一直在变，可是我却抓不到重心，不知道谁会是谁的，谁又只是谁的过客。我不知道。人最大的困难是认识自己，最容易的也是认识自己。很多时候，我们认不清自己，只因为我们把自己放在了一个错误的位置，给了自己一个错觉。

心情再差，也不要写在脸上，不仅仅是因为没有人喜欢看，更是坏心情只是过客；日子再穷，也不要挂在嘴边，不仅仅因为没有人资助你，更是贫穷只是暂时的；工作再累，也不要抱怨，因为没人会无条件代替你干。累只是你的心。生活再累，也不要失去信念，因为美好在明天！

人要学会带着阳光前行，阴影才会滞在身后；珍惜今天，别抱怨生活中的不公平；不要忘了帮过你的人，不要恨了爱过你的人，不要骗了信任你的人。越努力越幸运，当一个人有了足够的内涵做后盾，人生就会变得底气十足。

心怎样风景就怎样

风起时，吹皱了湖面，湖中的天空景色晃动了；人们用小石块逗弄湖水，湖中的天空景色局部晃动了；鱼儿撕扯着，搅动着，湖中天空景色也晃动了……但天上的云，天上的星辰与太阳月亮，巍然不动，决定天空风景的永远是天空。即便有人往天上扔无数的石头，天空景色依然如故。

人世间有天空，每个人有心空，都有三种境界，风里雨里，云里雾里，秋高气爽、万里无云。

人的心空可能很大，就像毕淑敏所言：像延展性好的金箔，能够平铺整张宇宙世界，将日月都包含，而不是一个乌云，就能够遮盖整个内心广袤的疆域；不是哪一次地震火山，能够完全笼罩内心的雄伟建筑物，也不是什么暴雨，能够冰封心灵深处的喷涌式温泉。心空也可能很小，不容针尖。

人世间到处是美景。不管你熟知或者陌生，风景，就在那里，不离不弃，不移不摇。

美好的景色，尽收于会观察的人眼中，也藏在会思考的人头脑里，藏在了有心人的身边。有一颗爱景的心，便能感受到一草一木的美好，沉醉于风景之中。若心空无景，便看不见事物的美，发现不了它的好。

景随心动，随心移。心境决定了景的色彩，或喜或悲。心怎样，风景就怎样！不同的人面对同一片景，有着不同的感受。若心空旷达，心自由，绘美景于心空，景更美；用心空存景，景更久。若心空纯净，不论外界多么污浊，坚守初心，便能如莲花般出淤泥而不染。

一头驴，吃再好的草，也不会成为一匹骏马。美景会抗拒一些人，而偏爱一些人。每个人，在一生中就会处于截然不同的景色。不同的人，经历不同，心境不同，眼中的景不同；心在何处，风景亦在何处。游子的风景在家乡，乡愁随时飘浮于其心灵上空；野马的风光在草原，奔骋的冲动也会随时在骏马心灵的上空澎湃；雄鹰的风景在天空，梦就会翱翔在其心空。

信念是心空中的一缕亮光，而眼前的东西也会光亮起来，“东方欲晓，莫道君行早。踏遍青山人未老，景色这边独好。”毛泽东晚年的一篇《清平乐·会昌》就表现了自己的雄心壮志，并认为中国革命事业虽然波折坎坷，但也必将取得成功。在这一座座高峰之前，他通过那朦胧的晨光，似乎早已看见了那轮喷薄欲出的绚丽朝阳，也看见了我国民族革命的无尽希望。他深感改变危难的责任很大，但革命的道路还很遥远，用乐观的情绪，不败的信心，那颗充满热情的心灵，不断地开拓，不断地努力，永不言败，无由服老。

人之所以看不到风光，就是因为心灵已经离开了这片风光，只因我们的心空云里雾里，迷雾笼罩。只有在内心产生了对生命的激情，爱的阳光驱散了迷雾，生命中才到处都是美景。美景既在山巅，又在路边，更在心里，而心里的景色，千般旖旎，万般婀娜，旖旎怡人，沁人心扉。

生命是一种经验，是一种感悟。人世间的天空，有风雨，有迷雾，也有丽日高照。在生命途中，有春色明艳的日子，也有风雨兼程的坎坷，而我们的心空不能如镜子一样如实映照，而应一面更广阔更坦然地容纳，另一面点亮自己的信念，树立信心。用坎坷与磨难去擦洗自己的心空，用平和的心去对待人世间的风雨与迷雾，人就会在磨砺中平淡，就会感知粗茶淡饭的生香，感知生命旅程的独特风景、沿途的芬芳，珍惜岁月的一次次馈赠。

若遇到压力就感到覆水难收，若遇到不确定就将未来描绘得暗淡无光，若遇到不愉快就误认为自己经历到了这辈子最灰暗的时光，为自己不尽力的退缩找到最拙劣的理由。风雨未至，已是乌云遮蔽心空，暗无天日；没有必要担忧，但你唯一要担忧的是，你的努力与行动要配得上自己的野心，不能辜负自己曾遭遇的磨难。

任何的奋斗都没有完全白费，你可能花费很多时间和精力，却也是一种对未来的积累。人生没有白走的路，也没有白吃的苦，跨出去的每一步，都是未来的基石与铺垫。做人必须有信念，必须有勇气。信念是指引人们迈向胜利的航灯，信心是到达生命高峰的力量。良好的前景往往来源于自强、独立、信心，但不达目的不放手，咬定青山不放松，击垮自己的力量往往并非他人而是自身，更不能将一次失利当作结局，自己的心空从此云里雾里，暗淡无光。

逃是懦弱的，避是被动的，退就变得更为无能为力。只有心空秋高气爽、万里无云，只有内心有太阳的人，才体会得到现实的阳光，倘若连自己都常苦着脸，那生活怎么精彩？生活永远是一面镜子，照见的是自身的影子，当我们流泪时，生命也流泪，心空也风里雨里；当我们在微笑时，生命也微笑，心空也明朗，阳光一片。如是，风景是人的心中所愿。如是，生命便如同一颗香料，也就只有在以坚定的信仰为柴、以坚定的行动为火炙烤中才散发出最醇厚的芳香，心空才秋高气爽、万里无云。

阳光正暖，一杯茶

在医院工作，看到了太多的生死，了解到了生命的脆弱。我常常劝慰朋友，该吃吃，该喝喝，有事别往心里搁；该饕餮时就张口，该懒散时就享受。

有些事想透了，心痛！有些事想不通，脑痛！人难就难在没心没肺。

在这世界，你不消磨生活，到头来，生活还是要消磨你。时光如磨，磨去了你清俊脸庞上的光辉。生活仿佛是一把刻刀，毫不留情地在人们脸上留下皱纹。人如草木，逃不了的是风刀霜剑，躲不掉的是花落叶凋，我们能做的就是在叶绿时再茂盛一些，在开花时再肆意一些，恣意过、灿烂过的生命，再凋零，也好过一生空洞！

在日复一日的忙碌过后，在阳台上坐下，面朝远山，坐看漫天云霞，坐看花开花落，坐看夕阳西下，坐看微雨飞燕，坐看牛郎织女，天河遥遥……

泡一壶茶，或者翻上几页书，一直翻下去，许久许久，待得抬起头来，恍如隔世，杯中茶水已凉。或者才几个时辰，却免不了要想想，这是翻了几辈子的书呢，今夕何夕。或者只是听着几支老歌，那些曾在青春时让人沉迷、发痴发傻的歌，现在听起来，依旧让人迷恋。

或者就那样清坐着，什么都不做，什么都不想，静静的，就好。

微风里，花香或清或浓，无涉悲喜，也不争朝夕。

这样的好日子，可以让时光流淌得慢一些，再慢一些。

Part 5
第五辑

心灵的宽恕

人在绝境

人生说长那是妄言，说短那是悲语。不长不短的时间里，人是时空的旅客。人生之路，不只是风光旖旎，有时还会险象环生。

命运之神热衷于“恶作剧”，以此考验你的意志和毅力。古人曾说过：“故天将降大任于是人也，必先苦其心志，劳其筋骨，饿其体肤，空乏其身，行拂乱其所为，所以动心忍性，曾益其所不能。”

如果你认为一生中绝对不会陷入绝境，从而对任何事都缺乏警醒，那么只能证明你正在走向绝境的路上。就好像一个肆意穿越马路的人，觉得所有的车都不会对自己产生危险。如果你已经陷入了绝境，那便要相信这是上天给你的一个考验，你需要思考出路在哪里，可以从这次坎坷中学到些什么，扛过这波低谷后，你将获得一次改变命运、走上坦途的机会。古人也说过：“大难不死，必有后福。”

人生就是这样一分为二，在否定之否定中前行，塞翁失马，焉知非福。当你走出了绝境，迎来了新的生活，回首再看看，你会发现自己要比自己想象的更坚强，更能干，更有潜力。

我们不一定要感谢逆境，甚至完全不必感激带给我们灾难的人。因为能扛过灾难，获得新生，是我们自己努力的结果，是我们自己坚强的结果，我们可以感谢自己。如果有人说从悬崖上跳下去就能抓住半空中一条藤，你敢试吗？谁试谁傻，对吧？假如真的不小心掉了下去，而眼前只有一根藤，可以通过它荡到旁边的一侧安全地带，那不妨真的一试。

是的，无人喜欢绝境，我们要尽量避免身陷绝境；如果我们不幸身处绝境，我们就不能只哆嗦害怕。

人生之旅漫长，生于忧患，死于安乐。有忧患意识的人，会有更多的准备。安乐当然是好东西，但盲目安乐，却是在悬崖上跳舞，安全系数堪忧。当然，万事有度，到底是杞人忧天，还是乐观豁达，这需要客观审视。比如说，下楼梯注意别踩空，这就是忧患意识，注意到了，安全更多点；如果每天焦虑，万一踩空了楼梯，会摔成残疾，那就是杞人忧天了。如果边下楼边双眼盯着手机，脚踩空了摔了跤，能哈哈一笑，下次不犯类似错误，这是乐观；如果一而再再而三地犯同样的错误，这就不是乐观，而是缺心眼。

绝境也是如此。我们不是不怕绝境，是害怕也没用，只能战斗。绝境可以激发潜能，使人达到新的高度，但并不意味着我们就要自寻绝境。不管绝境如何产生的，当我们身陷绝境之中，千万要记得勇敢，哪怕斗得遍体鳞伤，也要夺回胜利。

绝境不是所有人的神话，只有赢家才能说自己在绝境中创造了神话。

人生无常，既然与绝境相遇了，那就勇敢面对、勇敢挑战，不为绝境所吞噬。控制情绪，不哭泣，不诅咒，保留人的本性和本能，跳出恐惧宏观地看问题。巴尔扎克曾说："绝境，是天才的晋身之阶；信徒的洗礼之水；能人的无价之宝；弱者的无底之渊。"不在绝境中发迹，就在绝境中沦落。一个人成为一个领域的英雄或者成为一个时代的英雄，是挫折和磨难使然，自古英雄多磨难。英雄和平凡人的区别在于，在逆境中英雄抓住了逆境背后的机遇，在绝境中创造了奇迹。而平凡人在逆境中选择了随波逐流，在绝境中选择了放弃。

绝境是纸老虎，你退一步，它就会进一步，但你进一步，它就会望风而逃了。

垒一个自己的城池

长日尽处，江河尽处，我躲在城池里，露出自己的伤痕。明白自己受过伤，也曾痊愈，现在却淡定得如同欣赏一株老树的疤痕。

人世间本就是一个很复杂的世界。说一个人“深于世故”当然不是什么好事，当然，“不通世故”也不是什么好事。很多人不明白，所有的大人都曾是小孩，只有极少数人还能记得自己曾是个小孩，岁月一直忙着掩埋童心。我要把童心当成种子，就埋在自己垒建的城池里。

可一想到我只是你的路人，我便沦为整个世界的路人，所有的风都会绕过我的灵魂，风太大，吹灭所有理解的灯，没有人会悄悄地问，我可以坐在你旁边吗？赶紧垒建一个城池吧，安顿下来。做一个不动声色的大人，沉默寡言，不要感伤，不要暗自想念，不要向后望。

垒建一个专属自己的城池，这个城池叫不求。在城池，若有二三知己，足矣，不求朋友成群；在城池，若能衣食住行丰足，可矣，不求腰缠万贯；在城池，若有家人陪伴，足矣，不求众星拱月；在城池，若能穿着暖和干净，足矣，不求衣着华丽；在城池，若能工作顺心，足矣，不求地位显赫；在城池，若能一生一世无怨无悔，足矣，不求人生辉煌；在城池，若能事事顺心，足矣，不求万事圆满；在城池，若能健康平安，足矣，不求长命百岁；在城池，若能美满幸福，足矣，不求生活奢侈；在城池，若能充实快乐，足矣，不求日子精彩！

垒建一个城池吧，这可能是自己一生的住宅，一个人的独舞，或悲，或喜，不要为了正确而正确，不要为了斗争而斗争，不要为了追求而追求，也不要为了批评而批评。人生就是在一次次的受伤和疗伤中，给自己一个休养生息的机会，逐渐变成了成熟的成年人。

垒建一个城池，里面只住着我爱的人和爱我的人。

“心”的修炼

鱼的心脏，形状像管子，仅能把只有一半纯度的血输送到全身，鱼心没办法在一个心室之中循环净化血液，然后在另一个心室分配血流。鱼没进化出像人类那样结构复杂的心脏，心室分开，能让我们的血液处理更有效率，因此可以在距离能量来源更远的地方活动，即不必守着食物源，故而可以做许多其他工作；而鱼必须追着食物跑，一直不停地吃。尽管如此，人类在很长一段时间，尤其在物资匮乏的年代，仍旧需耗费大量的时间来满足自己的口和胃的需求。

现实的生活中，我们不能控制自己的遭遇，像鱼对自己那颗功能不强大的心脏一样无力。所以，一切生物都只能以自然之力，以进化之力，在有限的条件下去创造无限的可能。鱼没什么心态需要控制，人却还能控制心态，因而人类是可以随着环境去改变自己的。近水知鱼性，近山识鸟音，人生中多少种境遇，我们不一定能选择和计较，但顺天道，习新道，适应和享受新环境，应该还是人类所擅长的。

心像一粒尘埃，无时无刻不在飘荡，不在寻觅。人生经历丰富了，人世纷争看淡了，得失轮回看轻了，人便容易心安了。心若静，得之不猖狂，失去亦不久悲；登高望远，俯瞰众生而心愈清。心若和，得之且恬然，失去且宽心；仁爱济人，包容万物而心愈慈。心慧者，得到也就是失去，失去才有机会再重来；淡泊平坦，笑面能暖了心，而心愈安。重来与否，都欢喜。

百年人生是几何

周末，我“葛优躺”在床上，一边听着《把悲伤留给自己》，一边捧着《黄帝内经》随意浏阅着。在医疗条件匮乏薄弱的古代，医生们开展各种尝试，努力寻找延年益寿、救厄扶危的良方，创制出不少妙方，也走过了不少的艰辛之路。

除了生死大事之外，其余都是闲事。抑郁症这个词出现在大家的视线里才不过几十年，我时常寻思，古人是否也有抑郁症？如果有，那古人的生活条件远不如现在好，那古代抑郁症患者应比现在多呢，还是少一些？——这些年，我们时常从各种新闻和小道消息里看到，谁又抑郁了。于是我便猜测，抑郁症患者越来越多，那是生活太安逸了，所以饱暖无聊忧思过甚？还是工作学习生活压力太大，促使抑郁症患者越来越多？或者是因为该病还没有研究出有效的新药，所以心理疾病患者就显得越来越多，其实是诊疗手段不够用？

在这个灯红酒绿的都市，谁人不想风流，我们真的风流吗？抑郁的心情无论何时都在缠绕着现代人，令人痛苦不已。

我问道，人们为何不快乐？《黄帝内经》告诉我：人们在乎的太多。太多的烦恼，太多的想不开，太多的追求，太多的想要，太多的难得与太少的满足。人心本来不大，塞满了愁绪，就容纳不下快乐，一颗心只能蜷缩在阴影中。我们为何不能清楚地认识到，大富大贵并非大多数人的幸运，平平淡淡、内心幸福是凡人们的宿命。幸福是什么？对于乞丐，一个馒头即是一天的追求；对于平民，宁静的生活即是一生的向往；对于富翁，有更多的财富即是最大的渴望！什么样的人生被围在什么样的围墙之中，围墙外边的人进不去，围墙里面的人出不来，如此平衡着人生的各种追求。

我问道，为什么现在的人们都这么脆弱？《黄帝内经》告诉我，一个人有了感情，就会一分为二；一半是自己，一半是对方。情若一动，从此心不由已，笑不再自主，泪不再自控。疼，说明你上了心；疼，证明你动了情。两个人如果在一起不爱了，百般执着，百般纠缠，百般徒然。一旦情绪低落时，心情特别郁闷时，去医院、工地、寺庙感受一下，百年人生须臾过，唯留树影尚婆娑。

我问道，人生为什么这么艰难？《黄帝内经》告诉我：凡事欲求而不愿舍弃，是人们的通病。其实应对的办法很简单：选择你喜欢的，喜欢你选择的；选你所爱的，爱你所选的。不论生活还是感情，选择了不后悔，事后不怨恨。“朱颜辞镜花辞树，最是人间留不住”。珍惜眼前现在人！不辜负遇见，不辜负时光。

我问道，为何这么累？《黄帝内经》告诉我：人生谁不辛苦，谁不累？有人一声不吭，默默支撑；有人四处宣扬，太过矫情。乐观一点，积极面对苦难；安静一点，冷静面对挫折。到了一定年龄，就得扔掉四样东西：没意义的酒局、虚情假意的朋友、轻蔑你的亲友、不爱你的人。但必须拥有四样东西，鲁迅说：扬在脸上的自信、长在心里的善良、融进血液的骨气、刻在生命里的坚强。

我问道，今生今生，该怎么过？《黄帝内经》告诉我：爱惜自己的心情，好好呵护自己的身体。珍视已有，漠视已去，尽力做好该做的。别去嫉妒别人的富贵，要多行善积德，莫问前程！掌握两个基本点：潇洒点，糊涂点；坚持三个修炼：想得开看得透，放得下拿得起，行得稳立得正；要有三个不斗：利不与小人斗，名不与君子斗，巧不与天地斗。

我问道，怎么才能过好自己的生活呢？《黄帝内经》告诉我：以诚待人，以诚待物，诚心对情，宽心待己。不忘初心，不忘感恩；做人要有良知！

人生纠结。猫爱吃鱼，但猫不能在水中游泳；鱼爱吃蚯蚓，但不能上岸。人生，就是一边拥有，一边丧失；一边抉择，一边放弃。《黄帝内经》告诫说：谁不活得很累，谁不曾心碎！人生是一场注定路途颠簸的跋涉。

一缸岁月

一只旧年代的水缸，闲置在空坪上，笨重而容量小，即便逃脱了充当花盆的命运，其实也堆放不了多少杂物。

我像这只老旧的无人问津的物什，又如荒弃的码头，遗弃在近于荒芜的岁月空地中，满眼尘世的愁云。

多年风蚀雨淋，惯看风云变幻，看风唤云，驱赶云朵，一阵阵从天空飘过。简单生活中那一切的狂热逐渐远离，一种全盘的平静侵入，生命与自然的全部安宁同在。

如果注定躲不过，一场风雨，就像躲不过中年的忙碌，不如做一株芦苇，坦然面对风雨。

这只陈旧的水缸，从此养成了隐者的嗜好，阳光、独处、大自然、禅定、时间及造物本身。看，利往利来路上，不妨祝你与他人的身体健康；亦祝那些失意的人，不要垂头丧气，即使失去一切，明天仍可能在自己的手中。人生路程还很漫长，即便手机只剩10%的电量，5%分给音乐，3%打车，剩下2%留给日落和黄昏。

即便我们如萤火虫般的弱小与不起眼，繁星会舍给我们一个夏天的夜晚。生命本身便是一团纯粹的火焰，我们靠体内看不见的太阳活着。岁月早就让我们看透了风雨，风雨中还是风雨后，我们何能不气定神闲地眺望，如一枝独秀的禅定，压住无尽的风雨。少年向来不知天高地厚，放眼处，皆自负才高八斗，虽自命风流，倒也坦诚无忧。何况惯见风雨场面的中年人，如那缸水缸，早已盛满了岁月与风雨，再灌注一些，也挤不破缸体。

月光撒下，如一张银网。鸟，躲在树枝上进入梦乡。青蛙，蹑手蹑脚，东张西望。秋蝉，喉咙早已斯哑，不敢扰碎夜晚的宁静。此时，我们晚上辗转反侧，仿佛蛰伏在如冰封深海的缸底，依然在找寻希望的缺口，估计，午夜惊醒时，蓦然瞥见绝美的月光。如果没有念想，我们与碱鱼又有什么区别？！生物学上，如果她没洒香水，你能闻出她的体香，说明你的基因早已选上了她。量子力学领域，如果对方足够想念你，那他就可以抵达你的梦境。所以，要热爱每一天，热爱每天的太阳，每阵微风，每抹白云。像那只缸，无惧深陷夜晚暗淡，无惧风雨，也能坦然仰望星星和月亮。

知天命的无奈与淡定从容

很久了，没有这么安静地独享一个人的时光；很久了，没有闲暇好好地整理自己的情绪。

是夜，静坐桌前，泡一杯绿茶，循环播放自己喜欢的音乐。

生活，焦躁过度，混乱不堪；日子，疲于奔命，未来迷茫。

孔子说人过五旬，知天命！人生是一场觉醒，但不能用时间来唤醒；没有打不开的结，只有生了锈的锁；没有走不完的路，只有灯下徘徊的人。是夜，我不再叩问自己：扮演受害者的角色总会是自己？遭遇到一些让人痛苦不堪、难以承受的事情？不问自己：为什么事情非得变成这样或是那样不可？不问自己：遇到棘手的、不好处理的情况，该如何保护自己？不问自己：如何让自己的心思清明透彻？不问自己：明天自己该怎么办？如何过？

是夜，我可否不盘问自己：他凭什么会那样？不问自己：为什么这种不幸会发生在“我”身上？为什么是“我”？不问自己：什么才是正确的选择？不问自己：为什么TA看不出TA自己错得有多离谱？不问自己：怎么样才能让别人认同我的观点和做法？

人生淡定，方可从容。这不是教人不屑一顾，目空一切，而是达到历经世事之后的从容平和；这不是不思进取，看破红尘，而是一种岁月磨合后的沉积内敛。把那些华丽的欲望收敛起来，让那些浮躁的情绪平稳下来。只有淡定，才能在短暂的一生少了知天命的无奈。只有心静，才不至于在错综复杂之中迷失自我。

人生妙处便是静的丰富

人生如同坐观光电梯，一上一下，外面的景，我们似乎看清了，却什么也没看清，一辈子也这样过完了。岁月是无痕的!

夕阳的另一个名字叫太阳，人们热衷于看日出，于山顶，于海面，新阳雄壮辉煌，光芒四射。而守候夕阳时，我的内心也有一种静而温暖的感觉。人生得失，常常柳暗花明!

清浅的风拂过漫山的花草，长长的晚风也能吹出夜色的温柔。再平凡的日子也是限量版的。万物存在是合理的，都值得尊重，尺有短寸有长!

世间的事只有两件，一件是饿时干的，一件是撑时干的。所以半饥半饱最养生，半醒半醉半神仙，半痴半呆半糊涂。

人，穷时简单，富时复杂，落魄时简单，得势时复杂；看自己简单，看别人复杂。世界，其实很简单，人心复杂。利益分配简单，涉及关系就复杂；快乐的人、生活简单过的人，寥寥无几；生活复杂的人、痛苦过的人，却比比皆是。

人生横竖走的都是路，不论收获还是坎坷，不妨集中所有的智慧、热忱，把今天过得尽善尽美。

所以，我们时刻要放空。放空经验，放空成就，放空欲望，放空情感，放空年龄。在独处中放空，便是人生中最优雅的静，这种静最为多彩与丰腴。

格局不够，破事最多

有人继承了一个宅院，四合院里种了一棵树。他突然发现四合院里有树，是个“困”字，不吉利。转而一想，树砍了，院子里就只有人了，“困”字变“囚”字，更不吉利。这棵树砍也不是，不砍也不是，为此，每天长吁短叹，满腹惆怅。

直到一天，他从航拍中看到他的宅院与旁边景观时，哑然失笑道：院中所处甚狭，前后大门洞开，有什么囚？院外天地之大，何困之有？

“内卷”，当前是一个很时髦的词，其实是“内缩”的别称。“内卷”就是指大家已不再寻求外延的突破，而是选择了在现有、仅有规模存量的资源上进行毫无意义、毫无创造力的内部竞争，长此以往、循环往复，只能大家遭殃，最终走向衰亡，毫无幸福感可言。当一个人格局不够时，无疑陷入“内卷”之中。

红尘烦恼不过一二，若斤斤计较，患得患失，哀哀戚戚；挤在眼前的一亩三分地里，便多是过不去的坎，纠缠不清的人。一根筋走到底的，遇到的都是蛇，条条蛇咬人。

格局一大，天地一宽，便能爬出毫无意义的内耗，爬到“井口”看看深井外的蓝天和白云。自然觉得人生海海，山山而川，不过尔尔。

胸怀不宽，则有小人之扰。

真正有格局的人，遇到烂人会及时绕路，遇到烂事能及时止损。胸怀大了，值得挂心的事便少了。相反，处处争论是非，心中风浪四起，坏事便如惊涛拍岸，奔涌而至。人的胸怀若宽阔如海，世间的刁难，就像投海的石子，掀不起波澜。

区区小人，本不足挂齿。老话说得好：“欲成大树，不与草争；将军有剑，不斩蝼蚁。”可若与小人较劲，便等于将自己拉低到和小人相同的层级。非但讲不清道理，遇到小人使绊，还可能任由一件小事，催生出无数坏事。

眼界不远，则有遗憾之忧。

一个人只看到近在咫尺的得失，说明眼界小了。目光长远，才能看见辽阔的星辰大海，不会因为错过落日而烦恼。心理学上有个“衍射效应”，意思是说，一件事的后续影响，往往取决于人们看待它的心态。如果盯着错误不放，它就会在心中不断放大，影响人们的判断，进而引发一系列坏事。

曾国藩《冰鉴》中有言：“既往不咎，乃做人之第一格局。”过去的所有错误与遗憾，一旦放到往后二三十年的人生里去看，都会成为不值一提的小事。为人处世若总觉行有不得，往往就是向前看得太少，又回头望得太多。所谓“过往如何，皆是过往”。

你若对过去患得患失，未来必是可有可无之人。放眼未来，才能收获更绚丽的风景。将有“一览众山小”的无比豁达。

心境不大，则有情绪之乱。

“当我戒掉情绪，发现生活的一切都变得简单了。”你能控制情绪，方能控制人生。控制情绪，首重修心。一个人如果心境小了，装不下的情绪多了，溢出的事端也多了。一点小事就大发雷霆，用脾气来遮挡内心的急躁与恐惧，后果便是事情越弄越糟。

无能的人，只会动怒而不动脑；真正的聪明人，懂得动脑不动怒。常言道：“心乱一切乱，心安一切安。”

放过自己是这个世界最好的放生。往事过去了，就别斤斤计较，若要活好，就别和现实闹矛盾；没有过不去的坎，总能找到合适的办法，只要静心下来。稍有不顺便大动肝火，只会失去理智，听任细若蚊蝇的小事搅乱生活。《菜根谭》中有言：“君子事来而心始现，事去而心随空。”事事随空，方寸不乱，是一种心境，更是一种格局。做人做事，先把心境修大，装得下情绪，才守得住人生。

山脚下，眼前是熙熙攘攘的是非，若跟着激辩不休如犬狂吠，最终为这世界吵闹所苦恼。山顶上，眼中是一派万里河山，天朗气清，不沾半点人间的烦恼。世间行走，顺逆与否，在于看事的高度，处事的格局，不在于命运的造化。眼界深远，不与往事纠缠，无怨无患，自有一世清欢；胸怀广博，不与小人计较，心宽路宽，前程自然顺遂。

事远看了，心宽了，格局大了，世界也跟着变好了。当你格局不大时，世上破事真的很多。

行走在资水江畔

小时候在乡下，听大人们说武冈城里有一座斜塔，小脑袋就一直担心着那斜塔会突然倒下来。后来又听说人们却费了大劲，使用当时很先进的炮爆技术，才炸毁，其石料用于修建威溪水库大坝。但我还是很担心师范旁的东塔倒下来，每次上学经过时都得小心翼翼。

真是杞人忧天。塔就倒映在资水中，在你的脚下；就连星星也倒映在资水中，也在你的脚下；这些都是治疗焦虑最佳的镇静剂。你真正需要担心的是那江流而不居的水，一去不复返。对流逝而言，生命中的一切都是小事。孔子感叹，逝者如斯夫！

资江之水，时而清澈，时而浑浊；资江江畔，时而风景怡人，时而秋风瑟瑟，满目疮痍，我们依然深爱。一个成熟的人，不管被迫还是自觉，都要喜欢一切不彻底的事。

喜欢一切事物的不彻底。比如春天里的倒春寒，炎炎夏日的蝉鸣，摇碎轻风的秋千，晴天下着的小雨，堤坝内河水荡漾；又比如蛰伏在琥珀里的时间，冬夜的灯火与一望无迹的冰雪。

喜欢一切事物的不彻底，如同喜欢有缺点的本人一样。因为，我们一辈子做不了万夫雄，也做不了千夫指，所以我们永远只是个普通人，事业成绩上也是走一步退一步，一辈子都在半途而废，但一辈子都心怀热望。

尊重平庸的自己

尊重自己！优雅的人生才登台上演。

尊敬自己，才能拥有改变一切的力量；再如何平庸，再如何一事无成，摆正自己的位置。

尊重自己，接纳自己；不妄自菲薄，不亢不卑。理性地、从容地了解思维方式，行为习惯，心态情绪。打破思想的藩篱，脱胎换骨。不随波逐流，心有所主；不迷惑，不盲从，不焦虑，不纠结，不空谈，安于现状。

懂得尊敬自己，就会产生约束的文明与高品质修养；不会为非作歹，弄出让人轻蔑的劣行。改变你的生活方式，让自己更健康更文明，更能接近自己的理想，成为自己的榜样。

尊敬自己，习惯快乐；快乐是人生中的阳光。只要认真体会细微的事物，就会翻寻出人生中藏着的许多快乐，喜悦能让人忘记烦忧，减少你对别人的嫌恶与憎恨。

开怀大笑吧，孩子般率直地表现自己的好心情。充分享受人生的每一个瞬间，即使在阴沟里，也别忘记仰望星空。

尊重自己，掌握生活智慧。生活就像一坛美酒，只有懂得品尝的人，才能体会它的香醇。人们置若罔闻世界的凌乱不堪，一大堆半截的故事、一大堆无厘头的梦呓；宁愿去关心蹩脚演员的八卦、生活上的鸡毛蒜皮，却不愿叩问自己的内心。

尊重自己，才能出远门。做一个普通人的技术含量也很高，多少人用尽全力，过着平凡的一生。多少笑容背后是咬着牙关，皱纹不少，微笑很少，沧桑却很多很多。蚂蚁虽小，也要用它的触角来挠全世界的痒；萤火虫，不候炬火，黑暗中自己发光。

尊重自己，我们才能看得更多更广。如同佩戴上一副新眼镜，熟视无睹的事物，忽然有了别于平常的崭新模样。

唯有尊敬自己，才能活出自己！念念都为自己加油，寒冬也会有暖流！

宽恕自己的笨拙

我终于宽恕了自己的笨拙，真正去爱自己。

人世间的所有经历，所有的七情六欲，包括所有的痛苦和情感的折磨，都只是提醒自己：活着，不要违背自己的本心，人尽本心，其余交给上苍，就好了。这叫作“真实”。

当自己真正宽恕自己的笨拙时，真正去爱自己。

懂得了己所不欲，勿施于人，把自己的愿望强加于人是多么无礼，就算那个人是自己，也不能为难自己，这叫作“尊重”。

当我终于宽恕自己的笨拙时，真正去爱自己。

不再无端地渴求不同的人生，这山望得那山高，好高骛远，走好人生的每一步，发生在我身边的任何事情，都是对自己成长的砥砺。这叫作“成熟”。

当我开始宽恕自己的笨拙时，真正去爱自己。

我不再去勾画什么宏图，无端地牺牲自由时间；力求有限的时空里，只做有趣和能让心欢喜的事，用自己的方式，以自己的韵律。在正确的时间，正确的地方，发生的一切都恰如其分。由此自己得以平静。这叫作“自信”。

当我开始宽恕自己的笨拙时，真正去爱自己。

远离一切不健康的东西。不论是饮食和人物，还是事情和环境，远离一切让自己失去本真的东西。从前自己把这称为“追求健康的自私自利”，但今天自己才明白，这叫作“自爱”。

当我开始宽恕自己的笨拙时，真正去爱自己。

我不再总想着自己要永远正确，不犯错误；无须害怕自己和他人的分歧、矛盾和问题，对错无须争辩，吵的都是情绪。今天明白了，这叫作“谦逊”。

当我开始宽恕自己的笨拙时，真正去爱自己。

我的焦虑让我变得贫乏和病态。我不再继续沉溺于过去，也不再为明天忧虑。昨天已逝，明天还遥遥无期，我只活在一切正在发生的当下。我活在此时此地，日复一日。这就叫“完美”。

我终于宽恕自己的笨拙，真正去爱自己。

唤起心灵的力量，便明白弯道超车只是暂时的取巧，人生之路必须在持久中坚守和勇往向前，而理智才是一个重要的伙伴。静能生智，智慧碰撞是悄无声息的，才会平地惊雷，形成新的世界。

人生幸福：一半争，一半随

年少时，曾有一位长者说，小伙子多读些《三国》，少读些《水浒》；说的是怕年少不懂事，讲义气，跟错朋友，走错路。

年长时，一位尊者说，年老了少读些《三国》，多读些国学，说的是人已年老体衰，而人生战场钩心斗角，很容易出师未捷，身先毁。人生的幸福，一半要争，一半在随。

争，是与困苦争，不是与他人争。只有发愤图强，主动争取才能一步步接近幸福，没有唾手可得的幸福。

随，是知止而后安，不是随波逐流。限于能力，制于条件，很多人事只能随遇而安，随缘而止。

关键是何时随、何时争。

其实炒股秘诀也只有四字：高抛低吸！问题是高是多高，低是多低。股市总能超出人的心理预设。涨一点赶紧抛了，它还继续涨停几次。刚跌一点就买，结果它还在继续狂跌。等你一路建仓买入，有的股票却再也不动，根本没有打算回升的迹象。偶尔赚了点的人多，个别赚发了的有，但更多人却都是韭菜。股市上有谁能一直笑傲江湖？！

人生遗憾谁都无可避免，就拿女人穿衣服这一简单的日常行为，又有哪位女性心满意足呢？有身材时却没钱购好衣，有钱购好衣时身材却走了样，难得满意几回。

所以，我们得真正融入生活，有滋有味地活在当下，静心听听自己的心声。

心灵是鱼，孤独是水

我猜想，每个人都应该是个读书人，每个读书人都应该有一本最爱的书，就好像每个男人都有最爱的女人一样；只要拿出最爱的书就有一种归乡的踏实感。

这些书可以是自然科学的、哲学的、文学的，甚至是自己的日记、书信、相册之类。科学或许负责有问必答，哲学常常负责答非所问，小说大都负责顾左右而言他，书信日记相册回答了经历与回味。我读了一些传统书籍，感觉到，《道德经》只讲了无，《易经》则讲了无与有，而《黄帝内经》却讲了有，尽管现在我们对经络与穴位依然不知其形状，但它们确实存在。

提不起劲的我，一人独处时依然无法安静。因为这个世界太吵，静不下来。我们习惯了吵闹的综艺节目，喜欢看辩论表演。一打开手机，抖音与快手，朋友圈热闹非凡，里手高人漫山遍野。这就是我们的世界，嘈杂到已经无法感受寂静的魅力了。因为不耐烦，所以没办法平和地看待自己和他人；因为缺乏对安静的自我的培养，才让那个不耐烦的自己像个猴子一样上蹿下跳；因为太吵了，所以没办法把经历的一切看成是人生的旅途，难以收获问题背后的智慧。如果娇贵的心灵是鱼，孤独才是水，而水的至深静谧最养鱼。

有一间敞亮的书房、有一个柔和的香薰、有一杯温热的红茶，静怡的环境却没让我找到阅读的品质，我在读书的过程中感受到过山车一样的颠簸：阅读之前，我会迫不及待开始；阅读中间，我享受到战胜焦虑的巅峰体验；阅读之后，我立刻被下一份焦虑按在地上摩擦，思索“我究竟图什么”这个伟大的话题！

“我究竟图什么”，这个拷问欲望的问题总在我阅读高潮结束后拷问我一遍。

装聋作哑是最好的心理咨询师！也就是在这样的心情下，我没想着图什么，就想找一个“哑巴”聊聊天，吐露心声，说说我的孤独。而这个“哑巴”

就是书。每天详聊的话题都不同。有的鸡毛蒜皮：今天和谁发生争执了？为什么不能和儿女和谐相处呢？如何生活？如何实现自己的理念？行动计划是什么样的？每一个人都想找言语障碍人士说，因为其他人没空搭理他们，他们就想唠嗑，偶尔吃一吃言语障碍人士端出来的酒和小吃。

一个人的心灵不是一面镜子，而是一个湖，有水面上下之分，通俗地说有外屋与内屋之分。他每天要在风里雨里奔波，讨生活，很忙，这是他生活的“外屋”；同时，他有自己的梦想，看看书、写点文字、唱唱歌，这是他生活的“内屋”。

一些人，比如“他”。遇到不可预测的变故，欠房贷、欠别人的钱，“他”不得不出去996、007的打工，再也没时间管“内屋”。直到有一天，“他”发现即便拼命在墙上画几朵花、几片叶子也没办法留住“内屋”，“他”的世界彻底坍塌了。

我们有很多人何尝不是那个“他”？！我们要买房子、要努力晋升、要结婚生子，而这每一项都要在30岁前完成，我们是每一个进入倒计时的“他”，我们跑赢身边的人，却习惯了内心的坍塌，仿佛我们从没拥有过自我。

外面的世界，塞满了失意、惶恐与无奈；更让人绝望的是，一个人连躲在“内屋”里孤独的时间也没有，孤独成了奢望，这才是最可怜的。孤独些，也没有什么不好的。只有孤独过，人们才因此发觉心里有个大窟窿。

人生最爱自己的时刻是背对世界的时刻！

我固然承认，每一个人都需要生活的“外屋”和“内屋”，一味追求自我，活都活不下去，还怎么谈“内屋”和“外屋”呢？为生存而挣扎的“他”的内心怎么抗拒外界的巨大变化呢？周围的嘈杂会不会因为我们想偷懒就关上呢？

那么我们可不可以利用2/8法则，让自己偶尔背对世界，以对抗接下来一段时间内的生活不易呢？

有一位俄罗斯作家叫索尔仁尼琴，他说“除了知情权以外，人也应该拥有不知情权，后者的价值要大得多”。

我时常认为，每一个人都是智慧的，而为什么绝大多数人都会犯错直到生命结束的那一天去遗憾和后悔呢？

正是因为外界的嘈杂、压力总是唤醒每个人的欲望，欲望压过了智慧，人们就会选择容易的事情，而不是正确的事情，从而落得遗憾而终。

静下来，背对世界一会儿吧！

我曾对在屋檐之下晒太阳的老人心生怜悯，其实，此时的他们是最慈祥幸福的。生命的回馈就在背对世界的时刻，谁管世界发生了什么呢？我只想此时此刻对自己好。

我相信，生活是一场战争，一段很长的时间里，我们需要闯荡奋斗，被唤起的生命激情才是重要的；同样地，夜深人静时，我背对世界，读一册书，看一帧画，甚至静静看着茶叶慢慢地浮沉在水中，因为我们需要用孤独来按摩心灵，此时，内心会发出一个声音，“别着急，你依然美好”。

管理好情绪，处处才是水云间

细读《黄帝内经》，才明白人生处处都是水云间，只要达到人生四界，怒时不言，恼时不争，败时不丧，乱时不决，心中才有桃花源。

中医说：情志和五脏休戚相关。喜伤心，怒伤肝，思伤脾，悲伤肺，恐伤肾。因为善算计，王熙凤无人不算计，无处不算计，严重危害健康，结果病了。“机关算尽太聪明，反误了卿卿性命”，最后老天把她算计了。林黛玉多愁善感，哭泣忧伤，体质孱弱，免疫力低下，一不小心染上肺结核。《三国演义》里的周瑜英俊年轻，因为嫉贤妒能，心态失衡，自认为诸葛亮比他聪明，不服气。与其说诸葛亮把他气死了，不如说他自己把自己气死了。

人生是一趟旅程。顺境也好，逆境也好，没有人愿意退出，也没有人能重走回头路。

人生是一道风景，有风也好，有雨也好，没有人愿意错过，用观赏的心情去看待世间一切。

月圆是诗，月缺是画。月亮准时圆缺，不看旁人脸色，因而无须自艾自怜，多愁善感。

人生就是这样，无论悲伤还是快乐，无论沧海还是桑田，都要用心的走下去，都得顺应自然。

大道至简！没有必要把一些事情看得那么重要，人生也真的不需要太明白，太清楚。世界很大，个人很小。

桃花林的美不在桃花，水云间的美亦不在水和云，只在自心间流淌的那份宁静，喜悦，和平，安宁。

无论世事如何，无论岁月变迁，时光流转，世上最美的风景，永远在我们的心灵世界里。世上最美的风景就是内心的安宁，祥和。

与其走遍万水千山，寻访天下美景，不如走向自心，修造自心美景，让生活化为美景。

茶道之美不在茶，而在借茶调心。茶只是道具，引导自心由纷扰回归宁静详和。

禅修之美亦不在形式，亦是借用形式来调心。

心中有怨，则生活中就会处处遇怨，永远怨业难平，唯有自心走向和平，才能化解纷扰，获得安宁。

如果你能照顾好自己的身体，那你就能照顾好生活中80%的事。

如果你能管理好自己的情绪，那你就能解决好身体中80%的不健康问题。

心中若有桃花源，处处都是水云间。

别睡得太晚，也不要爱得太满

人至中年，人生已过了一半，其实剩下的只是一小半。夜深人静，问一问自己。

问自己：是自己变了，还是别人变了？一本通讯录打开，熟人成百上千，一个个看过去，可向谁诉说心事？可有谁可以让你安心打扰？想找个什么时候什么话都可以说的人，何其难！事实上，有些话语无关乎暧昧，只是一种懂得。我们生活的人世间偏偏又是人海茫茫。

问自己：活得疲惫，怨谁？日夜奔波，省吃俭用，没攒下几个钱，却落下个病身子，就是给自己一座金山也没福享用。

问自己：活得纠结，怨谁？钻牛角，琢磨不开的事不依不饶，深陷没有结果的旋涡，想不开是结，想开了也是结，日夜折磨自己。

问自己：活得很拘谨，怨谁？活在别人的目光中、嘴巴中。自己想说不敢说，想爱又止步于羞涩，总想淋漓尽致地活在别人眼前，结果丢掉了多少独一无二的性格与独立特行。

年少，总是认为自己永远不会老，忽然发现自己老了，年少的春秋大梦早在灌满北风的酒中醒了。不是等的车来得太晚，就是被人家扬长而去的车溅得一身泥水。小时候最喜欢玩过家家，忽然发现婚恋是最玩不起的游戏。山前不见，山后就不要重逢了；到了门外，或许我发现你不在，或许你发现我不在。

人生百年，不过三万天，有多少时日让自己笑容舒展？能有多少时间用烦恼来添堵自己？谁为你的难过分担？谁为你的健康买单？欢乐是自己的，身体是自己的。

心情不好就调理，压力太大就歇息。一天很短，不让不开心过夜。感情，悟不透就不悟，能看懂人心的人本来不多。不弃让自己快乐的人，不理睬看不起自己的人；心中有你的人你风吹草动也心痛，心里没你的人疾风暴雨也不会记得你。

所以，别睡得太晚，别爱得太满，别想得太多，别心情灰暗！

人生欲望，为何越来越少

春节只是时间上的一个节点，它原本毫无意义！

但在国人心中，这是一个团聚的佳节，幸福的时节。幸福的时刻总是那么短促，离乡返城时，这场面让人看了有些心酸。接下来又是漫长的等候，这是父母们内心深处的一个最大、最深沉的期望。人的一生中，不同阶段欲望是不一样。

年少时，欲望很单纯；世事未经，生命如夏花般绚烂。年长时，在繁华虚妄的羁绊中不断挣扎，最后拥抱了简单的一箪食、一瓢饮。随着年龄段的演变，随着心理过程的变化，想要的越来越少，把更多的希望都给了家人而不是自己。用爱筑成了一个温暖的家。

人生欲望的追求，如同口味的变化，孩子们酷爱色彩斑斓味道甜酸的饮料，耄耋的老人却钟爱寡淡无味的清水。人世间广袤、繁华，年轻时，我们总想对这个世界蠢蠢欲动，跃跃欲试，一心想去掌控一切，去征服所有。但世面见得越多，对世界的感知就越深刻，对自己的认知越清醒，就明白了己之所欲，己所不欲，也就懂得了包容，懂得了接纳，懂得了取舍，懂得了拒绝。不会张扬世事无常，不会彷徨荣辱，不再垂涎珍馐，不再仓皇世界。

总之，世面见多了，眼界就宽了，心胸就广了，格局大了，欲望就少了。顺畅的命运就是放弃一切浮躁喧嚣回归内心的安宁；人生就是所需和欲望不断减少的过程，苦不是生活，苦是欲望过多，累不是身心，累是背负太多；再苦，用微笑把它吟咏成一段从容的记忆；再累，用当下的遗忘穿越万道红尘，心波澜不惊。

但并不能说人就只得清心寡欲，没有欲望，更不能放弃追求与奋斗。很多人总是浅显地把无为而治理解为无所事事与无所作为。老子所提出的无为而治，是很有智慧的一个理念，就是用一种平和、无妄想的心态去面对人生。表面上很多人认为无为而治是一种消极的倒退的理念，其实它是化被动为主动，用平和的心态去面对人生，避开了矛盾的对立面，从无为而达到无不为的境界。

现在很多年轻人，很废，没有追求，没有欲望，没有上进心，十分机械。二十出头的大学生对生活就没有一丁点的欲望，不争不抢，十分“佛系”，不想谈恋爱，不想学习，不想交朋友，没什么兴趣爱好，什么都不想做。觉得周围的一切皆与我无关，只是活在自己的世界里。年纪轻轻就无欲无求的状态只不过是无能的一种表现而已。一个人只要努力了，不论最终结果如何，都是一种成功。能够具有斗志本身就是一种了不起的能力，因为这种斗志会带来不停歇的坚持。

走过红尘岁月，人生才能把握一份懂得，拥淡淡的心情，过淡淡的日子，泛黄的记忆才能在心头幽幽回味，才能有资格，居高处俯瞰；过去的一切或许不过是一段浮云藏匿的时光，是生活的琐碎点滴，是一些寻常草木，但这些全是经历，都是努力，而不是一片空白。

风雨人生，淡然自在心。前提条件是经历过，努力过，奋斗过，也渴望过。只有拥有着一切的曾经，跨过山和大海的曾经，穿过人山人海的曾经，才能转眼看见过往的一切飘散如烟，才能看见自己的来路，才能最清楚地看见平凡才是唯一的答案，而不是扼腕长叹，悔恨浊泪长流。人生最美的千帆过尽的淡然，淡然如兰，芬芳隽永，不为百花争艳；淡然如水，虽无色无味，却是生命的源泉；淡然的生活，心灵自由，在清浅的时光里，看花开花落。

一种放，是中年的放

时间说，我要远去行；月光说，那我提着灯笼来送你。风要走，云却难挽留。人至中年，生命入秋，有人在淡漠地扳着手指数日子，更多的人，放眼一望还能依靠谁。

人生中，谁没有不堪的过往？谁没有过酒醉不知归路？谁没有过委屈无处申述？谁没有过明枪无法逃避？谁没有过暗箭让人中伤？多少人，曾有过闻鸡起舞，曾有过晚归追星伴月，也有过漂泊思乡心切，也有过孤单无助彷徨；带我们走出困境的明灯在何处？命运之方舟何在？

善乐者稀声，善画者留白，养德者助人。禅说：放下、自在，是禅家的两种至高境界。养心者冥思；何时放下，何时就会获得一身轻松。

有一种处世之道，叫放弃。珍惜所拥有的，放弃无法拥有的，放弃之后永不悔恨，是获得幸福的法门。有一种办事之术，叫放置，放置不是闲置，事缓则圆，事缓就有变。今天无头绪，明天可能就有条理。

有一种管理之术，叫放手。管理不是捆住了手脚，紧紧抓住；也不是事必躬亲，而是有条理地调动大家的积极性。有一种思考之巧，叫放飞。大脑洞开，天马行空；创造源于想象，想象力比知识重要。

有一种表达之技，叫放声。压抑是致病的罪魁祸首。有一种观察之法，叫放眼。高山流水、云卷云舒，远方有美景。有一种用人之境叫放心。有一种比赛之法叫放开。有一种养生之法叫放怀。

一个放，蕴含了多种处事道理，放弃是一门艺术。与其痛苦地维系还不如放弃，在落泪之前转身离去，留下简单的背影；放弃不是要你逃避，是把昨天埋在心底，留下最美好的回忆。

民间与生活中关于“放”的故事众多。春天植树，园丁把树叶砍掉，多残酷！只有水分与营养集中到根与茎，树才能栽活；只有舍弃枝尾末节，才能保存生命。

秋天，红叶飞舞，“红叶这么美，树怎么忍心让其掉落呢？”冬天北风狂暴，树撑不住那么多叶子，只好舍去，也积存些营养留待来年。这不是放弃，是放下！这是树千百年进化的智慧。冬天来了，水结冰膨胀，撑破缸。把水倒掉，把水缸扣过来。缸不是真空，是放空！积雪会压断盆栽的树，让树躺下来……那不是放倒，是躺平休息。

半杯水，别焦虑。别想没有的，想想还有的。苦日子总会过去，春天总会来临。放心不是不用心，是要把心安顿。

一个人能放下、放空、放平、放心，八十岁父母还有什么不能放手五十岁的儿女呢？

一个放，若是生活之术，就是画龙之后的点睛，就是深刻之后的平和。梭罗说过：“一个人越是有许多事能够放得下，他就越富有。”

一个放，千般哲理。用得好，复杂回归简单，纷乱回归明晰，浮躁回归淡然。

提得起，被人称道，而放得下更值得称赞。

不评判他人，便是美德

他人处境谁能百分之百能体会？他人人生的360度，我只能看到一个缝隙而已。

即使有过类似的处境，即使阅人无数，当下的感受和选择一定与当事人的家庭、教育背景、经历有关，是偶然、必然或是几十年错综复杂的原因促成；他人如何知晓，那些不为人知的辛酸、无法言说的苦衷？

对他人妄加评判，伤害了别人于己无益。如果自己忍不住去评判别人，必然无法笑对别人的评判。人生中，只要没触及法律，没侵犯他人利益，没违反公共道德；对与错，只有上天可以评判，只有时间可以判断；他本人内心可以评判，那叫自省。

佛说：“善言第一。”但丁说：“走自己的路，让他人去说吧！”把那些常常挂在嘴边、很狠的形容词就都收了吧；别人关于自己的形容词，传到自己耳朵里就都忘了吧，以欣赏的眼光接受每一个生命的样态，没那么难。

你是知道的，你并没有被赋予对任何一个人进行论断性评价的权利，就别在评价别人上浪费了，把更多的精力和时间去专注自己的事情，你的人缘也会变得特别好；你也知道，任何一个人都没有被赋予对你进行论断性评价的权利，你也不再介意别人的话，生活会更轻松。

与人交往，应有一定的距离感，以尊重和爱护为前提，而不是冷漠的衍生。遇事时，家人和朋友都可以说他们的经验与建议，也可以奉劝与警告选错可能会承受的代价；但自己一旦选了，做了，结果就由自己承担；如果自己选错了，他们可以教育自己，抚慰自己，但不要做是非判断。论断与善意的提醒、规劝截然不同，当事人能感受到苦口婆心和冷眼旁观之间的温度，与虚心无关。

争取做成半桶水

小时候，老师总是告诫我们，不要做半桶水叮当，意思是浅学辄止，无知骄傲自满。做半桶水成了我一生的忌词。

对于一个人来说，什么东西最宝贵？我看到过一个答案：人最宝贵的，是没有被占据的时间和没有被占据的空间。而这空出来的时间和空间，其实都是用来安放自己的，安放自己的身体和心灵。心灵越是简单，人生就越是珍贵和富有。

生活在现代的我们，每个人的手机里都有数十个或上百个软件，交际的、听歌看视频的、娱乐游戏的，甚至是点外卖的，每一项都需要几个软件相互陪衬，仿佛少了一个就丢失了价值上亿的选择。却不知，正是因为总面临类似手机软件这样众多的选择，才常常让我们耗尽了心力，陷入了多难的境地。

正如，多即是少，少即是多。俗话说："水满则溢，月盈则亏。"意思是，凡事太过追求圆满，反而难以达成心愿。真正的智者，为人处世都有尺度与原则，通晓"一半的智慧"。

简单到极致，才是生活的大智慧，才是生活的大美。但简单不是空白，不是一穷二白。如一桶盛水，若无水则一切无从谈起，只是一个小丑而已。一个人想要的越多，越是想炫耀什么，正是他内心越缺少什么。

很多时候，读懂了"半"字，就读懂了人生。古人云："枪打出头鸟，刀砍地头蛇。"生活中，凡事总爱露尖的人，非但不会赢得别人的好感，反而会给自己招来灾祸。聪明人，悉心藏匿，收敛锋芒，纵使才华横溢，也不过于招摇。积蓄力量，厚积薄发。

做人的最高境界就是抱朴守拙。藏匿锋芒，不是胆小懦弱，而是寻找时机，蓄势待发；收敛自己，不是畏惧他人，而是韬光养晦，把路走长。真正的智者，往往于人群中半显半藏，从不张扬。人活一世，顺境时懂得谨慎，逆境时明白隐忍，方能成就大事。

《黄帝内经》曾言：“志闲而少欲，心安而不惧，形劳而不倦，气从以顺，各从其欲，皆得所愿。”活得幸福的人，既会在艰难中追求卓越，也会在争取后随遇而安。一味向上攀爬而不懂得停歇的人，只会让自己身心俱疲，伤痕累累。

一些人拼命工作应酬，经常熬夜到凌晨，身体不舒服也硬扛着。现在，他们躺在病床上，不禁感叹：“自己是不是拼得太过了？”

欲望无穷，若不节制就陷入了无休止的争斗。人生一直都是由简单到复杂，再由复杂到简单的过程。人生在世，每个人都想走上坡路，但有时走得太快，反而欲速则不达。

我们的生活，如同无用的社交，居室里多出的物品，手机里多出的软件，都是在损耗我们的心力和能量。当生活足够简单，有限的心灵空间才能相对开阔，才能盛放生命里更重要的东西。

慧律禅师曾言：“兴之所至，心之所安，尽其在我，顺其自然。”真正聪慧的人，做事都懂得争随参半，既了无遗憾，又随性而行。争取时奋力拼搏，放下时坦然随意，才能活得轻快从容。人生苦短，余生，愿你历尽千帆，自在安然。

曾在知乎上看过一个问题：“真正的成熟是什么样的？”其中，有一条回答获得了无数赞誉：“真正的成熟，不过是一半清醒，一半糊涂。”做人做事拎得清，是一种智慧；与人相处适时糊涂，是一种福气。

人生在世，聪明能干并不能保护自己，而适当装傻，反而会避免灾祸。最智慧的人生，往往都半醒半醉，半智半愚。

唯有在清醒和糊涂之间保持平衡，学会取舍，人才能活得通透自在。莫言在《檀香刑》中曾言：“世界上的事情，最忌讳的就是十全十美。”

人生最好的状态莫过于，花开半妍，酒饮半酣。走过半生，终懂得：

做人，一半显露，一半隐藏，才能保护自己，厚积薄发；

做事，一半争取，一半随缘，才能减轻负担，把路走长；

相处，一半清醒，一半糊涂，才能活得舒适，过得安稳。

余生，别要太多，别求太满，万事宜半。争取做成半桶水！

宠爱和迁就自己是另一份尊重

现实生活中不乏老好人，帮助别人，超过自己与亲朋好友，宁愿停下自己手里的工作，也不愿得罪人；对他人不敢要求太多；不敢高声说话，既怕说错，又怕冷场，懦懦弱弱憋红了脸，结果带动不了气氛；聚会时，既怕被忽略，又怕被点名，唯恐领导不高兴，诚惶诚恐，手足无措，一如那些没见过世面的老农。

现在想想，自己过去的不堪经历，确实有点可笑，既自卑，又在乎着他人的感觉，可遗憾的是，我并没有得到相应的尊重，反而别人觉得你就应该如此。

其实，日子是自己的，冷暖自知，嘴巴是别人的，凉薄难定，无论别人怎样待你，都得学会善待自己。活着，不是给别人看的，好不好只有自己明白。做人如下厨，炒菜难符众人口味，要不然做不出一桌饭菜；一人难称百人心，做事无愧于人不愧于心就好。突然懂了，在自己的世界里独善其身，在别人的世界里顺其自然。

渐渐地，我开始改变，开始学着宠爱和迁就自己，会表达自己的情绪，会挂脸，也许你并不会开心，还会觉得我事多，但我也不会当回事了。

约见他人聚会，你无故缺席，我就拉黑，你迟到我就先走，即使不走，我也会满脸挂霜，而不会和以前一样没有表达，反而弱弱说耽搁了你的时间了。不想做的事情也会拒绝，不再勉强，而不是说不出口，和你说过的事情，再问我，第一次可以，之后我就会反问我之前怎么说的。不会觉得不好意思，冷场，会尴尬，但不会坐立难安，我也可以低头玩手机，以自己的感受优先，不会再让自己难受。至于其他人，你都没有在乎我，我又何必在乎你呢，与我何干！

这样做，会让很多人不高兴，甚至有意见，可我不再为了迎合他人的喜好而忽略自己的感受。于是有意无意地宠爱和迁就自己，尽量让自己开心，自己舒服，优先自己的意愿，随心，随缘，洒脱生活。

其实，“很多时候，别人不一定能帮得了我们，脚下的路还需要自己去走。”

其实，现在国家富强，人民幸福，日常开销并无大忧。不需要很多假的期望值了。做自己，找到属于自己的目的地；减少压力出现的次数，增加自己开心的频率。

其实，我们只是普通得普通不过的人，是害不了任何人的。我们也是管不了任何人的。我们所能做的，只是管理自己，甚至我们连自己都管不了，主宰不了，为什么却要千方百计，委屈自己去主宰不该主宰的，美其名曰“常理常情”。

当你爱自己、取悦自己的时候，才会变得更好，更自信，别人才会看见你。生活中的一切，最后都要独自面对，要在平凡生活中历练自己，用取悦自己的方式，活成自己喜欢的样子。经历过悲喜才发现，有一种成熟，是懂得取悦自己。

宠爱和迁就自己之后，发现真的可以轻松许多，不但会被重视，而且更开心了。

茶一杯且淡思

年少只知项羽勇，中年才知刘邦难！人到中年，要知天命。一杯茶，不用之解渴，不用之禅思，仅在孤寂中啜饮而已！

常言道：存在就合理，年少时曾斥之唯心；人至中年，方知凡事自有存在的道理，一半无奈，一半首肯，万事万物且莫去自惊自扰。

大千世界，芸芸众生，或物，或事，或人，各有自己存在的理由。人生无奈中终于默认这句话，朴实无华中意味深远，诠释了儒、道、禅的博大精深。

君行陌上红尘，贵在拥有“大智若愚”的品性，“厚德载物”的担当；二者于我都是高远，我乃一草芥，于智于能，对滚滚万物又能如何？！

人生若得偶闲时，杯盏清茗伴知音。如是，有幸！若无，亦不能耿耿于怀。大江东去，只是淡然一睥，世事多少，只是船过水无痕！

人生之乐，莫过于得闲之时，三两知友相聚，席地对坐，围炉品茗香，畅谈美文，阔论人生，沉于“结庐在人境，而无车马喧”的自然意境里。素清人生，拥此雅致与闲逸，美极！足矣！实乃人生之幸也！想到此景，此遇，忽然顿悟了那句俗语：“美酒千杯难成知己，清茶一盏亦能醉人。”若无，抑或独自一人，揣一杯温茶，倚窗默默遥看落日，落日悲壮，余晖温煦，虽然冬日的阳光遥远，却更暖人心。

“缘聚缘散缘如水，花开花落花如梦。”纷扰人生，如流年往事，多一些简单，少一些复杂。如小溪，虽曲曲折折，也无浪大波。用恬淡雅致的情怀生活，用宽容与理解的心境处世，将人生过得淡味而真切。

茶至无味仍余香，人若无妄心自清。品茶，乃品人生，平实简约，雅致纯清。游走浮生，凡事要看清，看淡，且行且珍惜。

慢美静好

在我生活的城市，高铁站与机场之间开通了一条磁浮专线，几十公里的路程，只要十几分钟。

美国动作大片《速度与激情》已拍到第7部了。

速度与变化，也的确给我们生活带来了快捷。速度感、变化感是非常奇妙的事情。现代的快捷不仅体现在速度感上、变化上，还体现在争取更多的数量上。

在短暂的生命当中，仿佛一切转得越快，就能拥有越多的空间或者认识更多事物。整个人类的心仿佛全浮动起来、激动起来。

可是，我高兴不起来，怅然若失。我仿佛看见孩子们一个个早熟得出乎意料，而事实的确如此!

慢，却有一种从容的美感。这种美更震撼心灵。当人们用蛮力敲碎世界时，有一种力量在悄无声息中融化了世界。

这让我想起了一个情景，一位妙龄女子倚门盼望，等候她情人的书信；而现实却给了我们另一个场景，野蛮女友接听男友电话，对手机狂吼。过去，物质匮乏时，我们总把最好的佳肴留在最后品尝，那美味在心中萦绕数月，直到很久美味还沁入心田；而现在面对一桌山珍海味时，却食不甘味，暴殄天物。美是一种选择，甚至是一种放弃，而不是贪婪。

当许多东西堆垒眼前时，知道自己应该选择其中的哪几项就好了。譬如一朵万绿丛中的山茶花，鲜亮耀眼，而漫山遍野的山茶花盛开时，却美得让人窒息。居住也是一样，当一个土豪把大别墅塞满家具，即便再昂贵、再高档，也只是住在仓库里。其实尽可能少，才会变成一种美。

心灵上真正的荒凉来自太多快感之后的空虚，这些快感来自口味上不断刺激自己吃到撑，来自不断购买衣物上的满足，来自购买昂贵的房子，来自不歇息、无选择的投资赚钱；其实这些爽的感觉不是美感，只是一时冲动的满足而已。

大家都在快的时候，你反而慢下来，忽然有种充实感。我见过一个僧侣在公路边的人行道上卓然而行，很美！不妨给自己一个机会，不那么匆匆忙忙赶去上班；步行去上班，可能是一件非常奢侈的事情，但很美。我们不要忘记“静”这个字，慢下来直至静，你才会有心灵的感受。

也许，你正狂热追求的，只是迁就了别人或社会，并非自己真正想要的；也许，你正为之苦恼、肝肠寸断的，只是一时的不甘心，未必是你真正想爱或者该爱的。坐下来，静观水流，静赏花开；心静了，才能听见自己的内心。心静了，自然就看清了。

我常常幻想，何时能用双脚去浪迹天涯、步行天下，却大部分时间奔驰在高速路上。放慢自己行动的速度之后，会有不同的感受从我们心底生出来。有没有想过，高速公路上，汽车从一地到另一地飞驰而过时，我们已经错过了生命中很多精彩的风景。

从诞生到死亡，是人一生最长的一地到另一地。如果这就是一条笔直的高速公路，那么我宁可慢慢地通过，或者放弃开车而去步行，或去走省道或迂回的山路，这样我可以看到更多的风景；甚至做一个流浪者，不惜衣着褴褛，走走停停，驻足浏览，欣赏、感受沿途的风景事物。这样，我们就拉宽了生命。

我们不要变成物质的奴隶。譬如我可以吃得多，可是我也可以吃得少。我们可以选择吃昂贵的食物，也可以选择吃寻常的普通食物，那些香椿刚刚冒出来的嫩芽，或者鲜嫩的春笋，就是无上的美味。有一颗幸福宁静的心，就是慢慢品尝一碗白粥，那也是甘甜的。

人生平凡，奈何争锋

张家界大草原又叫南滩大草原，十万亩高原草原，原本是片浩渺的森林，当时，没有一块草甸。可能是因为万木葱茏之下，草是难以生存的，众荫之下，草与灌木难觅阳光。一场山火之后，再也长不出乔木了，估计是风太大的缘故，树木若秀草之上，风必折之，故树木难长。

人是大自然的一种动物，是“森林”中的一“木”，是“草原”中的一“草”而已。同样适应适者生存的法则。

在大自然面前，人类的力量十分渺小，不能盲目地期望与天斗、与地斗、与人斗。同样，人类社会如同自然界一样力量宏大，个人如微尘般的渺小。

有人喟叹：人生如大海，船过不留痕；人生如晴空，雁过不留声。个人力量是如此渺小。对个人而言，社会便是天，机体健康便是天。

人生日常，我们又能做主多少？为何违心逆力去做一些滑稽荒唐之事，知其不可为而为之，知其不可逆而逆之。明知道苦涩，却要去豪饮伤身；明知是溜须拍马之甜言，却逢人媚言无尊严；明知道虚伪，却还强挤着假笑无人格；明知道痛心，却无法释怀过去伤心；明知道厌倦，却强装欢喜伤身心，明知道背负沉重，却始终不甘放下，无用感伤；明知道无用，却始终不忍抛弃自我纠结；明知道拉扯，却甘心拘于束缚去沉沦；明知道结局，却陷入纠缠挣扎于沼泽。

不同的人，有不同的人生，千人有千人的定位与活法，即便同一人的一生，在每个阶段都会有不同的考验；但都不能辜负年华，不能辜负自己，也不能乱折腾，乱作为。如南滩曾是森林时，树木就得努力生长，抵御风雨的侵袭。是草原时，努力把自己长成青草，照样会受到风雨给青草的侵袭，是树就长成栋梁，是草就不负韶华通体翠绿，草不做木的梦，木不做草的经营。

顺应潮流，顺应自然，便是成功。

孤独感悟

秋早来了，仲秋的风吹过来，枫叶在枝头肆意地红了，远处荒草漫漫。我寂寂站在窗前，望着……年年秋风真类似，今年的秋风更熟悉，我不禁问起自己，秋风是从往年那里吹来，还是从往事中吹来？

看来，秋风是不孤独的，有话语权的。一阵秋风扫荡之后，万物孤寂；经过秋季的人也不例外。唯有成熟过，孤独过的人，方知人生，方能看透很多东西。

城市里人山人海，我莫名又来了孤独感，有一种莫名心酸的感觉，好像什么都来得及，又好像什么都无能为力。真想拿一块石头去击打天空，看着秋风那无上的话语权。

话语权大小，本质上是改变外界能力的阈值。低了，便徒有怀才不遇、虎落平阳之感；高了，即曲高和寡，高处不胜寒；而我等布衣，没心没肺，看起来对什么事都无所谓，其实也有一股浓浓言不由衷的话语欲，恰如不去做事之人的评论权一样。做与不做的最大区别是，后者拥有对前者的评论权。

多少人，生活久了，越发喜欢孤单，不想也不敢去踏足别人的繁华，只有在自己的世界里，静静地仰望天空。聆听寂寞的歌唱，望不断的春花秋月，寒来暑往。这不是躺平，而是如小虫般自觉不自觉地赴向那张孤独之网。

多少人，很多年，寻寻觅觅，纠纠缠缠，甘愿与不甘，妥协与违拗，热烈或冷漠，最后发现的真相，也不过就是生活的日常，只是在孤独这张网中挣扎的累积。

孤独，其实是迷惘走向清醒后的沉淀，是狂乱喧嚣过的沉寂，看见的是人心，懂的是世间规则之下的无力感。

看破不说破，不是高明处世之道，毕竟不是人人都能懂你说的，反而很多人嫌你麻烦不懂事。需知夏虫不可语冰，不如孤独。

淡字当头，泊然前行

水火本不相容，何人如此巧妙造出一个“淡”字，将水与火融会贯通在一起，道出了“淡”的真味。一个淡字，一半是水，一半是火。

淡，不是苍白，而是厚重；淡，不是简单，而是丰裕。淡，如一册白封皮的名著，书皮简洁而内容丰富；淡，如雕像，无言而道千万；淡，如森林，宁静而时刻演绎生命的多彩。淡是大自然的底色，似秋水，色纯而清酽；似幽兰，芬芳稀薄而隽永。

淡，恰如一个睿智的人一样成熟，不青愣，不局促，不颓废，大气从容。当人用蛮力敲碎世界再重组，淡，在悄无声息中盈满了世界。淡，是君子之间的交情，不刻意掩饰隐匿，不凸显张扬。不伤不媚，不亢不卑，不张狂，不矫情，真实坦诚！

淡，是人生的底色；淡，是生活的滋味。淡，道尽人生的奥秘：中庸。人生既要激流勇退，又要披荆斩棘，有所为有所不为，切不可知其不可为而为之又躺平无为，需张驰有度。没有一个字如淡这样恰到好处、平衡中庸的了，同时又蕴藏无限，稳如泰山。淡是不慌不忙，临危不惧，也是大智若愚，从容不迫！淡包藏了万事万物，却以一字之力了然于心；淡集中了世道崎岖，也开出无数退让的大道；淡是大事不糊涂，小事不纠结；淡是做人留余地，远离是非纷争。

无论谁，都可能与幸福欣喜相逢，与痛苦不期而遇。心若淡，都可将一缕或悲或喜的岁月安放妥帖；心若淡，都可将一怀或浓或淡的沧桑静静收藏酿造。

多了几道坎，欣赏了更多的沿途风景，清晨的微风，黄昏的绚烂，流星划过的夜空……也多给了一份洒脱。淡淡地对自己说：“生活，没什么大不了。”人经过后会变得更坚强，跨过了会变得更开朗豁达。人生，十有八九不完美，比如痛苦，比如纠结，比如挣扎，比如彷徨，与他人难说一二，不如淡之！人生，许多完美随处可见，比如欢乐，比如美好，比如幸福，就像是一场无声的细雨，淡淡地、轻轻地滋润着。

不幸福的人，只记住点滴伤痛；幸福的人，会记得点滴快乐。生活，总是烦恼不断，难就难在，在麻烦中也能看到快乐，站在烦恼里还能仰望幸福；需要自己经常抬头，遥望苍穹；黑暗时也记得给自己一片天空，随时能寻寻觅觅，找准方向。

做人平平淡淡，不是寡淡而是淡然。淡然是一种领悟，一种释怀。世事沧桑，别人再怎样亏待你，记得自己不要亏待自己；人生总是无奈、希望、失望、憧憬、彷徨相混杂，相交缠。尘世喧嚣，谁无烦恼？屈伸有度、弛张有度吧，人生需要的是在无畏与执着之中，也有一笑而过的闲定。

做一朵优雅的莲，淡为骨，水做心，无论几许沧桑，静守一湖恬静；入泥三分，出水三分，剩下的四分，是风雨中高傲的灵魂。

人到中年，不是麻木不仁，而是淡字当头，心态淡然。给自己一方空间，学会释重，用心倾听，淡淡领悟，默默微笑，学会变老。人生原本是历练与成熟，给自己一抹微笑，即便苦笑，也要从容自信，洒脱坚定，让梦想沐浴阳光！

人生导航

很喜欢导航里的一句话：您已偏离路线；为您重新规划路线，请您在合适的位置选择掉头。

这个世界上，有些人是没有“家”的。你要他回去，他找不到来时的路，找不到要去的地方，他就会死在某个角落里。小度，小度，请导航！

人的潜力如此巨大！毛囊是人体最小的器官，眼泪是人所能制造的最小的海洋，我们曾有1.5米的视力，却总目光短浅。人生之雾太大了，我们太固执，我们99%的人看不清人生之路。人的眼睛可以近视，但目光不能短浅。小度，小度，请导航！

小时候词不达意，总想长大了好好说。等长大了，却总是言不由衷。我们何时用执着烧毁了所有的幼稚与人性，那片荒野慢慢长出了理智和清醒。小度，小度，请导航！

小度，小度，请告诉我：如何让我们系好人生的纽扣？人生之路，方向在哪里？纽扣第一颗扣错了，扣到最后一颗才发现，太晚了。有些事一开始就是错的，比如男人入错行，女人嫁错人。可到了无可选择时才不得不承认。

小度，小度，请告诉我：如何让人放弃执意，放弃顽固？世界上最大的监狱就是人的内心，走不出自己的执念，到哪里都是囚徒。我们在别人的故事里开怀大笑，为何在自己的故事里泣不成声？

小度，小度，请告诉我：为什么我们总是：得不到的，才是白月光，得到的，都是地上霜。

没有回音的山谷，到底值不值得我们纵身一跃？没人告诉我那只是个梦，以至于越陷越深。一想起自己一生，我拼尽了全力，却过着平凡的一生！

如同，世人慌里慌张，一生都逃不过为碎银几两而折腰而劳累之命运。偏偏这碎银几两，能解世间万种慌张，护稚子入学堂，保老来安康；碎银几两是你我柴米油盐五谷粮，可也偏偏就是这碎银几两，压弯很多人的脊梁。

我们天天在讲不忘初心。真正做到又谈何容易？四五十岁的时候，回过头看20岁的自己，可能自己都会厌恶。那个翩翩少年不见了，变成了油腻大叔。

小度，小度，请告诉我：人世复杂，是似而非，请你帮我权衡利弊？让我及时止损，虽然终究是意难平，但我尊重所有故事结尾。

小度，小度，请告诉我：人生如何把当下视为全部，珍惜自己当下拥有的一切？你所浪费的今天，是昨日已死之人苦苦奢求的明天；你所厌恶的今天，是未来的你再也回不去的美好的曾经。你所厌恶的现在，是多少人再也回不去的曾经，终其一生都在追寻自己得不到或已失去的东西。丢失的日子如同融化在人海中的好姑娘，眼睁睁看着她，一直沿途美丽下去，却嫁给了别人。不是老歌变好听了，是我们沧桑了，有故事了；琐碎庸常的日子里有远方和诗，世上最美的，莫过于从泪水中挣脱出来的那个微笑！

小度，小度，请告诉我：为什么有心栽花花不开，花枯萎了才要去浇水？一个人可否能明白：当对方厌倦了，不爱了，正确的做法应该是，停止打扰到他的一切行为，并消失在对方的世界里。把他归还给人海，是清醒，也是知趣。情感就是这样，有时候为一个人倾尽一切，却比不过别人什么都不做。请不嫉恨，轻轻放下。

小度，小度，请告诉我：人生如何逃离轮回？你讨厌父亲的平庸，却不知道他也曾是个怀揣梦想的少年。你嫌弃母亲的唠叨，却不记得她也曾是个温柔美丽的姑娘。待到我们为人父为人母，与我们对父母的态度一样，子女一点不差地对待我们，这是轮回还是报应？

小度，小度，请告诉我：人生中什么才是最珍贵的，最值得追求的？一个人花开，一个人花落，这个世界仿佛从未来过！总之，人生不易，且行且珍惜！健康平安就是我们最大的福气！

小度，小度，真希望你说的成真："别害怕，我一直都在你的身后，总在你呼唤时守在你的左右。"

还是去放牧那朵白云

人生在世，所遇万千；当下物欲横流且充满诱惑。

蝉鸣、花香、蜻蜓、天空、白云、行人、笑脸……这一天，都在炫富。欲告别的喧嚣，大雨却想把它留住。

叶，悄无声息，写满别人的精彩，结满自己的忧郁。季节可以轮回，一去不回，唯有生命。

当原野变成钢铁森林，秦时的明月依旧，奔走在路上的王孙，有谁还抬头看天光云影，玲珑明月再也照不出游子的风骨。

岁月如流水，万物自葳蕤。桂花米黄，尽管只传一隅，花香不卑不亢。柿子在枝头灿烂。

我们都是过客，生而平凡，惊扰了尘嚣，让尖利划破了花香，让快碰疼了风。

还是去放牧那朵白云吧！

我们是大自然最柔软的五脏六腑。有麻雀五脏俱全的全，也有维纳斯遗憾的缺。世间之事，不如意者十有八九，顺境不喜，逆境不悲。

生命有困于无可避免的苦难和难以逃脱的死亡，也能从这种体验中吸取意义和希望。林清玄说：“春华难得，夏叶难得，秋实难得，冬雪难得，生命中的每一天都很难得。”人人都有自己的人生，努力过好它，不枉来此一遭。

还是去放牧那朵白云吧！

不要千篇一律地在每个早晨醒来，应该有更好的方式开始新的一天。丢下一切包袱，打开心窗，听一首悠扬的乐曲，沏一壶茶凝望无尽的夜空，品读月色的凝重，细数星星的话语，感触万家灯火的甜蜜。

守住一颗淡定而宁静的心。选择平淡生活，不是我不奢望繁华，因为我明白，功名利禄皆浮云，耐得住寂寞才能升华自己。

还是去放牧那朵白云吧！

那么多人并肩，相知的又有多少？那么多人擦肩，相守的能有几人？兜兜转转，最后留下来的才是一生的朋友。这个世界，少的是彼此了解，缺的是相互理解。生命匆匆，谁能读懂谁的心灵？岁月漫漫，谁能解开谁的心结？

还是去放牧那朵白云吧！

如果一个人影响到了你的情绪，你的焦点应该放在控制自己的情绪上，而不是影响你情绪的人身上。只有这样，才能真正地自信起来。一个人之所以做到不介意任何人的评价，是因为他有足够的自信和足够的智慧。任潮流如何变化，任世人如何评价，他自岿然不动，怡然自得。

还是去放牧那朵白云吧！

熙熙攘攘，人总有寂寞之感；来来往往，人也有漂泊之感。如果，以前会为一段关系的疏远而感到歉疚，那么，现在大可把这歉疚收起。人与人渐行渐远，其实是件挺美好的事，它美在：既释放了别人，也解放了自己。每个人终究生而孤独、死而孤独，没谁能在路上陪你长久，我们的终点不一样，所以，也就别太在意中途分手了。

Part 6 第六辑

智慧是生的深思

甜头，是毒药还是补药

古人很会选日子，把中秋节定在了农历八月十五日，这天，没有夏天热，没有冬天冷，如同人们拥抱时可以触及双方真切的温暖。盈月是上苍给万物的甜头，团圆是中秋文化给人们带来的甜头，是亲朋好友相聚或相思的桥梁。这甜头是一味良药、补药。我们感知了父亲阳光般的温暖，感知了母亲清泉般的甘洌，爷爷奶奶的慈祥与怜惜，众亲好友的善意与理解。

这个世界上给人甜头的东西太多，如同值得热爱的东西一样，等我们发现这一点，就不会畏惧痛苦和失去。不怕寂寞，学会对热爱的东西不遗余力地去爱。

始终相信人生是一段充满诱惑的旅程，有风景，也有荆棘。渴望远方之景，使你有更大的勇气前行，经历荆棘却更能磨炼你的意志，使你更有能力前行。所以不必畏惧挫折，也不必害怕失败，起起落落本是人生常态，以更坦然的心境对待，以更坚毅的品质前行，终究会到达人生的彼岸。

越是成功的人就会越努力，努力会让人上瘾，尝到成功甜头后，“成功”这个甜头就成了补药。同样，不努力也会赖上人的，习惯懒散之后，懒散便成了毒药。

当心那些给你的甜头，也会成为你的苦头与毒药。

南太平洋上有一个富饶的岛国，名叫瑙鲁，这里有着取之不尽的鸟粪资源。靠输出鸟粪，瑙鲁人赚得了大量的外汇。他们无需工作，一切费用皆由政府包干，而且每人每年还享受政府发放的35万美元的零用钱。在居民家里，各式家具一应俱全，人们外出时驾驶着豪华越野车或高速快艇，吃的是包装考究的西式食品或罐头，甚至家里还雇用着外国人。靠着鸟粪，瑙鲁人养尊处优。给了瑙鲁人甜头的鸟粪，也给这个国家的人们带来了不少苦头。患上高血压、心脏病、脑中风这些病的比例已居世界之最，37%的人患上糖尿病，为全球最高，全国只有1.3%的人活到六十岁，成了世界上人均寿命最短的国家。

舒适安逸、养尊处优的瑙鲁人，怎么会普遍患上心脑血管之类的病、人均寿命最短呢？中国有一句古语，叫“生于忧患，死于安乐”。安逸，不仅是事业的杀手，也是生命的杀手。在安逸的天堂里，潜藏着索命的魔鬼。

为暂时的甜头和实惠而疯狂，而失去理智，不只是给个体的生命带来致命的苦头，而且会给一个国家一个民族带来深重的灾难。

面对着诸多的甜头，甜头会成了致命的诱惑，难以抵御，而且有多少人能把握好自己，又有多少人不会因此而迷失自己？但话又说回来，有了知足心，哪还会有上进心？时代在发展，生活在继续，我们需要不断地去努力，去追求，如果只满足于现状，一味地沉浸在自己的知足里，那还能有什么远大的理想和追求？

说人生没有如果那是假的。如果始终在诱惑着我们，不过首先要活在当下，这样才能拥有更多的关于未来的如果。别老想着“以后还来得及”，有一天你会发现，有些人、有些事，真的会来不及。总觉得什么事都“不着急”，最后都变成“来不及”。

社会这个大染缸里，诱惑太多。对诱惑我们发起无数次抗争，但塞王妖妇的歌声是致命的甜头，让人上瘾，难以抗拒；徘徊犹豫的那一瞬间，人心就开始堕落，从此开始了随波逐流的生涯。

甜头，如同诱惑，就像美丽的花，在你面前洋溢着芬芳，即使是毒药你也想拥有而不能自拔，而堕入陷阱。衡量一个人的价值尺度，不仅在于他的能力，更在于不为诱惑所动的定力。

有耐心一辈子去做一件事。这个世界诱惑太多，这也想做那也想做，多路出击，最后一事无成。能沉下心来耐住寂寞做好一件事，这么简单的道理，也是很多人不懂的。时间的长轴上，留下自己的串串足迹，不断地堆积着“自己”，以致垒成当下的自己。回首望去，真想对过去残缺、自卑的自己说一句：谢谢你，庆幸自己一路走来没有放弃。

红尘中，有很多的混乱，诱惑着我们还不够坚定的心智，能够做到无求的境界，需要一种超然的胸怀。

简素无奈

一棵树的树梢上，如果只挂上寥寥数片树叶，我相信会有很多人驻足盯视，而当枝叶茂盛时，人们只会熟视无睹，垂首而过。

移栽树木时，一般会连叶带枝砍掉，十分光秃，十分血腥。园艺工人事后告诉我们，如果不这么做，树木就不能成活。

保留有限的养分和水分，供给关键的部位与关键的少数，树木才有生机，得以存活。

男人到了中年最大的悲哀莫过于此：没有了吹牛炫耀的资本，没有了做梦的资本，面对可望不可及的财富和权力，没有了鄙视的勇气和底气，剩下的只有一地鸡毛的现实生活。

不管是什么人，到了中年，资源总是捉肘见襟，永远有限。我们如何在有限的资源，尤其生命资源永远有限中，求得生存？简洁不是唯一的通道，却是最好的途径。

老子云："五色令人目盲，五音令人耳聋"，现代人的生活不再是装满欲望的器皿，而是有意或无意地寻求一种简素、舒适、自在的境界。人到中年，更需如此，衣食往行，不再抛弃本质而只关注仪式。我不识钟表时间，又何苦把笨重的挂钟挂在胸前，或许方便他人知晓时间，却让自己因为显摆而疲惫不堪。简素对生活的意义，我们既可承受繁华的喜，又可承受清欢的寂。

一间陋室，栖息之处，不妨视为雅室。陋室无需大，没有梨木檀香的陈设；不是禅风中式度假酒店，雅致静谧，涤尘清心；更不是紫檀呈绮彩，塞满红木整装的会所。但名著是少不了的，一扇豁亮的玻璃窗户也是少不了的，花香不需多但也少不了。虽然室无长物，简单而情调暗藏，总能让人陷入沉思。以一颗简素之心，莳花、观云、品茗，享受岁月和生活带来的清欢。

简素生活，是在露台上筑小池置石，种点花养点草。泡茗是静，品香是静，观书是静，写字是静，作画是静，听音乐是静，静中思考，静中滋养着一颗简素超脱的心灵，心为本，自由而独立，方为人生真正的充盈与丰盛。

庸庸碌碌皆如梦幻泡影，在浮华的岁月里安之若素，在寂静的流年里人淡如菊，在飘渺的尘埃中，素心似兰。古人常说：“安之若素”，这是一个人审美与心性最佳的体现。

简素，自然成了灵魂的寄托。中国文人钟情独处，中年人喜欢孤独。不经意间的独处中，思想才能沉淀过滤。清净归于淡泊，绚烂归于简素，素心至远，简单至极，与中国人把“静”作为一种修养的哲理思想非常吻合。

简素，近乎于禅意。是一种放下，一种心灵的空寂，一种如水的宁静，一种沉思冥想的美丽。“静故了群动，空故纳万境”。简素不是“无”。信奉简素即信赖自然，顺应天时，接洽物候，内外通融无碍。

简素，简洁素雅，恰到好处的优雅，安静中的内敛；是君子之德的辉华，胜过贤良玉，犹如玉石之温润；简素是大智若愚的装饰，如陶瓷般朴拙、韬光养晦，如瓷釉般纯净端庄；简素，如静水流深、如紫檀木器般含光隐晦。庄子说：“朴素，天下莫能与之争”，简素，是一种极高的美学境界，包含着美学的追求。

审美就是一种不断生长的过程，当看腻所有的五颜六色，当一切繁复都已俗不可耐，当审美随着时间和阅历的成长，也正一步一步走向提升；请怀揣简素之心，分辨美丑之间的差距，甄别俗与雅的界限。你越来越会发现：越是平静，越是炽烈，越是简素，越是繁芜。简素之美，最终悦己也悦人。

简素的生活不耽于人工技术，却脱离了每天的琐事，从日常的杂驳中抽离出来，把眼光投向最朴素的自然生机。当今社会日趋复杂，自然难法，简素恰是一剂对症的良药，都市越繁华，商品越丰盛，简素越能引起大家的共鸣。简素昭示一种超凡脱俗的人生态度，一种高尚的心灵丰盈。

手披书卷，让阳光透过玻璃，轻轻打在墙面上，心情也随着光影律动。春有百花秋有月，夏有凉风冬有雪，一切美的欣赏有时与金钱无关。啜茗寡念，望云天息心，呼吸间，仿佛自己与万物融为一体。

不言弃的智慧

钦佩水的智慧，河道弯曲，都不能阻止河水奔赴大海。趋下是水的天性，只要石头在低下处，水是可以滴穿的，水是可以涅槃成气成雾的，最终成雨成雪地奔赴山河大地，汇入大海。仿佛只有冻僵成冰，才能凝固其步伐。

水是有灵性的，目标明确，永远向大海方向奔去。

在堰塞湖中的水很明白，若要往下往前走，就必须先抱团冲破阻碍者，不然就退身涅槃成气成雾，绝对地放轻自己，才能向天上飞奔，暂时远离大地、远离目标、背离方向。

梦想是我们人类的“大海”，是人类幸福的念想，想着想着我们就快乐了，它执着地立在那里，成了生活的一个界标，代表着活力与向上。虽然我们的梦想有大有小，不尽相同。什么样的梦都好，那是一个美好的方向，预示一个不同以往的未来。我们要像水无义反顾地奔向大海一样奔向梦想，这若成了我们的天性，给生活贴上梦想的标签，那些普通的日子就升华了，平淡的时光染上华丽的色彩，点石成金。

我们可能陷入困顿，陷入窠臼。我们只有丢弃了那些身外之物，才会释放心灵的空间。那就丢弃世俗杂念，我们会心地明朗；丢弃功名利禄，我们会轻松自如；丢弃怨恨屈辱，我们会坚强坦荡。爱恨情仇，都已过去，都已结束，何不统统把它们丢弃。

不要忘了，水还有一个属性，那就是智慧：水是地球上最愿“群居”的，最愿“抱团”的，只有把一滴水放在大海里才不会干涸，无数水珠抱团成流时，才由柔弱成为“洪水猛兽”。人生就是一个大舞台，我们都是一群戴着面具演绎生命的个体。各有各的舞台，各有各的角色。台上你表演时，台下的他人就是观众；他们津津有味地观看我们如何演绎自己的人生。这出戏对我们十分重要，别人眼中却只是一场免费的戏剧。我们终止一场表演后，无论好坏，人们都会大肆发表自己的意见，在质疑中淡忘，在淡忘中漠视戏中人物的喜怒哀乐。人生中，我们永远只是一颗颗水珠，曝露在风暴中蒸发熬干。

智慧地设置自己的梦想！智慧似水那样流畅。

水一路向海，势不回头，但懂得弯曲。原以为草原上河流会笔直一路向前，仔细一看河道十分弯曲。生活中，我们要懂得适度的弯曲，避免过刚易折；弯曲蕴含了丰富的哲理。适当的弯曲是一种理智，适当的弯曲是一种顺势而为，适当的弯曲是一种超脱，适当的弯曲体现了忍让的艺术，适当的弯曲是一种回旋的、留有余地的智慧。

没有一事一物是多余的

遇到不好的事，不好的人，有人说，我们就把他忘掉，从记忆中擦掉。

其实，生命中的任何人、物、事都是你所必需的。譬如说，儿童所做无聊的游戏，少年所做的荒唐事，中年所做的无用之事；谁一生不遇几个非人？

世界上的任何东西，不管是大是小，是多是少，是贵是贱，都各有各的用处，不要随便就浪费了一滴水，一粒沙，一颗石子，这些看似微不足道的事物都有着它们存在的理由，都有它们自身的价值，它们构成了这个完整而丰富多彩的世界。

据科学家估计，挤在这个星球讨生存的物种估计有1000万到1400万不等；挤在地球上讨生活的人早已超过了70亿。

造物主不偏袒，每个物种都有生存的理由，每个人都得到上天赋予的作用，扮演自己的角色。可以说每个人、每一个事物都有着相同的存在分量，每一个渺小事物都有其存在的价值。万物皆有所用，不管它看上去卑微得像棵小草，还是渺小得像滴水。

不管是男还是女，是高还是矮，长相漂亮，还是普通，出身富贵，还是穷苦，你我都是社会的一分子，微不足道；然而只要你充满自信，走出心中的阴影，一样可以沐浴蓝天下，拥有一片美丽的绿洲。

俗话说三百六十行，行行出状元，每一种职业都有它存在的价值，如果你处在社会的底层，请千万不要自卑，要紧的还是打破偏见，唤起自信,不在乎别人怎么看，关键还是你的精神面貌如何。在于你如何按照实际在这个世界上找到自己的一片绿洲，一片天空。

没有一种经历是多余的。包括体验噩梦，甚至包括身体的疼痛。人生在世，谁没有痛的经历？牙疼、头疼、失恋痛、失去亲人痛……但不能回避，医学上，没有查清病因的前提下，是不会轻易止痛的。有人不幸患上痛觉缺失症，对疼痛没有感觉，可能最多的就是手指或者脚趾等。被老鼠咬掉了脚趾与手指而不自知。有痛感的人生，是有盐、有钙的人生。

没有一次经历是多余的，必须抓紧每一次机遇。否则就要抱憾终生。积极的人在每一次忧患中都看到机会，而消极的人则在每个机会都看到某种忧患。生活岂能百般如意，但有一得必有一失。人生追求完美，但总会留下这样那样的遗憾。

没有一个东西是多余的。过了很多年才知道，当年急于舍弃的，却是现在想找也难以找到的。在日常的生活中，你是不是经常碰到这样的情况？当你需要某样东西时，想起那是前几天刚刚扔掉的，此时不免后悔：当初为什么要把它随手扔了出去，现在需要的时候又没有办法再找回来了。

没有一份付出是多余的，善待你不计回报的付出。时间总是会让一切最终沉淀，要么闪亮登场，要么黯淡无光。

正因为没有一件事物是多余的，正因为人生简约，正因为万物各就各位，都是恰到好处地出现在它该在的地方。由此告知我们：人生不要对所谓的美好去过度贪图或收藏。

人生在世，就不应当对身外之物，过于喜爱，拼尽一切以求之，寤寐思服，有意思吗？得到了，实际上你并不需要它，还得花费心思藏起来，藏还藏不住。这又何苦呢！

由此而言，追求长生不老有什么意思呢！人的生命，够用就行；保证每一天的人生都是充实的、丰富多彩的，不比一只稳坐不动的“千年王八”好多了吗！健康快乐的一天，远胜过躺在病床“吊水”的一天。

推而广之，钱越多越好？藏起来更好！自欺欺人也。美貌、青春，都不是越多越好，人生最美之处，就是在该青春靓丽的时候青春靓丽，该睿智老去的时候睿智而衰老，各得其时，就是最大的人生智慧啊！

有趣地活着

如果一个男人娓娓道出自己的悲惨经历，而一个女子却细细说起她的痛苦，都会让人“义愤填膺”。

女人，最悲惨的事情就是把情感交给不应该给予的人，把肉留在不应该生长的位置；男人，生命中的悲哀是把钱花在了不应该投入的事情上，错过了本该有的儿女情长……互补的人容易一见钟情，相似的人适合一起变老。这只是男女之间不起眼的悲伤。

男人说，生而为男是一种悲哀，是一种无可奈何的选择。男人有七苦。

一苦是挣钱不易。男人无钱，女人不爱。要不各种责难、臭骂纷至沓来。如今除了工资不涨外，物价如胡须疯涨，挣钱少，难以维持家庭；在房价面前金钱如土，面对房价数字后边那一串炫目的“0”，男人无法保持冷静。从妻子有了身孕开始，各种花费就像流水一样倒进这个无底洞里。有人说把孩子抚养到18岁需要100万，可有多少男人18年能攒下100万！

二苦是工作辛苦。男人必须有事业，出人头地，否则被女人瞧不起。春情荡漾女子的绊脚石很可能是守家的男人，女人心烦无所事事的男人。

三苦是老婆如狼自己如鼠。男人在其他方面多么强大与强势，但最怕ED，一种由女性引起的恐怖病，只要在床上不行，那就永远抬不起头来。难言之隐，难在心头。

四苦是苦逼的光棍王老五。当今的婚恋市场，女人是奢侈品，女人在挑货。钻石王老五还抢不过来，黑铁王老五们只好悲催。同时，男人还要有趣好玩，男人不坏女人不爱。强装欢颜，活在面具下，像宠物一样，男人要时刻讨好女子，以博取她们的欢心。不然就会被说成是无能之辈，那些连女人都哄不了的男人，会被说得一无是处，如：不解风情、没有耐性、不成熟、没能耐等。

五苦是尽孝无力。尽孝心是男人分内的事。养儿防老是中国人的传统，现在却成了最大的谎言。现实是多少男人焦头烂额，自顾不暇，能不啃老就算有出息了，哪还有余力孝敬父母？

六苦是绿帽危机心没谱。娶个难看的老婆吧，自己丢脸难堪；娶个漂亮的老婆吧，自己没能力，看不住，老觉得她一脸的“外遇相”，保不准哪天男人这头上就多一顶绿光闪闪的帽子。这顶帽子会困扰男人一辈子，直到死也不能释怀。

七苦是补不回的健康。在这世上，有两样东西是不可弥补的，一朝失去，再也找不回来。时间一去不复返，无法补回；还有健康一旦失去，也无法完整地补回来。男人是顶梁柱，为父母老婆孩子撑起一片；男人是中流砥柱，领导同事倚赖的得利能手。天塌下来男人负责顶着，男人需要向前冲锋。而这些所谓的能力、魄力，都是牺牲健康换来的。

而女人说，她这一生，过得挺苦的。

女人，一辈子忙忙碌碌，进进出出都是她，一年四季没有假。时间归子女，身体归老公，心灵归父母，唯有脸上的皱纹才是自己的；

活泼伶俐点吧，说你疯疯癫癫、装疯卖傻；矜持自持点吧，说你故意摆谱、装腔作势；漂亮俊俏点吧，说你卖弄风骚、招蜂引蝶；寒酸寒碜点吧，说你贫穷不体面、不务正业；费心点吧说你傻，不操心吧说你懒。

在娘家时，被父母视若掌上明珠，做了二十年的公主，宝贝一样供着；出嫁时，做了一天的皇后，怀孕时，做了十个月的贵妃；为了孩子，为了家，做了一辈子的保姆。筋疲力尽，背负重担，你说开门七件事，柴米油盐酱醋茶，哪一条，你不得去算计，哪一样，你不得去操心；辛苦拉扯自己的娃，苦心经营这个家，早出晚归、起早贪黑不算啥。

女人生子后的岁月里，充斥着欺骗、谎言，敷衍与冷淡；用沉默来化解悲伤，用微笑来掩饰泪水；伤也好，痛也好，都要自我安慰，苦也好，累也好，都是自己的事情。每天，都有无数处理不完的事，每天，都有操不完的心。没有三头六臂，没有神通广大，却要处理千头万绪。女人最大的辛苦，是身边的人不觉得她辛苦！

无论男女，生活真不容易，要想做个幸福的人，更是千难万难，世间没有哪种幸福随手拈来，生活中没有哪种尝试唾手可得；没有经过用心历练和苦心经营的幸福，都是不真实的。现实生活真的是炼狱？！

然而，每个日子，都不是末日。人活着，不只是为了一天一天地活下去；

生活的真谛，除了日常琐碎之外，还需要一份热爱，才能有趣；当你全心全意地感受生活的时候，世界上所有的美好都与你环环相扣。

热爱生活，拥有一颗有趣的心灵，这跟你拥有多少财富无关，跟你是否饱读诗书无关，只在于你对生活热爱的态度有关；有趣的生活是一种选择，与生活本身无关。

虽然生活枯燥乏味，但是有趣的人总能抓住点滴快乐，让平凡的生活开出花来。在有趣的事情上多浪费一些时光，不要让忙碌淹没了生命中的美好，毕竟人活一辈子，不过是开心二字。心之所向，无问西东。

只有活得有趣，才能让内心坚定，愿意用自己微薄的力量去温暖这个精彩的世界；只有活得有趣，你才会在面对困境时，淡然一笑，说一句“没什么大不了的，生活够辣才够味儿”；只有活得有趣，你才能在无聊的时光中，发现一些生活中的小美好，自得其乐。就算是在沙漠里，也能开出花来。

遇见思想

又到了周末，谁这么聪明称之为休息日。

有充裕的时间在人群周旋与消磨，甚至把酒言欢。而我宁愿独自发呆，喝茶、听雨，甚至独饮一杯酒与月色同醉。孤独是生命赐予我的珍贵的礼物。容我至真至静，容我虚度，在有限的时空里，拥有最丰富的自由。

随着年龄增长，还有什么能让自己缴械投降？！有人说，真诚可以，温柔可以，康健可以……我说，孤独真的可以！吃食如果不只为了果腹，才有美食；衣服配饰如果不只为了温暖，才有风尚；如果读书不只为了名利，才能遇见思想。为安顿灵魂读点书，遇见思想，我们孤独一些又有何妨？

读书，是一次在内心世界的精神旅游，同样精彩纷呈，也有别样的人生。人生短暂，甚至不如一棵树；人的高光时刻是非常罕见的，甚至亮不过一只萤火虫。但人思想穿越时空，穿透黑幕，其光辉会亮过月光。我们应平视财富，仰视思想。

曾经非常在意的事情，现在突然变得索然无味。有人喜欢也罢，无人喜欢也罢，真心也罢，理解也罢。若有这份孤寂，人生又有何求？！一个人真的可以无论快乐还是难过，没有语言，没有情绪，就在那里安静地发呆。说明他受尽了，生活的累、身心的苦，与人生中的一切酸甜苦辣。

多数人不会通过别人的疾苦，看到自己的苦难，只会通过别人的疾苦庆幸自己已有的幸福，直到那一天到来，用痛苦的方式来领悟。想到大家都会一样又释然了，这便是普通人的一生。这恰恰是没让自己真正孤寂过，沉寂下来，读读书，拷问拷问自己的灵魂，这何尝不是一种性价比最高的安命之术。

中年人的阴阳平衡

阴阳二字搭档一起，含义宏大；阴阳二字抱团，可吞石咽沙。如黄河奔驰在广宽的中华传统文化上，川流不息。

学究说，阴和阳之间，不是孤立和静止不变的，存在着相对、依存、消长、转化的关系。如太极鱼，首尾相衔。

还有不少金句，“阴阳互根”“孤阴不生，独阳不长”“阳消阴长”“阴阳转化”“寒极生热”“热极生寒”……

此等道理共通，古今中外，概莫能外。

于人这个小宇宙而言，更应讲究阴阳平衡，年轻的激昂折腾，即将来临的老年孤寂冷漠，中年人就得学会沉淀，搞好平衡，方可和谐幸福。

人生是一场旅行，路上会遇到各种各样的风景，有得有失，有笑有泪。有些境遇虽然没法避免，却可以通过心态的转变，来改变看待事物的态度和解决方法。要学会沉淀自己，调整心情和状态，搞好平衡。

1. 情绪的阴阳平衡

情绪就是晴雨表，映射出内心的喜怒哀愁。每个人都会产生情绪，但并非人人都会管理好情绪。坏情绪还是少挂在嘴边或脸上为好。家人听了难过，朋友看了担心，对手听了偷笑，更让自己顾影自怜，丧失斗志。过于情绪化，解决不了任何问题，只会伤害亲密关系。一旦情绪失控，就像面对洪水猛兽，让人痛苦不已。

生活中许多沟通问题，30%是内容70%是情绪，问题本身并不严重，只情绪占了上风，让矛盾无限放大。所以，要把情绪沉下来，不要被情绪左右。

情绪低落的时候，保持沉默，不强化内心的感受，不去做任何决定，把注意力集中到如何解决问题上。要容忍对方犯错，也别太顾及自己的面子，你的情绪有多稳，心情就会有多舒畅。

2. 言行的阴阳平衡

言行见人心，有什么样的言行就是什么样的人。说话谨慎，能体现出一个人德行崇高；做事严谨，能反映出一个人志存高远。谨言慎行，言行合一，是为人的品德和修养，也是处事的底线和原则。

做人，宁肯沉默寡言，也不轻言妄语；宁可迟缓迟钝，也绝不冲动急躁。三思而后行，不慌不忙，稳打稳扎。该奋斗拼搏时，别企图一鸣惊人；该养精蓄锐时，别着急出人头地。因为通往成功最快的路，不是加速，而是脚踏实地地走好每一天，用心锤炼现在的自己。

3. 学习与经验的阴阳平衡

人到中年，可怕的不是因为年龄增长，被新人取代，而是随着时间的推移，没有知识积累，价值贬低，这才是导致中年危机的真正原因。大多数人之所以焦虑，是因为他们一无积累，或者积累太少；二无方法和经验，懒于学习，不屑于“学习是终生的”忠告，结果求而不得。

每个人都想有所成就，却不知信手拈来的从容，都是厚积薄发的沉淀。人到中年，要清楚自己能付出多少，自己的付出到底又能值多少。

扛起责任，总结出有指导意义的知识，而不是年复一年看似辛苦的机械重复，最终自我淘汰。设定一个目标去深耕，培养出自己的不可替代性，在过程中精雕细琢。让时间慢慢沉淀经验，经验多了技巧就多了，人生大道也就变得宽阔了。

4. 价值创造与沉淀内心的阴阳平衡

都说现代人变得越来越浮躁，追求短暂的快感，急于求成。不满足现状，却又找不到捷径，只知道抱怨时运不济，怀才不遇。

让心沉淀下来，去除杂念，不大动干戈，不好高骛远，也不轻言放弃。内化于心，外化于行。给自己一个准确的定位，认真打造生活，慢慢变得波澜不惊，在喧嚣中宁静致远。人生是一个不断取舍、不断与世界和解、不断超越自我的过程。那些让你劳神伤力的过往，不去纠缠；那些让你望而却步的明天，不必惧怕。

中年是人生四季的秋季，搞好寒热平衡，方可天高气爽，碧空万里。

笑人等于笑己

人人都有难唱的曲，家家都有难念的经。再幸福的人，内心也有无奈难处；再风光的人，背后也有寒凉苦楚。不要把生活活成死板和纠结，虽然不是戏剧，但生活需要幽默，化解尴尬，需要自嘲，缓和难堪，人生在世，被别人笑笑，自己笑笑，也是一件好事。

能够自嘲，能够笑自己的人，是值得尊重的。一位年过五旬的汉子，中风后半身不遂。家人与邻居们不忍心，总是不自觉跑过去帮扶他一把，但他都一一拒绝，坚持自己行动和运动，尽管动作不雅，似婴儿般笨拙地在小区花园爬行。有人因此责怪他的儿女不孝，让父亲像狗一样爬行。他却每次见到人就先自嘲，说他的动作越来越接近他的宠物狗了，且亲切地叫他的宠物狗为“导师”。半年后，他居然奇迹般恢复如常，又能站起来走路了。医生们发现这位英雄是以这种“自辱”的方式，让自己的大脑进行了功能代偿，反而促进了身体的恢复。现在呢，他一有机会就会与他的宠物狗进行爬行比赛，颇有乐趣呢！

我们不要笑话别人，谁的人生都不易。包容是人生最大的修养。包容是承认他人也肯定自己，是一种善待别人、善待生活的境界。

它既不是懦弱也不是忍让，而是扬人之长，谅人之过，察人之难，补人之短，不嫉人之才，鄙人之能，讽人之缺，责人之误。笑人等于笑己，尊重别人就是尊重自己。即便是对手陷入山穷水尽的境地，也不能讥笑！兔子急了也咬人！穷寇莫追！即使有人再幼稚愚昧，也不要嘲弄，不是他不文明，而是自己缺少素养。

谁的生活没有薄凉，谁的人生十全十美，谁敢保证自己的人生一直都会是得意？与其嘲笑他人，不如自嘲。

宁愿装傻

除非拿别人的恶言劣行来烦扰自己，就没有人能烦扰你；除非你自己宁愿背荷不愿意放下，否则就没有放不下的事情。

剧情再如何入胜，只要自己不是主角又何必太入戏。不属于自己的，何必苦苦追求；没有阳光，那就听风吹，看雨落；没有鲜花，那就轻嗅泥土的芬芳；没有掌声，那就享受独处的清静。

误解了，微微一笑，委屈了，默默无语，独守一隅也有妙处的。

有些琐事，不必在意，在意了你会心累；有些小人，不须计较，越计较你遇事就越多。人无完人，烂人不少，事无完事，灿事不少；这样才是人世间，而不是天堂。

世界太大，人太多，人心太杂，哪能没有小人？人世浮华，红尘很深，哪能没有烦心事？

浅想一点，淡看一点；做个安静的人挺好，不争不抢，信奉“是自己的跑不掉，不是自己的抢不来”。一群人喧闹我负责微笑，别人疯癫我沉默，不必悲来也不喜。人来世间就一次，所以从从容容随遇而安，不被别人打乱节奏。进，能倾听他人想法，退，能思考自己生活。

欣赏他人，你很好我也不赖，你有大世界，我有小生活。此地甚好，从容而行。

有些人，当面一套背后一刀，自己知道就好；有些事改变不了，就别再争分夺秒地硬扛，顺势而为，事半功倍。别太把自己当人看，也许在别人眼里什么都不是；但也别太把自己不当人看，某一处某一点你或许是别人仰慕的标杆，天生我材必有用；好好爱自己，别妄自菲薄，也别妄自尊大，因为别人没有义务总是怜惜你。

怕什么路途遥远，进一步有一步的欢喜，走一步有一步的风景。幸福，永远在路上。没有什么人能一路单纯到底，但是要记住，别忘了最初的自己，走失了自己。

生命，每个人只有一次，或长或短；生活，每个人都在继续，或悲或欢；人生，每个人都在旅途，或起或伏。

天底下没有哪一种幸福，是随手拈来的，生活中没有哪一种尝试，是唾手可得的，没有经过用心的历练和苦心经营的幸福，都是不真实的。

宁愿装傻，切莫聪明。

智者一样劝慰他人，愚者一样规劝自己

人是要有责任感的，要敢于面对一切困难，因为你不是只为自己而活。远的不讲，当你感到孤单无助时，你还有几十亿个细胞在为你一人而奋斗。这个世界上，所谓的无心插柳，是众多你未见过的遍历艰辛，是努力奋斗后的水到渠成。所以，每一个认真努力的现在，都会有一个水到渠成的未来。事，变成故事，是时间问题；人，成为人物，是坚持问题。这是另一种水到渠成的版本。

与其千万次甜言蜜语祈祷上帝，不如用一次行动让上帝了解自己，后者更能感动上帝；你瞧一瞧，当你走到更高的高度时，便会发现周围好人更多。如果你不吃别人家的饭，就不要太把别人的话放在心上。不要在一个不在乎你的地方，浪费自己的时间。人生最值得做的事，是活成自己渴望的模样。

成人还是需要酷一点，即使崩溃一千次，若有人问起来，酷着一点说没事。当然，独自低头哭过之后，还得仰面继续走路。

逆境是最好的老师。千百次欺骗，只是教育你，有时候，你唯一能相信的只有自己。

真正的狠角色，不是能言善辩的人，而是谨言慎行的人。低头走路的汉子，挺胸走路的女子，一般都有过人之处。

真正让人变好的选择，过程是不舒服的，需要下力气克服，而诱惑是让人舒服的。

泪水与汗水，经检测，成分一致。前者，能让人同情，后者让人尊重。所以，男人有泪不轻弹。

用手生活，用眼盛装希望。眸里芬芳，蝴蝶自来；安之若素，香自满怀。

放空

夜深了，对面19楼的灯早熄了，降央卓玛的《那一夜》反复吟唱，夜空更高远了。

看着天空，仿佛自己躲在某个角落，想念了一段暖色时光，想念一个站在来路也站在去路的、让我牵挂的人。不知自己有自恋癖好，那牵挂的模模糊糊竟是自己年轻的身影。

记得刚参加工作，在一个内部期刊社搞发行。买了一个简单的拖车，类似现在老太老头上街拖菜的那种，装上三四百册杂志，坐着火车在各地市转悠。

那时，我从未过独自出过远门，抵达陌生城市，就当作是一场冒险。即使属于自己的时间再少，只要把心情调到旅行模式，就可以感受到快乐。

尽管有座位，我更喜欢站在车厢与车厢的过道上，只是那里空无一人，我可瞧着窗外风景，做一些白日梦。

前方塌方，火车停了下来，我跟着人群下了车，那时正值春天，漫山遍野的杜鹃花，铁路两旁的杜鹃花怒放，争妍斗艳，开得热闹，仿佛是为了迎接我们这一车旅客。

我念念不忘那满山肥硕的杜鹃花的艳与鲜，十年后再坐火车，提前下车，徒步辗转到当年滞留过的山谷。山谷小了，山谷有些荒芜，有些寒凉。原来，那年的温暖来早了半个月，杜鹃花已大面积凋零了，而余下的一些落花已作风前舞。

人生是一场有去无回的旅行，当年的列车暂时停在山谷只是一件很偶然的事。在我们行走的过程中，注定会得到很多东西，也会失去好多东西，这是自然规律，谁也无法改变。

那些花朵，谁能挽留？听任清香淡淡惆怅揪心。那淡淡的暖午，谁在回忆？杜鹃花盈盈。而我做着这个世上最无聊之事，闲看花开花落，徒留伤心往事。

放生自己

请放生我吧，就像放生一尾锦鲤。我只是一株马尾巴草，并不应该长在花盆里。沙砾，石缝，崖壁，更适合我的野蛮生长。我不需要肥料与恒温的衣帽，那样会杀死我的。我只需一点阳光，蝴蝶的轻吻，与一些晶莹的露珠。

人生，像一幅刺绣，在正面呈现那柔亮艳丽的图景，背后却布满了芜杂而痛楚的针脚。

正面呈现成了枷锁，你看到的不一定是真实的世界。人世间太多虚妄，如今的爱与恨，与种种的努力，都显得那么轻薄。做个有趣的人去流浪远方，人生的一半是山川湖海，另一半是烟火人间。

可是我们总会遇到一些困局，或多或少；人生诸多苦。曾几何时，我们何尝不是命运市场待宰的鱼虾？面临着未卜的命运，困囿在生活的案板上。或被焦虑裹挟前行，焦虑成症；知识焦虑，房车焦虑，外貌焦虑；我们因社会定下的标准而身陷囹圄；追求十全十美，强迫成性，日积成症；更不用说对未来的恐惧，抑郁的无力……

所有的困局都有根源，需要诚实地面对，坦诚剖析，才能找到自己放生的理由。这可能是目前生活混乱的状态，困扰自己的情绪，自己纠结的问题。

在焦虑遍地的当下，我们比以往任何时候都需要放生自己。焦虑的人们，往往急于一步登顶，瞧不上每一个一小步。就像没打好地基的楼房，被架在半空，欲倒不倒，这样如何不焦虑呢？

然后慢下来，回溯到最开始的一步。人生一程有一程的快乐，别为他者焦虑，放过自己，踏实地做好当下的事情，时间自然会给你答案。就如余世存说的那句话："年轻人，你的职责是平整土地，而非焦虑时光。你做三四月的事，在八九月自有答案。"

认识自己，与自我和解，人生如戏。剧目中，生旦净末丑的角色总是要有人来扮演。唯见那棵小草，那丛青绿，渐渐地从石缝中，仰起高贵的头颅，挺起坚强的身躯，染尽一季的绿意。小草散发出油绿馨香的顷刻，让那些经历了失落、悲伤、打击和孤独的人，能够迅速宁静，让那些备受伤害后依旧留存的低落情怀，一点点复燃。也许，内心的宁静会因了草儿的律动，快速治愈一切伤痛，把你扶回正确的位置；也许，一点点的绿意，让你滋生化妆不出来的美丽，从此，对生活充满憧憬，充满希冀。

放过自己，需要一个出口，与自我达成和解，才能在这落魄的时刻拯救自我。尼采说过："一个人知道自己为什么而活，就可以忍受任何一种生活。"心理学上有研究，一个人的痛苦往往来自对自己的不满，就像王小波所说：人的一切痛苦，本质上都是对自己无能的愤怒。出口便是热爱，脚踏实地的奋斗与安放自我，治愈生命。

与时间为友

有一种距离永远缩短不了，这便是时间，其长度仿佛永恒，万物只能沉浮于时光，却驾驭不了时光。

时间，一个神奇而又美妙的存在。时间，让深的东西越来越深厚，让浅的东西越来越浅薄。

时间公平，人人平等；时间无情，人与人之间差距远大于人与狗。对待时间的态度决定了我们人生的高度。人人都与时间都有个合同，责权利相匹配，相平衡。如同汉字的“人”。一撇一捺两笔，一笔没写好，便不能称为完整的人生。

我们不懂得时间，最长的莫过于时间，无穷尽；最短的也莫过于时间，一须臾。在大多数人眼中，时间是一阵风。起风了，我们的每个日子似芦苇在起舞，看起来丰富生动；其实，时间给我们的仪式只是小 × 到老 ×，甚至不能被称为 × 老，生活给我们人生的内容只是空白，一阵风。时间永恒，而我们的人生却无踪无影。

之前有句毒鸡汤说得扎心却又值得每个人反思，“一年里，你是过了365天，还是只过了1天，再重复364天”。我们每天都在忙忙碌碌地工作，我们是每天都在创造新的价值，还是在重复昨天原地踏步。不要假装努力，时间不会陪同我们来演戏。

有些事，不管你如何努力，回不去就是回不去了。就算真的回去了，你也会发现，一切已经面目全非。唯一能回去的，只是存于心底的记忆；生命是一场无法回放的绝版电影。

时间在变，人也在变；而人的变化更迅速，更无逻辑。人生最吊诡的地方在于，最心动时，恰好还没准备好。当你准备好一切，却再找不回当初动心的那个瞬间。前后两个瞬间便成了永恒，难以跨越。

与时间为友，活在当下，不以事小而不为，任何一粒种子，有了时间的陪伴，生根发芽长成参天大树；与时间为友，珍惜身边的每一个人，在未来，那份友谊也许会成为你人生中的一笔财富；与时间为友，对自己负责，终生热爱学习，不断突破，在任何领域里打拼，同样散发着光芒。

人生靠的不是时间，而是珍惜。抱最大希望，持最好心态，做最坏打算，尽最大努力。忘记该忘记的，记住该记住的，接受已成事实，改变还能改变。太阳总是新的，每天都是美好的日子。让双手紧握光阴，哪怕只有一寸；拥抱时间，就是丰富生命！

新年感悟

时光荏苒，光阴如梭。不知不觉一年已悄然而去，新年即将到来。过去一年的时日里，我忙碌得如蚂蚁，却一事无成。回首岁月，惆怅油然而生。

一夜光阴，很平常的一个夜，但这夜是新旧年的交替夜，因而在每个人的心中都显得与往日有所不同。昨天，就已经划归了历史；今天，则成为新一轮更迭的开始。撕下旧年最后一页日历，摘下上一年的挂历。生命的历程中，就又少了一年的路程，而生命的历程中，又增加了一年的厚重。人生因了这一层层过往的旧而厚重，也因了这一页页撕去的精彩而璀璨。时光不只是催人老，更为人们积累了无数的经验和智慧。

先贤们创建了“历法”，这“历”就是经历，“法”就是规矩。因而千古以来，人有人“历”，国有国“历”。“历”不外乎是用来“记日”的，翻开中外历法，公历也好，农历也罢，每一部历法都是坚实历史的承载，都是一部洋洋洒洒的生命的记录，日复一日地演绎着天荒地老。

中国传统历法合称古六历，有《黄帝历》与《夏历》《殷历》《周历》《鲁历》《颛顼历》等，直到辛亥革命启用西洋历，其间，中国历史上产生过102部历法。

当年乾隆感喟：“天下熙熙，皆为利来，天下攘攘，皆为利往。”很显然，他未能正确诠释人生的真谛。生命的意义究竟何在？“历”的每一次循环，都像是在生命江河顺流而下，就像在生命的账户里取款，漂走一次，取款一次，生命的长度少一段，但生命厚度就多一层。每一个今天都是在为下一个昨天描彩绘色，填写内容。今天的你我，无论声名赫赫，无论柔情似水，喜乎悲乎，乐乎愁乎，都会被日历一页页记下。

笑是一天，哭也是一天；美是一天，丑依然是一天。个中滋味，取决于自己的选择。叹息中，这一天也会过去，像没有一丝涟漪的水面，没有精彩，甚至还会有些苦涩；热闹中，这一天也会过去，却是在生命的画板上，会留下一些色彩斑斓，一些回忆精美。

人生之悲在于，寄希望于无数个美好的明天，不懂得要活好每一个今天。

普通人的新一年

收到一位牙科医师朋友寄来的2022年挂历，富丽堂皇的挂历让人百感交集，即将过去的一年，有喜悦，有惆怅，有收获，也有遗憾与无奈。

我终于明白了，人为什么要长牙，是因为岁月太硬，以至于崩了牙，原以为自己能咀嚼岁月，消化岁月，却发现时光下手太重，把每个婴儿般的脸，揉得皱皱巴巴，满脸沟壑纵横。

但不管好坏，岁月的齿轮，已碾过了一年的疲惫，余下的人生空白，还是要填充的，填什么色彩还得自己做主，尤其年轻人更需关注。

1. 多阅读

海子说，来到人间，是为了看太阳。其实大部人是来看世界的，书的世界更大，书让世界变小，让时光倒流，也让未来提前；书可以把世界浓缩成一句话，一张纸；书可以让人成长，成熟，更可以让平庸的人演绎出精彩的人生。

2. 多尝试

每天运动半小时，“运动与不运动，十年后，差的是整个人生。”有趣的灵魂万里挑一，好看的皮囊也是日积月累。一个人的成功，除了要有才能，健朗的身体才是根本。

生命在于运动，不止于身体的锻炼，更多的是尝试，因为生活太精彩了。如果你现在还没找到方向，依然迷茫，试着做自己最擅长的事，在自己最熟悉的领域里尝试做具体的事务。唯有热爱，才能持久；凡事皆苦，热爱才不畏苦，成功了才感觉甜。热爱与坚持是成功的不二法门。

3. 多反省

高超的技艺在于反复复盘。认识自己很难，但只有自己才能拯救自己。

人们讨厌疼痛的感觉，但没有疼痛，是十分危险的。随着年龄的增长，我们失去了童真，失去了好奇，失去了想象力，我们不仅麻木了外界，也麻木了自己，习惯成自然。所以，我们对自己、对内心，也要定期刷新，保持关注。若想不迷茫，不希望被惯性的潮水推着前进，夜深人静时，就要把自己的心掏出来，直视淋漓鲜血，知耻后勇；置顶掌控力，才能把牢生活节奏。学习与接受自我，不管是对于那些高光的自我，又或是对于那些无助的、懦弱的自己，你都要敢于接受，方可把握一切。

4. 欲望极简

安排作家诗人采风，是一项很有特色的活动。一大群闹哄哄的，估计难以写好那些命题文章的。不盲从、不跟风。心在哪里，家在哪里，灵魂就在哪里。一个人只有安顿下来，聚集精力，才能决定你是什么样的人。做好人生规划，定好方向、目标、技术路线，搞好管理，分配好精力，巧妙地利用碎片时间，专注与坚持下来，积跬步，积小流，才能把自己打磨成一颗有亮光的珍珠。

5. 感情极简

不攀附、不将就。一种智慧叫直截了当。当你一句话能说出想法，说明很清楚自己的思想，我们要学会剪除思想的枝蔓和表达的枝蔓。我们崇拜的硬汉言辞是不多的，指挥官的作战命令是精准的。

我们活着，不是来讨生活的。拿出勇气与魄力，大胆地选择自己所需要的、真正想要的，而不是别人告诉你的。你所需要的一定是你没有的东西，一定是会让你的生活变得更好、更有用的东西。同时，还要深入思考，问问自己，不管是情感还是物质，这真的是自己想要的吗？是自己需要的吗？

6. 生活极简

不花哨、不浪费。为了“合群”，疲于各种无用的社交。人是群居动物，而独处和独立则是你生活中必不可少的拐杖，在你还不能跻身更高层次时，人脉是不值钱的。人脉并不能通过寻找而来，而只能是吸引得来的。筑巢引凤，种草引马。唯有等价的交易，才能获得合理的帮助——尽管很残忍，但这正是道理。

钱不是万能的，没有钱是万万不能的，现代人越来越成为经济动物。因此，要理好财，要理得清晰、开心。君子爱财取之有道，不要盲目地为了追求利益，将自己的生活变成事务所。

一步步地打好基础，让自己的生活更有保障，让内心更淡定些。不要让理财成为一种负担，成为生活的压力。

记得把心情照顾好，悦人者众，悦己者王。人生最好的活法，是学会哄自己开心。因为一个人只要把自己哄好了，劝明白了，就什么问题都解决了。好心态是人一生中巨大的财富，它也是治疗一切的良药。

人生就是一种经营过程，加法，我们的生命更加多姿多彩，减法，我们的生命更加悠然自在。

过去的状况无力改变，而未来则尚可期待。

新年度，把希望留给锦鲤，自己只管尽力。星光不问赶路人，岁月不负有心人!

岁月沉淀

不用说这个世界，风沙共生，弥漫大地；即便最理智的人，也不可能随时看透一切；浑浑噩噩、莽莽撞撞是常态；盲人摸象不只是他人的愚昧，别具慧眼永远只是人们的期望。

人们常说，时间是世上最公平公正的判官，无论你做什么，是对是错，是真是假，最后时间都会帮你评判。因为，即便神仙，时间也不会放过，即使宇宙也无法熬过时间。时间会让人看清一个人的好与坏，时间会让人知道一个人的善与恶，时间会让人辨别一个人的是与非。再高超的“魔术师”也扛不过时间，时间随时都可能让他破绽百出。

时间就像一个法官，不动声色地盯着，你若荒废了青春，它就会让你尝尽世态炎凉；你若积极行动，它就会让你得到无尽的荣耀；谁行动，谁懈怠，谁忽悠，谁真诚，然后，时间会告诉你一切，毫不隐瞒。

时间似水，沉淀了岁月，筛出了是是非非，谁是生命的过客，谁是一生的守候，时间一到，明明白白。

时间能告诉我们：谁行谁不行，谁好谁不好，行与不行，患难见真情；好与不好，遇事就知道；时间久了，会沉淀一些真情真义，沉淀了友情，我们就不能忘记拉过我们一把的人；沉淀了情感，我们就不能忘记患难与共的恋人；沉淀了亲情，我们就不能忘记父爱母爱的伟大。

有些时候，我们把搞不清弄不明的事，交给时间；我们把看不透的人，猜不透的心，也交给时间；时间会留下该留下的，时间会冲刷一切看不清道不明的，时间会让你珍惜该珍惜的，沉淀下来的都是实实在在的，有分量的人和事。

情商只是锦上添花

良好的人际关系，并不是取决于你的友善程度，而是取决于你的实力！如果你足够强大和厉害，有足够的资源，那么整个世界都会对你很宽容，人人都会对你很友善。这个时候，你就会发现你身边全都是好人。一旦有一点点的风吹草动或不适，很多人，都会跑过来关心和问候你。想你所想，急你所急，甚至很多人对你比对他自己还要好。

你的实力决定了一切。俗话说："贫居闹市无人问，富在深山有远亲。"当你富有的时候，亲戚朋友全都会来和你套近乎，甚至是八竿子打不着的人都会说是你的亲朋好友，他们都会以认识你为荣！

但当你穷困潦倒、落魄的时候，才发现真相大相径庭。他们见到你都会绕着走，唯恐你认出他来，怕你找他们借钱。

这是一个很现实的世界，只有真正穷过，你才会知道生活的艰辛和世事的艰难。你才能真正地看清楚这个尘世，你才知道什么叫生活艰难和人心险恶。苦过，累过，伤心过，你才知道什么叫生活，什么叫一分钱难倒英雄汉！生活中的酸甜苦辣咸，亲身经历和尝试过，才知真滋味。

做人和做事，都讲究旗鼓相当。只是，我们习惯于以金钱这种资源来衡量，并未考虑更多资源，如智商、情商等。

情商虽是一种配角，但确实能让人生你锦上添花。

人生在世，没有谁是活得很容易的。哪里会有什么岁月静好，只不过是有人（譬如父母）承担了本应该你自己去承担的东西，所以你才能活得如此潇洒。不知当今多少年轻人在养老，中年人在奋斗，老年人在拼命。

在这个世界上，没有人有义务对你好，也没有人有义务来帮你，除了你的父母；帮你那是情分，不帮你那是本分，这本来就无可厚非。凡事都得靠自己。靠人人会走，靠山山会倒。靠得了一时，也靠不了一世，就算是你至亲至爱之人，你的父母，他们也终将会有老去的一天。最后，一切的一切还是得靠自己。

人和人之间，可以期待，但不能依赖。关键时刻，他人可以推你一把，但不可能完全代替你去承担。指望别人，你就输了；对人期望越多，失望越多，如同情，看得越重，心就越痛。

切记，不要高估自己和任何一个人的关系。这对年轻人有很强的现实意义。有人曾说：“轻易依赖一个人会成为你的习惯，当分别来临时，你失去的不是某个人，而是你精神的支柱；无论何时何地，都要学会独立行走，它会让你走得更坦然。”

人这一生，与其想着依靠别人，把希望寄托在他人的身上，不如增强自己的实力，做自己最结实的屋檐。

学会独立才是关键。

事事依赖他人，不独立的人，可能会寻得一时的轻松，但往后的路，只会举步维艰，到头来只会自尝苦果。独立的人，独立的过程或许会很艰辛，过了前期煎熬之后，却能换来后期的光明。

打铁还需自身硬。无论干什么，从事什么行业，最终我们都得靠自己。只有自己创造出来的幸福，才能长长久久。

人人都说情商比智商更重要，但你有没有想过，如果你足够强大和厉害的话，根本就不需要什么情商了！因为所有的人和事，都会优先考虑和保障你，你只要充分发挥你的聪明才智就真的足够了！

所以，只有自己改变了，自己好了，一切的一切才会真正地变好，你也才会有良好的人际关系。

空间

尘世间，一个人要有所出息是不易的。

为了有出息，为了出人头地，生活中有太多的拼命，有更多的挣扎。我听一位印度朋友说，他曾与一个乞丐聊过：你自由吗？乞丐说，天为房，地为床，四海是我家，自由！朋友又问，你食不果腹，衣不蔽体，何为自由？他说，温饱是我最大的目标，很单纯，很明确！满足了，我高兴；没有获得，我也不妄想，不抱怨，不痛苦，比那些为生活奔波的人要幸福！据说，在印度，鲜有仇富者。

人生不要设计太挤，生活不要安排太满。不管做什么，话不能说得太满，事不能做得太绝；要留一点：给自己留点空间，好让自己可以从容转身；留一点好处让别人占，留一点道路让别人走，留一点时间让自己思考。给人生留点余地，不冒进，不颓废，不紧张，不松懈，失去时不郁郁寡欢，得到时不沾沾自喜，得失之间淡定从容。

尤其是内心里要有空间，要有天地，有大格局。宰相肚中能撑船。生活中，怨死了不少愚汉蠢女，那些人生阻碍，有的人视为芝麻大的游戏，有的人视为铺天盖地的困难。一叶可以障目，是距离近了，你看重了，你放大了。

那只是一片叶子而已，退一步再看，远方的森林还在那里，山水无恙。

世界不完美

留白，属于书画艺术。为视觉的美而有意留下相应的空白，疏密有致从而增加想象的空间，意蕴无穷。

留白亦是一种人生艺术，让人在人生布局中留下一定的空间，让人从容，让人于虚处见到实、无中看到有之韵。孔子的中庸，老子的无为，庄子的逍遥，墨子的非攻，如来的忘我，中医的六腑的“通”，都是留白。

适时的沉默有言有尽而意无穷，此时无声胜有声，是语言的留白。“距离是朋友的氧气。”留给彼此一些空间，空气才更新鲜，友谊才能历久弥新。适当的距离是情感的留白。

生活的方方面面都需要留白。人生不能缺少留白。才能不必用尽，锋芒不必露尽，有功不必邀尽，富贵不必享尽，凡事不必做尽，知人不必言尽，责人不必苛尽，得理不必争尽，气势不必散尽。古人说，尽信书不如无书。我想，“尽”往往就有“绝”的意思。

背负太多的社会里，只有学会留白，删繁从简；觅一处心灵栖息之地，学会释放压力，适当把心放空，才能享受到生活中更多的美妙。

一切到了“尽”，基本就再无余地了。太饱满的人生其实也是一种缺憾，盛极则衰，太圆满的东西反而让人不知去向。就像童话里的公主和王子最后幸福地生活在一起，就该画上句号了。如果要继续，他们的幸福就可能要转生出一些悲剧，才有继续的余地。反而还不如留白吧，缺那么一点点空间，给一辈子回味和追寻。

留白，人生便有了无限的可能。

人才能代表人

散步到一处草地，野草繁茂，挤满了这块土地。我忽然问起自己，一株草怎样才能代表自己？草原怎样才能选出草的代表？

草怎样能代表自己？怎样代表草原？

形态上，是否长得高、长得茂盛、长得茁壮？颜色上，是否青、是否黄、是否五颜六色？味道上，是否多汁多甜、味涩、味苦，适合羊食、牛食，还是马啃？还有能否开花，开何种花，茎是否粗壮，根是深还是浅？

标准很多，是由食草的牛、羊决定？还是由植物学家决定？还是由老农决定？还是由旅人决定？

能决定草的，看来，还是大自然。一岁一枯荣，生生不息，你一株，我一株，他一株，自己代表自己，浩浩荡荡，组成草原，决定草的只能是草。

人类如草原，每个人只是一株草。我们很纠结“我是谁”，很纠结，什么样的人能代表人类。

一个物件，有影响力的人用了是文物，普通人用了是废物，这个物件到底是什么？

几句话，名士强词夺理叫雄辩，俗子就是狡辩；同样喝一壶酒，名流喝酒叫豪饮，普通人就叫贪杯；名人老了叫王老，凡人只能叫老王。

在历史长河中，人与人之间的差别，可能还不如草原上的草。面对现实，我们焦虑了；面对比较，我们伤害了。生活何其烦，人生很无奈。

其实，人类并没有要求你做代表，也未必要求自己一定去说明“我是谁”。

20岁不英俊，30岁不强壮，40岁不富有，50岁不智慧。这一个人一辈子或许就别想英俊、强壮、富有、智慧了。这又能怎样？但我们至少活过了20岁，30岁，40岁，50岁。这就够了，因为，我们拥有了一切，或者我们失去了一切，又不能说明我是谁。

我们健康，可以不美丽；我们努力，可以不完满；我们庄严，可以不伟大；我们真诚，可以不永恒。

我们赤条条地来，也赤条条地去。来时，我们哭，人们笑；去时，人们哭，我们能安详微笑，就够了。我想，人生中遇到再好的贵人也是别人，但敌人一定是自己，最亲近的人始终也是自己。所以，只有自己能代表自己，只有芸芸众生能代表人类。

坐好自己的位置，不亢不卑

这个世界，辨识他人不易，认识自己尤难。一个人一生中要扮演多种角色，站处不同角色。男性并不仅仅是一种性别的代名词，男性一生可以用最简单的一句话比喻，便是“二十年王子、一天皇上、十个月太监、一辈子奴隶加提款机”；作为女性，一生都很艰难。就像网络上流传的说法：二十年的公主、一天的皇后、十个月的贵妃、一生的保姆。

摆好自己的位置，放好自己的心态，一方面要认真地生活，跑好自己的龙套，还得无比戏谑地看待结果。切记不要在不该幼稚的时候幼稚。我一直坚持生活中的角色变换，以便把这碗饭端好，其实自己一直就怀疑自己能否演好每一个角色。到了中年，还不如找个清静的地方，看着人世的热闹，去看热闹背后的广阔无尽的世界。

世人都认为高位好，屁股能够决定脑袋。位置确实能够提高人的权力，却不见得能提高能力；地位可以提高人的权势，但提高不了水平，地位可以提高人的财富，但提高不了素质，地位只能实现功名的追求，金钱可以实现物质的愿望，但无法达到个人的价值和人生的意义。生活不是喜剧，就把自己匆忙定位为笑星，生活也不是悲剧，就把自己表演成一个悲情人物。所以不要轻易给自己定位。

生活就是条河，不断地流动河水，我们每一个人都是河里的一滴水，不管生活在上游、中游或者下游，首先都得融入进去，不管岸边位置风景如何旖旎，如何优美，我们都必须生活在“水”中，寻找自己汇入的地方。

其实，人生重要的不是你所站的位置，而是所朝的方向。人与人之间，没有高低贵贱，世界是平的。但世界又是圆的是运动的，倒霉的位置不会有一圈，一个人不会永远处在倒霉的位置上。

大的难处，小的长处

小时候，物资匮乏。父母给我们做的衣服总是很肥大，记得自己小时候穿上一件棉袄，活像一只企鹅，所以一身衣裤可以穿上好几年，即便破了，也未必紧身。这叫作节俭的智慧！

当年家乡修公路，县长很大气，要求把路修得很宽，那时县里很穷，财政很紧张，人们不理解，抱怨县长讲排场，搞形象。他对乡民说，小时候，他母亲总是把衣服做得很肥大，他家兄弟，一条裤子从大哥穿到小弟，结果节省不少钱，乡民们一下服了，咬牙把公路修通，三十多年过去了，这条路早成了主干道，依然未拓宽。这叫作办大事有远见！然而，不是所有的事情都可以这样类推的。

一位作家谈到他一生常穿着巨大的鞋子走来走去的姑婆。晚辈如果问她的鞋子，她就会说："都是一样的价钱，为什么不买大号的鞋子？"

我也干过一件这样的事。年轻时，一样的价格，自己却买了顶大号的帽子。虽然尺寸大了布多了，看上去赚了，但自己却忙坏了，只要风一吹，或一弯腰，帽子总是不稳，得用手去扶，否则帽子就掉下来，搞得自己很尴尬。这么一来，这顶帽子连戴的时间都少了，还是自己亏得更多了。每次我讲述这些时，总有一些人笑得岔了气。

生活中有很多这样的"姑婆"和年轻的我。经常不在家的商人，却有非常巨大的庄园；没有什么思想的画家，偏偏画着超级巨画；没有什么思想的作家，偏偏写着厚重苦涩的作品。

追求巨大，只是被内在的贪欲推动着，就像买了特大号的鞋子、大号帽子，忘了自己脚的大小、忘了自己头的大小一样。

人生如白驹过隙，生命在拥有和失去之间。还有什么比拥有淡泊的心胸，更能让自己充实和满足呢？

做好自己

如今这个略显浮躁的时代，很多人可能或多或少都感受过来自他者的“压力”：他人“金光闪闪的生活”可能会提醒我们的一事无成，他人不满怨忿的指责可能会打击我们的信心，他人轻慢随意的对待可能会折损我们的自尊……终于，所有“他者”形成的大山，凝结成了一种叫“焦虑”的当代病症，压在我们身上，日夜搅扰着我们。

在这个繁杂野蛮的世界上，我们何以安身立命？我们有很多的压箱之物，诸如：不妄自菲薄，也不目空一切。天生我材必有用！每个人都自带光芒，你要做的是接受自己，成为自己，毕竟，别人都已经有人做了，等等。说的都是“做好自己”。

很多时候，我们都记住别人的好，却忘了自己的好。关于“做好自己”，你可能需要了解几件事。

弄明白自己是谁。

认识自己是一个复杂艰深的过程，很多人可能一生都不得其解，若一定要说有什么准则，我认为其中一条是：多注意我们所拥有的，但同时接受自己的无知和有限；少去想那些原本不属于自己的，但同时接受世界的深广和无限。用这样的心态去建造自己，去看待世界，去充实每一天，去做好该做的事，就已经是走在了“做自己”的路上。就算路途中内心偶有波动挣扎，也不要紧，只要始终向着善良和光亮的方向就好。

不任性。

任性的人，“让我证明给你看”！多是对外界的反应，仅凭短期感受做出反应，掌控不住自己的选择。

做自己的人，不介意你怎么看，按照自己的内心原则生活；深度思考了状况，充分体验了情绪，长期浸泡之后的选择，乐于担当自己的选择。

成长为自己的样子之所以难，是因为“自己”本身在不断地发展：一件事到底是欲望，还是追求？你也许只有获得或失去了才知道。

做自己是件挺难的事，但是件值得的事。在这种来回纠结和困惑的过程中，人开始越来越理解自己，接纳自己和喜欢自己；基于自己的天赋和原则，以独立的个体的身份真正开始生活，成长为自己的样子。

做自己是坚定和幸福的。

做自己带来的最好的一样东西，是内心的坚定。知道自己是什么样的人，知道自己拥有什么绝对不要什么，知道自己的精神是如何丰富，知道自己在作为现在的这个自己时是多么快乐，所以在面对身边那些物质上远甚自己、名声上远盖自己、成就上远超自己的人时，既不会觉得羡慕，也不会觉得失落，更不会陷入纠结和比较的旋涡，因为我自己也好好地在自己的轨道上运转着呢，我也在发着光呢。做好了自己，成为了哪怕不那么成功但还算特别的我自己，也是幸福的。

寻找自己

我加入了一个搜索分队，跟搜索队奔波了很长一段时日，最终隐隐感觉到他们寻找的对象可能就是我本人。

领队说，就按时空线索搜寻吧，时空决定一切，然后拿出一组我的青少年、中年、老年等不同时期的画像。

难道我真的迷失了？！不知道从什么时候开始，我意识到自己不见了。我也不知道自己是死了还是丢了，抑或是困在了哪个异度空间！

于是，我就在这个深秋未远冬天刚至的季节，拼命地寻找自己。沿着生命的足迹走过枯草萋萋的天涯路……

我在水泥森林里寻找，那个迷茫的自己。该怎么样去寻找，在人挤如潮的公车中，在步履匆忙的脚步中，在节奏抢拍的人群中，城市那么大，套路那么多，我心又那么空。

我在群山中寻找，那个迷茫的自己。该怎样去寻找，仰望高山，这个巨大的世界，我们如此渺小。渺小到怎么找也找不到自己。

我在路上人群中、集市上人群中寻找，那个迷茫的自己。该怎样去寻找，国人的趋同性和一窝蜂的习惯仍束缚着我们的意识；我很少内视，去发现自己的趣味和气质，去发现自己的能力和意志，去发现自己的追求和人生目的。如同对自己存在的这个时空一样无知。

也许没有人能忆起，我曾经的样子。也许没有人能看到，我狼狈的样子，还有无法想象未来的自己。也许没有人提起，我的无知。被人遗忘，在哪个漆黑夜里，还是哪个风和日丽的日子里。

我只是一株小草，独自青黄，我只是孱弱的蝴蝶，静默消逝，在这个偌大的世界里渺小的我几乎什么都不是。我们都是环境的产物，都会受到环境的限制。有限的物质条件下，为了长时间地存活下去，就必须依靠自身的调节作用保持整体环境的平衡。要有抗挫折以及不断调整、修复、重建的能力。

在冲突中寻找平衡，是我们的本能，是我们的天赋。

想想猫原来是抓老鼠的，现在也改行了，供人玩了。狗原来是看家的，现在变成主人的儿子或女儿了。地位大转变。我不清楚这是动物的进步，还是人类变得更“文明”了。

撰写“寻找自己”这类命题作文，常见于青少年求学阶段，成人成天活在昏暗麻木的世界，老人或许不屑，或许不敢，归根结底是不敢。那只好交给悼词吧。

在这个时代，千人一面。每一个人都该对自己有个思考：如何寻找内在的自己？成为什么样的人？这一生怎样过？时刻知道自己是谁，知道自己想要什么，知道自己在做什么，知道自己为何付出……只要我们想明白了这些，自己也就回来了。

有问题才是人生的常态，人生原本就是在重重问题中层层突围。有了这个意识，你也就走进了从一个想象的我、社会的我、虚假的我，到内在的我，最后慢慢地找到一个真正的我。

其实，你的世界很精彩，请真正打开它！

和自己做朋友

我们常常被告诫要好好与他人相处，常常被教导如何成为一个被喜爱和受欢迎的人，可是，好像很少有人跟我们说：好好和自己相处。

人群会带来暖意，可如果只是因为害怕孤独，就一头扎进去，也未必会有真正的安全感。以前觉得自己的任务是要在世界上找到几个人，建立几段稳固的社会关系，获得友情、事业或爱情，才算完成了来到人间的任务。大家都愿意盲从，好像世界上最安全的事就是让自己消失在“多数”之中。

现在了解到，一个人只有能够独立面对世界，才可以与外面的世界平等对谈，不然与世界相比，你永远是渺小的。

孤独也好，寂寞也罢，都是我们成为独立个体的挣扎过程，站在某处的你，也是一道风景；风大雨急，抖一抖身上的雨滴，像任何事都没发生过。我们来到世上，每个人都拿到了独一无二的剧本，就看我们如何演绎。

好好和自己相处，是一种难得的能力。人生目标有几条。存在是最要紧的一条。有尊严是第二条，不屈服自己去求取荣华富贵，甚至只是求取一个更好的待遇。听从自己的内心是第三条，兴趣是内心最强的心声。你的兴趣在文学，可能会穷一点，也要想尽一切办法坚持去从事文学创作。假如兴趣不在医学，就不要勉强自己做医生；你自己选择人生发展的方向。

人生不易，与其把喜怒哀乐的开关交到了他人手里，何不先照顾好自己的情绪，安顿好自己的灵魂呢？当一个人心有所栖，他在去抵挡这个世界的风雨时，才会较有底气，也更有姿态。

不害怕被别人讨厌，不总是努力去讨人喜欢，比起别人的评价，更在意自己对所有的事情是否满意，也许这正是人生变得轻松的方法之一。

人生如何过活，没有标准答案，十分繁杂；理性起来，让人手脚无措！彼时我已陡然开悟，明白人生和世事大抵如此，靠近了，都不壮观。做好你自己，便是你寻得了的宏大世界！

Part 7
第七辑

回味是人生中的
一道下酒菜

愤怒的生活

生活中的每一件事都可以用五个字总结，“都会过去的”。错了，只是当下看起来很重要的事，过了一段时日后，显得不那么重要罢了，下一个当下可能还有更重要的事。时间绝对不是解药，有可能是毒药。

微笑是创可贴，贴着时，我们看不到伤口，却疼痛依然，但可以阻挡进一步伤害。所以，生活处处是教育，我们还是要多一些快乐。

年少时不要拖累生我们的人，年老时不要拖累我们生的人，这就是我们为人的最低标准。所以，自立应是为人的最低要求，不要轻易依赖任何人。今天与明天，相隔的不是一个白天或是一个黑夜，而是一摊水，是海还是河，只有自渡。自渡时，千万别拿错摆渡的工具，渡海时不能用撑杆，渡河时最好不用桨。

我们总是像蝴蝶一样工作，蚂蚁一样生活，而不是相反，结果我们总是不堪重负。

生命就是一盏油灯，信心是灯芯，油再多，灯芯很短，这盏灯也亮不了很久。所以，我们总是悔恨自己何必当初。

我们学会了沉默，就像鱼，想说的很多，一开口吐出无数个无言以对，最后都默默地留在心里。

时间告诉我们，一些人对你的拒绝，其实是一种成全。人心容量本来不大，弱水三千，最适合你的那瓢饮还未到来。

拔牙时，我静静地躺在手术台上，漂亮护士轻柔地对我说，“别害怕，不痛的，很快会过去。”我突然明白，人不就是那回事？！人只有无欲时才能静观其妙，无痛乃从容。当下，一切都是最好的安排。

对疲惫者而言，目的地格外地远；对失眠者而言，黑夜太长；对迷茫者而言，人生处处皆苦。创业挣钱，能够治愈一些矫情，去医院看看，去火葬场看看，去寺庙看看，更能让人醒悟。

回味

今天赴了一次宴，不说那场景美轮美奂，那场面高大上，那菜肴精致而绚丽……只是饭后水果，一颗色彩鲜艳的小西红柿，邻座说这是转基因品种，就能让我难以释怀，忘却所有愉悦。连那粒青枣味道也与自己过去所食的有所不同。

生活中，不知他人有没有这种“境遇”，这块西瓜和昨天吃的那块西瓜不一样，这块臭豆腐和自己二十年前在火宫殿吃的那一块也有所不同……一般人都喜欢刻意用过去的经验与眼前做比较，年轻人更耿耿于怀现任与前任的不同。

人们用过去的经验对比现在，最无法开悟的一点就是“同”。理智者常理解并“漠视”这种“异”。不能开悟“同”，许多痛苦就此产生。刻舟求剑的故事让人莞尔一笑，人不能再次跨入同一条河流。若能了解自己的每一分每一秒都是不同的，不需要拿任何一秒钟做标准，自己就会生活得很好。无论你是独处于非洲的烈日之下，或者和朋友一起待在舒适的空调房里，对人生而言是没有什么差别的，每一个点都是生命的一部分，加起来才等于你生命的全部。所以，你的左手瘦弱一些，右手粗劲一些，都是你的，不能因此厚此薄彼。

这世界并不是所有的东西都符合想象。有些时候，云是风的故事，山是水的故事；也有些时候，星不是夜的故事，情不是爱的故事。人生，原本就是沧海桑田，只是回眸处，世态炎凉演绎成了苦辣酸甜。这些都是自己的经历，或许没有逻辑，但值得自己品尝与回味。

人生品味是很个人的事，一个人，注定总要走陌生的路，看陌生的风景，听陌生的歌。内心挣扎也罢，内心通达也罢，均与外人无关。

有的路，要脚去走，有的路，要心去走

望天涯彼岸，人生路漫漫。人，用一生来写一条很长很长“路”的故事，写四季风云，写路途坎坷，写人生冷暖，写生老病死，写人生时光。

道路、江河与小溪成了这个星球的血管，经络，神经，淋巴管道，遍布各处。这世界有多少条道路，连地图测绘者也不明了。路有长短，谁都无法丈量。一生中遇到无数的路，有笔直的平坦的，有崎岖的弯曲的，有陆路，有水路，有羊肠小道，也有通衢大道，还有，根本不算路的小径道。不管什么路，它都有情感，都有故事，都给人们提供便利。

关于路，不乏哲理名言。“路漫漫其修远兮，吾将上下而求索”“走自己的路，让别人去说吧”“世上本没有路，走的人多了，也就成了路”……

这些至理名言，犹如中药房抽屉里的补益药，补气、补血、补阴、补阳，不能一股脑儿拿来用上，必须对症用药，按方抓药，取自己所需，病情所需。“走自己的路，让别人去说吧！”有人借但丁说的这句话，妙笔生花地发挥，以致词苑满园春色。如“走自己的路，留条路让别人走”“走自己的路，让别人跟着走”“走别人的路，让出自己的路”“走别人的路，让别人无路可走”。从不同维度思考，每一句都富有“哲理”，可你要全部信的话，你肯定迈不开步子。

路有千万条，你脚力也很好，但适合走的、能选择走的只有两条路：一条用脚走，叫做现实；一条用心走，叫做梦想。脚走得太慢，梦不会高飞；心走得太快，现实会苍白。一生的精彩是心与脚步合一，心走得很美！

走好现实路，先去做你该做的事，让你有饭吃，再去做你喜欢的事，让你有念想。托尔斯泰说：“不考虑明天是对的；但为了不去考虑明天，只有一个办法：就是时刻都提醒自己，我是否完成了此日、此时、此刻应做的事。”

路口让人迷茫。多少人迷路，永远走不出“青纱帐”。走对路很重要，男人选行，女人嫁人，一点不能马虎。修建道路有成本高低之分，人生之路的选择不能单纯按表面价值而定，要实事求是，理性选择。一粒金子好，还是一堆烂泥好呢？一些人理所当然地认为是金子，而不知道自己是一颗种子。

繁华背后的世界有太多的诱惑，太多的无奈。有多少人因为要改变谋生的机会，不得不行走在杂草间。人生，要面对的、要做出选择的太多。一个人的道路，有着不一样的故事，但主角是自己。浮生若梦，冷暖自知。有些人常常执着于眼前的功利，执着于生活的琐事，执着于无果的爱情，流逝了光阴，迷失自己，不堪重负。诸多人还无法把自己定位好，安顿好自己的心灵。既舍不下眼前的烟火，又不甘心自己去不了的远方。只好一边思量，一边情长……

笼子里的老虎与荒野中的老虎，都认为自己所处环境不好，彼此羡慕。若对调双方生活方式，开始时都会十分快乐。但不久，两只老虎都死了：一只忧郁而死，一只饥饿而死。人们会熟视无睹自己的幸福，双眼紧盯他人的幸福，却不知你所拥有的正是别人所欣羡的。

路是靠自己走出来的，有的路，要脚去走；有的路，要心去走。人生的旅途，没有平坦的大路可走，抵御诱惑，唯有信念和忍耐才能开辟出康庄大道；只有在那崎岖小路上攀登的不畏劳苦的人们，才有光辉的前途。

不知什么时候开始，人生之道有高低之分，职业有高低之分。现在很多人见面会先问你的谋生方式，以便他们计算出对你的尊重程度。“走自己的路，让别人去说吧！”生活是属于每个人自己的感受，不属于任何别人的看法。罗兰说：各人有各人理想的乐园，有自己所乐于安享的世界，朝自己所乐于追求的方向去追求，就是你一生的道路，不必抱怨环境，也无须艳羡别人。

人活着的意义在于享受生活分享美好，如果活得太功利太实用太没趣，也便失去了生命的意义。错过了落日余晖，还可以静待满天繁星。成年人是过了期的“儿童”。据说我们以前是有翅膀的，但我们为了许多世俗的事，使得翅膀的羽毛一根根地掉落，最后我们不单失去了翅膀，也失去了我们曾经有过翅膀的记忆和想象力。年少时特别崇拜那些江湖之士，走南闯北，演绎着天涯武林传说，勇猛而飘逸，连风花雪月也别具风韵。当下，侠客早已幻成梦的影子，遥不可思。

落日余晖错过了，满天繁星还是可以静待的。一个人能观察落叶、羞花，从细微处欣赏一切生活，就不能把他怎么样？！心存阳光，让爱植于怀中，无论天涯海角，都不畏惧黑暗，身上有一缕芳香，旅途就云淡风轻。

路，或许根本没有终点，只有起点和终点之间的那一段距离，我们不必纠结每条路的终点只是随各人选择不同而不同，没有高低之分。人来于尘、归于尘而已。小时候，幸福是一件实物；长大后，幸福是一种状态；然后，突然有一天，你发现，幸福既不是实物，也不是状态，是一种领悟。

人生何所求，不过温暖与良人，人生何所梦，不过自由与前途，或许我们走那么远，不是为了看风景，而是为了去天地的尽头会一会自己。因为只有在那样遥远的地方，你才能把喧嚣的人世抛在身后。

男人的不堪

你总是“心太软，心太软，什么事都一个人扛”，如果只是软糖中的一个品牌，那就简单了：除扛掉牙齿，确实没有别的什么事好扛。偏偏妻子管你叫丈夫，孩子管你叫父亲，社会管你叫男人；于是天降大任于你，管你心太软还是心太硬，反正好多好多的事，你不愿扛也得扛；好多好多的压力，你不想承受也得承受。

“男儿有泪不轻弹”。男人苦了累了就得咬牙扛着，不能像女人一样哭哭啼啼，四处诉苦。当你还是小不点时，不小心跌破膝盖痛哭起来。大人们总说：“别哭了，男子汉要坚强。”为什么女孩子可以哭得痛快淋漓而缠绵，长大了你才明白，泪腺生理结构尽管一样，症状却男女有别，女性泪腺有如自来水管，随时随地可以打开；男儿泪腺有如飞机紧急疏散舱口，少有用武之地。心同样敏感，女性可以和盘托出尽情显现，男人只能被动地裹上一层老茧。

一晃毕业多年，没有谁比你更关注母校了，一连几个月让自己寝食难安的母校校庆大典，心燎火急赶去，一看嘉宾名单居然与姓氏笔画无关；排名靠前的，要么大款，要么大官，要么大腕。校领导声音洪亮地宣读，本校毕业在岗的领导名单与在毕业生中的骄人比例。我才明白自己仍在分数线的下边，属于分母行列，母校的骄傲压根与自己无缘，愧疚的是，自己连“被先进”也不是，拖了母校的后腿。想当年毕业之际意气风发、志存高远，结果空锋刃数十年，一事无成，书剑两忘，双鬓已斑。不知不觉感到庆典盛宴的味道有点怪，说不清是苦还是咸。

在崇尚成功的年代里，没有人为你举手加额，你自然算不上什么成功人士；也没有人为你扼腕叹息，你也并非怀才不遇；你只是芸芸众生中一员，普通得无法进入公众的视野也得不到上司的青睐。男人进入社会后，便由家庭的太子跌入奴才之列。一生中可有短暂的天地，或啃老或一人吃饱全家不饿，犹如“躲进小楼成一统”。可是躲得了初一躲不过十五，结婚后，麻烦就接连不断。老婆产期一满，只好自己做起没有报酬的兼职保姆；闺蜜先后嫁给大款后，老婆的消费水准持续攀升，眼界骤然变宽；好不容易孩子可以自己上学了，楼上楼下的小伙伴不是坐上宝马X，就是坐上四个圈的奥迪；没人跟你找碴儿，没谁跟你过不去，也没有初夏暖湿气流影响，可自己总觉得有些呼吸不畅；音乐能调剂心情缓解压力，随手打开电视机，播放的歌曲竟然是“男人苦”，一首沧桑催泪曲。

自古以来，男人都是一家之主，“当家的”一睁开眼，想到的就是如何去养活的家人，除了自己，这个家还有谁可以去依靠？男人最痛苦的，莫过于，累到想流泪，闷到想找人吐心声，结果唯有一支烟、一壶酒，但不能让发呆过多地停留。男人的路，注定是痛苦和孤独。孙子一样祈求继续工作，狼一样拼到伤痕累累；忍别人不能忍的苦，受别人不能受的罪，起早贪黑，不知疲惫，从不抱怨一声，也从不在困难面前妥协一回；他们只想用坚实的双手，护住家。为了这个上有老下有小的家，还有那个她，就算扛着一座山，也得装作很潇洒，痛了不能哭，累了没有退路，只能扛着走。

男人一生只有两项事：一项是事业，事业渴望成功，是活好的重要一环；后一项是家庭，家庭企盼圆满，是生存好的基础。而你必须双肩挑着，也许早已疲惫不堪，尽管你没有想过做一头爬坡的老驴，压力总如一道鞭影，时刻飘在眼前，向前，向前！

谁叫你是男人？胡适说“做了过河卒子，只有拼命向前”。

唠叨是一种慢性毒药

人的生命是造物主给的。除了浅薄的思想，除了无病呻吟的唠叨，除了装神弄鬼的哄弄；一切生理活动都是安排好的，如呼吸是自然的，无须用力，心跳是自动的，无须用心。若要健康，就应顺其自然，天人合一；医学实践说明，医疗手段都是辅助的，疾病的治愈与否关键在于自身。但人不会安于天命，总幻想着人定胜天，于是多了很多折磨人的心理活动，活得累，活得无奈，活得无聊，终不能尽享天年。

在智者眼里，成功等同于舍得，大舍大得，小舍小得。

生命是一面镜子，生命是一种回声。投李报桃，若把最好的给予别人，你就能从别人那里获得最好的。所谓政治便是把敌人搞得少少的，把朋友搞得多多的，最好的办法便是多帮助与多服务，你帮助的人越多，你得到的也越多。否则，你越吝啬，就越一无所有。

有多大的作用力就有多大的反作用力。猎人打败狗熊的方法很巧妙，在有蜂窝的树干上挂一个锤子，挡住狗熊的去路，狗熊拨开锤子，锤子接着就荡过来砸在狗熊身上，狗熊挨砸后，很愤怒地用力拨开锤子，结果锤子砸在狗熊身上，一次比一次更狠更有力，最后把狗熊砸惨了。同样，人性有一个弱点，你越在意什么，什么就越折磨你。只有当你不再畏首畏尾，当你鼓起勇气，下定决心忠于自己，每一天都会因此变成最好的状态。

当生命陷落的时候请记得，你可能会跌到从未经历过的谷底，然后便可能站上你从未到达过的高峰。其道理与作用力多大反作用力就有多大原理一样。

人与人之间也有回声关系，最佳的回声便是理解，被人理解是幸运的，不被理解也未必就会不幸。把自己的价值寄托于他人的理解上，这个人往往就失去了价值。

人与人的关系如镜子映射一样，彼此平衡时，适当的距离才是最舒服的。

别让某人成为你生命中的优先，很多家长望子成龙望女成凤，把子女视为自己生命的全部，过于溺宠，而子女们只是把你作为他们生命中的一个选择。恋人的世界，朋友之间的交往，只存着没有挤不出的时间，只有不想赴的约，每一个选择，其实都是内心所向。

不良情绪与良好心态各有各的回声。人们之所以心累，犹豫不决，举棋不定，徘徊在坚持和放弃之间。凡明快就顺畅，凡拖泥带水就沉重。大脑偏向遗忘不愉快之事，若染上烦恼，就是记性太好，该记的、不该记的都会留在记忆里，心灵塞得满满的，压抑窒息。要学会忘记，但努力去遗忘是假的。

人之所以快乐，并不是因为他拥有的多，而是因为从不锱铢计较。计较是有重量的，多了更压抑心灵。乐观的心态来自大度、宽容，来自善解人意，来自与世无争，犹如云淡风轻。请记住，快乐的人不会被痛苦所左右、而不是没有痛苦。人生不时与痛苦不期而遇，其实人们并不惧怕痛苦，惧怕的是内心背叛自己，缺乏智慧。

人与世界的关系是镜子关系，但也有不对等、不公平的时候。一些东西，不是自己能支配得了的，比如运气和机会，舆论和毁誉，你做得再好，还是有人指指点点；你即便一塌糊涂，还是有人唱赞歌。那就不去管它们，顺其自然吧。

小不忍，乱大谋。一不小心自己弄出的回声放大了。如脾气泄露了人的修养，发一次脾气，很好的人设，轰然崩溃；沉默道出了人的品位，不知不觉树立了无言自威。知人不评人，才是人最大的修养，人后议人是人性恶习之一。你郁闷，是因为自己不够豁达。你焦虑，是因为自己不够从容。你生气，是因为自己不够大度。这一切只能说明你站在低处，眼界不够开阔，胸襟不够博大，要记得，只有当我们俯瞰时，一切才会显得渺小。我们不要去羡慕别人所拥有的幸福，你以为自己没有的那些，可能已经在赶来的路上。

世上没有一件工作不辛苦，没有一处人事不复杂，即使你再排斥现在的不愉快，光阴也不会过得慢点。幸福的回声就是用勤劳换来，用善良换来。世界上有一条叫梦想的道路很长很美，但同时有一堵叫现实很高很硬的墙。趁着年轻，抱最大希望，做最坏打算，尽最大努力，持最好心态，多吃苦，去追求，去破墙，然后才会获得人生新的高度。

知天命后，做一个豁达之人

人到了知天命之后，经常听说某某走了。一个多勤奋的人，来不及停下来休息一会儿，就永久地休息了；也常常听闻，某某患了癌症，一个半生遭逢曲折的人，余生偏偏又遭遇劫难。难道中年便是多事之秋？

人这一辈子真是太短了，掐去两端，十五六岁前是少年时光，不识愁滋味，到了七十五岁便是暮年，走路都得小心翼翼。人生有价值有意思的年龄段基本就是在十八岁到六十岁之间，也就四十余年的时光。

相比离去的一些同学、同事，活着的人还有什么抱怨与不满足的？生活质量远远不如我们，活得比我们累的人多了去。我们同龄人，现在最大的满足不是卡里有多少闲钱，而是清晨醒来，能看到每天的新阳，就是莫大幸运了，与财富、地位、名誉一毛钱的关系也没有。

人生还有什么遗憾？还有哪些不满足？这话好似临终遗言一般。但到了知天命年纪的人，需要以此警醒自己。正因为人生有太多遗憾和不满足，我们就不要掩耳盗铃，很多人活到最后才明白，结果却无奈。比如和至亲的人在一起的时间太短，享受最温暖的家的味道的时光太短。人生最大的残忍莫过于目睹自己的至爱亲朋一个个离你而去。他们解脱了，却把思念之痛留给了你。我们所有人都注定要面对，谁都逃不过。

儿女的婚事？不少人操心不已，放心不下。儿孙自有儿孙福，自己的路都得要自己走。省一省那些操着的闲心，自己活得高兴就是王道。生命的前半辈子或许属于别人，活在别人的认为里。那就把后半生留给自己吧，追随自己内在的声音。

遵纪守法，走自己的路，走得坦荡，走得不害怕。世界很大，风景很美，人生路上的机会也很多。但人生很短，若执着某景某机会，执着便成了阴影，我们一生就蜷缩在这一小块阴影里。

该帮助人的时候一定不犹豫地帮，该回馈社会的时候也一定不打折扣地去做，不需要人为的拔高，更不想当典型。余生绝不为难自己，更不会去伤害别人。友善地对待每一次的遇见和邂逅，世界不完美，但是不能活残了自己。这和修行无关，一种生活态度而已。

很多东西就像气球一样，看上去很美，但你不能戳它，一戳就“砰”的一声，什么都没有了。现在不想那些所谓的有出息，最好就做一个豁达之人。不去羡慕别人的成功，也不会幸灾乐祸，活自己的，做自己的就是了。生命是一种缘，你刻意追求的东西也许终生得不到，而你不曾期待的，比如身体健康，比如长寿，反而会在你的淡泊从容中不期而至。

几十年的人生旅途，看过了该看过的，领教了该领教的，什么荣誉风光，哪里有更适合自己、有今天的自在？余生不多，没必要苛责自己，也没必要苛责别人。给自己一些时间，原谅做过很多傻事的自己。接受自己，爱自己。因为经过，所以看破。

小时侯，幸福是一件东西，拥有了就幸福；长大后，幸福是一个目标，达到了就幸福；成熟后，发现幸福原来是一种心态，领悟了就幸福。有着那么多的诱惑如何去抗拒？当一个比你更完美的人出现时，当更令你痴迷的物品出现时，如不加考虑地接受的话，就会给你带来无尽的压力和难以摆脱的痛苦。床够大，睡觉时难道就能满床滚？！床可用的无非三尺宽。故宫很大，但皇帝的卧室不大，御医说，室大则耗人阳气。美食味美而营养，但过量首先就损耗人体的消化系统，内分泌系统，天命之年，每天三二人，两三个菜，荤素搭配，简简单单。

让我们学会平淡吧。淡，不苦；而甜到浓时会变苦，苦到浓处心无力。生活如水，欲望如糖，不是糖越多，水就越甜。看淡是平和与宁静，坦然和安祥，不以物喜，不以己悲，离尘器远一点，离自然近一点。请你，每天保养自己，不羡慕谁，不依赖谁，静悄悄地修身养性，活成自己“德高望重”的模样！

愿所有苦难，都是虚惊一场

应《今日头条》之邀，说说贫困的经历，贫困是我们绝大部分人都有过的经历，但是每个人的经历过程和故事又不同。

初中寄宿的日子。那时正是20世纪80年代早期，农村依然贫穷。都说穷人家的孩子早当家。那个时候，我们早已学会不提要求地生活。寄宿制学校食堂的饭菜和今天的大学食堂有着天壤之别。每个学期只有5块钱的生活费。如果放在现在，无法想象。早餐是馒头就白开水，勉强吃一顿午饭，基本不吃晚饭。极少吃肉，可能一月一次，唤作“打牙祭”，蔬菜极少放油，能吃出苦涩味，若有汤，油腥很大，据说是菜出锅时加上一匙油，看起来油水足。

在那样艰苦的日子里，父母从未说过一个“难”字。无论时间过去多久，我都不曾忘掉我是农家的孩子。无论在城市生活多久，我永远保持着乡土的底色。哪怕西装革履，我的内心对父母的养育之恩从未忘却。

记得一年寒假，我与一同学，归心似箭，早餐未来得及吃，二人用锄头把抬着被子与书箱，往距校四十多里的家里急赶。当时正下着细雨，二人不以为然，一脚高一脚低，两个十三四岁的少年吃力地走了二十多里的田埂，可能路滑，也可能饥饿体乏，二人抬着行李越来越吃力与不便。干脆把行李分拆，把锄头把丢掉，各人各提两梱行李。一路上，雨越下越大，路越走越滑，行李越来越重；二人饥寒交迫，步履越来越沉重，走得越来越慢……

实在走不动了，也不管路面上有水，就一屁股坐在下来，几步之外便是一户人家刚修的一幢房，其实只是修了一半，另一半只是打了屋基。房主看到我们二人坐在水地上淋雨，就喊我们进屋躲雨。新房没有装修，墙壁也没有粉刷，墙体潮湿，露出刚砌后的底色；房间分为两半，一半摆放了一张用砖头和木板搭建的床，一半用作厨房兼堂屋，架上了一个当时极普及的铁架子，可以取暖也可以做饭，吃住都在一个屋子，外面靠窗户的地上就是放柴火的地方，时值寒冬，一开门大风就直接吹了进来，白天还好，有炉子可以烧柴取暖，晚上睡下之前炉子加满柴，烧多久算多久，估计每天早上人会被冻醒，睁开眼一看，窗外与外墙都挂着白霜，若有耗子也会因冷冻而爬进被窝！新屋只修了一半，没有装饰，估计缺钱，但又不得不搬进来迎接新年，火炉上只挂一块不到二斤的猪肉。

坐着烤火，我和同学恢复一些体力，房主问我们吃饭了么，我们只好承认没吃，他带着歉意地说，家里只有点剩饭，估计是他们夫妻二人的中饭。房主给我们每人盛了一碗，菜就是未煮的冷豆腐，房主用刀划成豆腐丁，加了一些辣椒粉与冷水，我清楚记得，冷豆腐汤中并未加盐。我们狼吞虎咽，转眼之间就扫荡一空，体力顿时恢复起来。真是人是铁，饭是钢。

断断续续地，后来还有过一些挨饿的经历，不过都已经是片段式的记忆了。长期饥饿是一件多么可怕的事，直接而“血腥”地说明了你的贫困。它让自卑的人更自卑，让敏感的人更敏感，它让人与人之间丧失了本真的联系，让美好的情感竟然变成了耻辱。饥饿是悬挂在人们头顶的乌云，走到哪儿抬头都能看到它，即便你不抬头看它，它也会通过胃来提醒你。在饥饿面前，尊严有时候会凸显它强烈的模样，有时候又脆弱到不堪一击。

那次饥饿真是一种深刻的记忆，以后纵然品尝过诸多美食，也一直忘不了那顿冷水泡豆腐的味道。在以后的时光里，我再未读过描写饥饿的文章，因为不用读，文字中那些刻骨铭心的描写，已经深深印在心里，哪怕具体的章节和词句都忘记了，但自己人生故事里的两个倔强少年，却一直以飘摇的形象存在着。那被冷风吹起的破旧衣裳，狼吞虎咽冷水泡豆腐的模样。

现在的孩子们，没有挨过饿，他们中的多数，都是被爷爷奶奶爸爸妈妈端着饭碗满屋子追着喂食的一代。因此，他们并不知道食物最香的原因，不是出自多好的厨师之手，不是多么优良的食材，而是——只有在饥饿时，你才会觉得，食物会让人感恩，也会让人流泪，更会让人铭记。

除了饥饿，每个人的一生，还会经历一些让自己感到不堪回首的往事。这些事，像一枚钉子，深深地钉在了我们的脑海里，久久不会锈化、消失。这些曾经让我们感到不堪回首的往事，有时候，会让我们感到痛苦，感到世事的艰辛，但同时，这些往事，同样也会让我们更加珍惜现在所拥有的，更加善待当下的生活。

人一生，受点苦，遭点罪，其实，也不是什么坏事，有时候，我们会因为某些现状，一时陷入某种困境，它却锻炼了我们的自控能力和关心他人吃苦耐劳的品质。

苦难其实是人生最大的财富，是成长充分但不是必要的条件。人生的每一步，都有苦难相伴，而苦难之后的成长，才是人生中最大的收获。

几次饥饿，算不了什么，但长时间处于饥寒交迫状态，是一件困苦的事，贫穷是人生中最大的苦难之一，温饱问题不解决，发展就无从谈起。很长一段时间，自己在睡梦中找不到食物，醒来发现原来是“虚惊一场”。还好是“虚惊一场”，“虚惊一场”真是人世间最美好的成语，比兴高采烈、踌躇满志，一帆风顺都要美好百倍。

现在饥饿不再是你我的苦难，但人生之路依然荆棘遍布，苦难累累，即便如此，我依然衷心祝愿所有的苦难，都是虚惊一场！

量人先量己

一种人性的“自私”。生活中，总有人习惯于视而不见自己的过错，无限宽容自己，却对别人指手画脚；眼睛盯着的是别人的过错，嘴里苛责的是别人的人生。这样做的人，最终只会遭人厌烦，让人疏远。

量人先量己，称人先称己，用自己的认知评论事物，事事都不完美；用自己的心胸去度人，人人都有不足。总是盯着别人短处，就看不到人家的长处。总是站在自己的角度看别人，会把别人的不足放大。显示自己聪明，就是间接指责他人愚昧。

别人身上或许有错，不见得你就没有犯错。别人的做法或许不对，如果你遭遇同样的问题，你未必会比别人做得更好。

高尔基说：“反省是一面莹澈的镜子，它可以照见心灵上的玷污。”反省自身在先，再挑他人之错；评判别人之前，先换位思考。

学会体谅他人，常思己过。知道自己，几斤几两；明白自己，所短所长。不看低自己，不高估自己。古语云：“静坐常思自己过，闲谈莫论他人非。”“常思已过”是一种智慧。纵观古今之圣人，不乏成功于自我反思的例子。“吾日三省吾身”的曾子成了儒家宗圣。“以人为镜，可照得失”的唐太宗有了贞观之治。“日省吾身，有则改之，无则加勉”的朱熹终有百卷大作。古人如此，吾辈更当常思“已过”，慎思笃行，以免“湿鞋”。

“闲谈莫论他人非”。是人都有缺点，人人都不完美。懂得反省，懂得换位，你才能懂得别人的辛苦，感受到别人的不易，从而变得体谅、包容。唯有懂得宽恕他人的不足，方能看清自己的错误，凡事从自己身上找原因，不去指责他人，更不要去抱怨，时时以责人之心责己，处处以恕己之心恕人。

心胸宽广则天地宽，少挑剔他人的不足，不苛责他人的过错。强势无朋友，自私无退路，宽容留余地，才有好福气。要学会欣赏他人的优点，让自己不断进步，少咄咄逼人，多点谦卑，学会藏起锋芒，低调做人。

生活中总会有人对你说三道四，总会有人对你指手画脚。对这种人要学会不在意，约束好自己，保持沉默，沉默是金。与你亲近的人，更不可言语伤人，戳人痛处，惹人伤悲；和你渐行渐远的人，敬而远之便好，还心灵一片宁静；与陌生的人有争执，不必太在意，更不必争输赢。

做人如尺，知分寸，懂换位，修好自己的德，方有福报莅临。世间没有谁是完人，即便是再风光无限的人，也有难以启齿的事；即便是再优秀的人，也有缺陷。若是不肯放过他人的短处，斤斤计较太多，会活得心累与烦闷。“腹中天地阔，常有渡人船”。所谓渡人，其实就是自渡。着眼于他人的长处，你会换来舒心与坦然。

心是一杆秤，掂量自己几斤几两；心是一把尺，丈量自身有短有长。若是能以容人之心待人，以挑剔之心待己，此生定会越来越豁达，生活会更加幸福美好。

只是以为而已

有一种心酸，叫作“我以为”；有一种傻，叫作“我以为”。

这些也只是“我以为”而已。

我以为春风十里万树花，却落得青山独立满坡草；我以为夏天碧湖荷花艳，却落得烈日炎炎枯禾苗；我以为秋季稻谷黄万顷，却落得霜打枫叶随风飘；我以为冬天纯洁雪飘飘，却落得寒风冰结冷萧萧。

每个人都是自己的主宰。就算你再豪横，在别人的世界里也只是个配角；哪怕你再不堪，你的人生之旅，稀有人同行，与你一路相伴的，是自己心境里的寂寞孤独，所以，还得自己艰难地走。不要艳羡嫉恨他人，空耗时日。不要把希望寄托给他人，以求得安全感，也不要轻易对他人许诺，失信他人。

我以为你能保护我，能够珍惜我，结果是我拼了命抓你，你却仍然潇洒离去。

我以为真心对一个人好，别人就会实意对待我，结果我错了，高估了自己在别人心中的位置。

最好的关系，是彼此付出，彼此欣赏，彼此成就；不是接受和给予，不是束缚和羁绊，更不是牺牲和将就。“为他好”，不是你拔掉自己的羽毛，陪他一起天昏地暗；也绝对不是在他想起飞的时候，你死死地拉住衣角。为他好，就一起飞——自己努力启航，也助他一臂之力。

曾经，我以为，有的是时间，事情可以慢慢做。直到某一天，我想做一些事情，却发现已经晚了的时候，我才知道，其实我们并没有多少时间。少年贪玩，青年迷恋爱情，壮年汲汲于成名成家，暮年安于自欺欺人。人的寿命才几何，能顽铁炼成精金的人，能有多少？

时间治愈的只是皮外伤，时间不是偏方，更不是灵丹妙药。时间是毒药，也是解药，关键是谁在什么时候给谁开的处方。

不要拒绝、惧怕困苦；生命，是一场永无休止的苦役，超越困苦，就是生活的强者。面对逆境，潇洒走一回，一切都无所谓，这何尝不是一种领悟。经历得越多，生命就越有厚度。任何经历都是一种累积，累积得越多，人就越成熟；痛苦并成熟着，快乐并丰满着。用一颗感恩的心感谢生活赠予的一切，用坚强造就你独一无二的人生。

人生的路上，我们都在奔跑，欣赏沿途的风景，抵达遥远的终点；我们赶超一些人，也被一些人超越。人生的快乐，寻找一种最适合自己的速度，莫因疾进而不堪重荷，莫因迟缓而空耗生命；走好自己的路，欣赏着自己的景，超越他人不得意，被人超越不沮丧。

移栽树木

“移树无时，莫教树知”，让移栽的树木成活变得简单，树木移栽时，尽量不要让树木自身察觉，发现它被移栽了。

主要措施是，扩大土球，树木的根系不受损；带原土、避免土球悬空、注意枝干的南北方向，不让树木察觉生长环境变化太大；而疏枝疏叶、根外补水等举措，则是避免树木根系吸收的营养已经不够地上部分枝叶的使用……

我对移栽树木没有一点经验。当年，小区绿化时，在屋前屋后分别移栽了棵树木，一株桂花树，一棵樟树。不忍心对桂花树去砍枝疏叶，而对樟树“血腥”地疏叶疏枝，几乎把樟树砍成了躯干。很长一段时间里，我真如照顾儿女一样细心照顾那两棵树，几乎隔几天就会去瞧瞧树的生长。结果桂花树不久之后就蔫了，整树枯萎了，最后未能成活，屋后的樟树却发芽了，仿佛枯木逢春般生机勃勃。

那棵桂花树是移栽在几棵大树旁，长在其他大树的树荫下，结果，争取不到足够的水分，营养也跟不上，阳光照射不到，虽然树的品相很好，但移栽的位置不合理，与参天大树挤拢一起，从布局上就处于劣势地位，失去了成活的机会，失去了展示风姿的平台，实在可惜。

树是站立的人，人是会走的树。在这个世界上，树与人一起经历风雨，一起感悟炎凉，一起体验生命。

俗话说“树挪死”。现在看，只要移栽方法科学得当，给一些受环境影响的树木挪个地方，挪到有阳光、有营养、有水分可以滋养的地方，摆脱先天的憋屈羁绊，有意识地帮助树木创造宽松适宜的生长空间，树不但可以活，而且可以活得更壮更美更高更强。

与人相比，树木不是高等级生物，但树被砍枝疏叶，还能长出树叶与多个枝头，“从哪里跌倒，从哪里爬起来”，坚强不屈，结果长出参天大树，千年葳蕤，万年长青。一棵树受伤结疤的地方，是这树最坚实的地方，生命变得更鲜活。

作为有思想、有血、有肉的人，就应该像古树那样不畏盛夏酷暑，不畏严寒霜冻，不畏气候变迁，不畏环境恶劣，一旦扎根，就一如既往，顽强生长。这是我们每个人都想拥有的理念。

如果生活为你设置了一些磨难，无需抱怨，想不通的可以不想，恨不过的要抚平；背不动的，就放下；伤不起的，要看淡。没有如意的生活，只有看开的人生；这个世界上没有不带伤的人。

人生如树，修剪掉多余的枝桠，才能越发枝繁叶茂。我们要变成一棵树，让伤处结疤，让痛处如铁。然后，仰望着光，无畏成长。

人是会走的树，树是站立的人。一棵历经千年的古树，让人懂得静观，学会沉思，从而进入生命智慧的彻悟境界。真可谓"一叶知秋意，一树识菩提"。"人挪活，树挪死"这句话包含两层哲理：换一个环境发展，可能会成功；遇事不顺利时，换一种心态和思维方式，也许会更好一点。

"人挪活，树挪死"，人在一个地方待久了，随着年龄的增大、家庭琐事的负累，对安逸的需求大于上进求胜的欲望，人的惰性就越来越束缚内心，没了斗志，最终就在这个舒适区不愿出去了。天长日久，就逐渐成为碌碌无为的人。人有时就是要逼自己，挪一挪，换个环境，激发斗志，奋斗出一片新天地。

"此处不留爷，自有留爷处"，江湖一点；离乡背井讨生活或许很无奈，但未尝不是挪活自己逼迫自己，爆发潜力、激化斗志的方式。奥里森·马登说：人的内心深处存在着一些沉睡的力量。人们会为之惊叹，却从未想象自己会拥有。这些力量一旦被唤醒并付诸行动，生活就会被彻底改变。

"人挪活，树挪死"，"挪"不仅指的是一个地方，也指的是一种心态、思维方式。人在某些事情或某个环境中努力了，还没有什么成就，换一个地方发展，换一种心态、思维方式，也许会更好一点；成功的道路不止一条，条条大路通罗马。总而言之，对待生活、工作、身心健康等任何状况，都不能执着于一种方式，不妨改变一下，人生可能就此迎来转机，找到一条更加光明的道路。

千万不要以为混得不好，换个地方就会有所改观。因为，急需改变的不是位置调整，而是自己思维方式的改变，从而提升自己的格局与层次。环境的改变，只不过解了一时之忧，解不了你一生之困。总之，当我们遇到问题时，一定要全方位地思考权衡，或许挪动了之后，真就有可能会更好。不过，事情都有特殊与普遍，有外在表现与内在感受，万万不能一言概之。

也许我们都是一棵被移栽的树，经过一场大雨的洗礼，你适应了，就会接受明天的阳光，长出新芽；也许你不适应新的土壤，拒绝接受另一种方式的给养，那么明天的大门将为你关闭！也许我们就是那棵树，大多数人会适应，不要去抱怨，努力接受新的开始吧，愿每个人都是参天大树，经得起风雨，希望能够绿树成荫，为人遮风挡雨！

画的朝阳却成了落日

做真实的自己，不为外事所牵绊。过于在意外在的评论与看法，总想在人前“显圣”，那样会活得很累。

一些虚幻飘渺的东西，我们煞费苦心，盲目而急匆匆地追赶着，实际是在奔赴一个他人早已实现过的目标。我们只是重复着他人走过的路，在别人的残羹冷炙中刨食着以获取零星营养。

天马行空或独树一帜是很难的，需要特立独行，认识自己，看清世界，不然就会泯然于众人。没有两片一模一样的叶子，即使是同卵双胞胎，这个世界也不会再有另一个你。别自卑，你永远比你自己想象的要好。生活总有些事会让人无奈，人生总会有些情令人悲伤，人只有经历了才会成熟，痛过了才能有深刻的领悟，每个人的成长都来之不易，但若能撑过来，仍是幸运的。圆规能画圆，因为是脚走心不变。人不能圆梦，多数是因为脚不动或者心不定。这世界上我们最崇拜的只有一种人，就是那类不一定聪明，却能认定目标勇往直前、义无反顾的人。

孩子，不要抱怨，听课太困，作业太多，跑步锻炼太累，睡觉太少。其实人都是这么过来的，前程似锦必须熬过这些艰难的日子。中年的人们已经心有余而力不足，多渴望还能如少年一般，重新再熬一次。可是，中年人现在想画的那颗旭日，在笔下不知不觉画成了落日，晨霞画成了一抹夕阳；不是太阳变旧了，而是心态老旧了。

若想得到世界上的最好，得先让世界看到你的最好。

假如喧嚣遗弃了你，你就静下心来，看看书，按时睡；淡定、柔和、大度、善良，充满着爱和希望；当一切世间喧嚣邂逅了你，你就不亢不卑，用微笑、用热爱、用坚毅，化为和煦春风，吹拂大地，轻敲人们的心灵。或者偶尔主动从喧嚣里退出来，保持宁静，观察一下这个世界。工作或者生活不会总是热闹的，所有灿烂的时刻，最终都要用孤独来兑换。只要愿意，你可以选择孤独，成就灿烂的人生。也可以选择热闹，过着平平凡凡的小市民的生活。

梨子、苹果的追求

梨子苹果的追求，不只是嫁接问题。

一群文化人纠结，马褂套穿西装，马褂在外还是西装在外，这不只是中西合璧或中西结合的问题。

一张名片，给企业的是诗人，给学界的是经理，给过往平民百姓的是教授，这些无疑都不能说明他的身份。

有一种“好人”比坏人更要提防；有一种“好事”可能更糟糕。

一个人不爱自己，口口声声去爱别人，一定有他自己潜伏不浅的打算。不懂得对自己好的人，一定不懂得如何对别人好。不能妥善安顿自己父母、对父母冷漠不孝的人，却捐大量钱财做慈善，悉心照料孤寡老人；不养自己的孩子，却领养他人孩子。这人一定是很危险的人。

苹果与梨子是两类不同的水果，不应梨子成熟于夏天，而苹果成熟于秋天，如果彼此羡慕，借此逃避风雨或风霜，是件不值得提倡的事。几乎所有果子在成熟前都是苦的，岁月风雨或风霜才是发酵剂。

我们羡慕他人，是没有看透人的本性。一个人真正的成熟，不是西装革履优雅的谈吐，而是承担，能够承受积极的痛苦。

我们如同生长在同一个果园的梨树与苹果树，曾互相陪伴，却如此陌生。我们如此相似又如此不同，本质相似但各人有各人的表达方式。犹如苹果与梨子，都是水果；如同不偏私的时间，我们的本质是人。拥有人一样的人生，人一样的生活。人生是苦的，不容我们一丝安逸。我们的眼前布满了人生一道道坎，跨过去便是门槛，跨不过便是无底深渊。

时间最不偏私，给任何人的一天都是24小时；时间最偏私，给任何人一天都不是24小时。你我每个小时是不一样的，今天的24个小时与昨天的24个小时也是不一样的。

你的每个小时不是我的每个小时，今天的24个小时也不是昨天的24个小时。

不要相信手掌上的命运纹，握紧拳头，才能打出一片天地。我们的生活原本沉闷，但跑起来就有风。现实生活中，演绎着无数个龟兔比赛。能到达金字塔的只有两种动物——蜗牛和雄鹰。

苹果有苹果的生存环境，有苹果的“思维”，梨子有梨子的生存环境与“思维”。而我们人类，各人的处境与思维方式也迥然不同；我们都要成长，都要成熟，人生都得升华。对待人生的态度，对待时间的态度，不同境界决定了不一样的行动。彼此可以借鉴，但不值得效颦。

余勇可贾

自诩强大的人类，自吹发达的科技，面对世界，内心依然充满无奈与无能为力。就像某天，我们的车堵在办事的路上，无论想往哪一个出口离开，都无能为力。对此，除了默默承受，便只能感到自己的渺小。

我们无法选择自己的出生，谁将是自己的父亲，谁将是自己的母亲，出生证如同千万张彩票，随时等着开奖；有些人含着金汤勺降临人世，从母亲怀孕那一刻起就是豪门公子、富家小姐；有些人出生在贫穷家庭，吃不饱穿不暖。对此，谁有选择权，谁去抗议，就连成年人终生也得随波逐流。

永远不知道，明天和意外哪一个会先来。人生常事是好人命不长，坏人无恶报。生命渺小，在飞来横祸面前，尤其如此。就像疫情的暴发，地震的祸害，人们无能为力；看着自己的至亲至爱挣扎在生死线上，除了心痛，人们无能为力；生离死别面前，除了眼泪和心碎，人们无能为力；至亲至爱离世，人们来不及拥抱，来不及说声再见，就算呼唤再如何撕心裂肺，也无法改变生离死别的现实。

光阴流转，除了感叹时间的飞逝，谁都无能为力。人生充斥着太多的无奈和遗憾，一去不复返的时间，回不去的曾经，我们心存遗憾；不断地失去，不断留下的遗憾，这都是我们无能为力的事情。

人生充斥着太多的无奈和遗憾，时间的一去不复返，回不去的曾经，我们心存遗憾；逝去的童年，逝去的青春，容颜已变，花开花谢，每一个阶段，不断地失去，不断留下的遗憾，这都是我们无能为力的事情。

我们自认为强大、坚强，如刺猬，甚至连狮虎都无从下嘴，可是寒冬照样让刺猬迫不得已冬眠，而此时，刺猬成了最不安全的动物之一。

我们唯一能做的，不是束手无策，而是劝自己勇敢，力不能支时，余勇可贾！

画虎类犬

灯光下，影子与我的身体纠缠上了，位置不同，影子忽而巨长，忽而缩成一团。巨长时，影子笑着说，你不配做巨人，缩成一团时，身体没有底气，怀疑自己真的这么卑微?

我见过赌石的那个心惊肉跳的场面，一刀切，有人瞬间富可敌国；一刀切，有人倾刻破产，不名一文。很多人如同赌石般纠结。内心深处，很多人常问自己，我是一块璞玉么? 若不是，为什么要刻苦琢雕；忽而又半信自己，我是这么与众不同，应该是块美玉，故心高气傲，不肯庸庸碌碌，不肯与瓦砾为伍，如鹰不肯混食鸡群。于是渐渐地脱离凡尘，疏远世人，结果，几次挫折，几次碰壁南墙后，仿佛一刀下去，真相大白，自己不是那块璞玉。于是快速泄气，缴械投降；长叹一声，天不济我矣！现实生活中，我们惯见多少“怀才不遇”者，受挫后听任无端愤懑与羞恨，以致日益助长内心那怯弱的自尊心。

人生充满无奈与无力，心有不甘却又无从发力。年少时，初生牛犊不怕虎、傲气比天高，生活一圈之后，发现自己不过是个普通人，但又不甘心做一个普通人，日日纠结，碌碌终身之外，还染了一股酸味，愤世嫉俗。

正如影子与身体纠缠一样，风是拉不长影子的，光是压短不了身体的。身体的高与短是实实在在的，如同诚恳本分的普通人。那么做个普通人也没什么不好，或者做一个不那么普通的普通人，就从一个个小行动开始，比如开始读书、拍拍照，画画画，甚至做些美食，朋友圈里晒一晒…… 做一个有兴趣爱好的快乐普通人!

说到底，人的一生如风，最终无踪无影，何必纠结自己是驴、是马、是玉、是陋石；人生短促，还是少做些画虎类犬的事，当然也不能今朝有酒今朝醉；心胸坦荡，凡事尽力，无时无地不去珍惜现有的一切，不是无奈却是解脱。

一年总结，最不容易的是自己

一年走来，最不容易的是自己。清晨到天黑，年初到年尾，忙忙碌碌、奔奔波波又一年了。

病了得撑着，累了得扛着，难了得顶着，苦了得藏着。生容易，活容易，生活真的不容易！

这一年，东奔西跑，疲惫不堪。男人是一家之主，大当家。即使社会上混得再不堪，男人是家的顶梁柱，是儿女的一角遮风挡雨的屋檐。男人就得拼搏，奋力向前，就算心里有千种心酸，也会绝口不说；就算泪水盈满了眼眶，也要忍着。虽说命不由己，上苍还是垂青，我们还活着还健康，可以留在人间继续拼搏。

人这一辈子过得很吃力。肩上的担，纵有千斤也要承担；脚下的路，步履再艰辛也要走完。因为心地善良，受了不少累；因为老实忠厚，吃了不少亏。面对人心叵测，面对一切困厄，面对一切该面对的。这一年走来，最不容易是自己。

其实，不能让自己强撑，哪个没有疲乏崩溃的一天？不必让自己为难，谁人没有泪水流下的瞬间？

我们不是神，是人，直视心灵脆弱又有何妨？不要掩饰忧伤。我们是人，不是神，不要假装坚强，承认身体疲惫又能怎样！要庆幸，命运并未把你推下悬崖！

谁知压力压身之重？谁知压抑刺心之痛？身体不是铁打的，该休息时就得休息；心灵不是铁石，想哭泣时就去哭泣。允许自己小小地颓废一把，然后抹干眼泪重新出发。不要抱怨，因为抱怨同样不能解决问题。

唢呐声声，也要楚天阔，也要大江流

有一年我出差到陇西，当时情绪低落，觉得自己是命运的弃儿，百无聊赖，这种感觉是人生中真正的贫穷。怀着绝望的心，我在街上漫无目的地挪动着脚步。

忽然，一曲豪迈的唢呐声传来。我循声而去，见到一位年老的盲人，正使劲地吹着一支有些年头的唢呐。我拿出一张10元的票子凑拢过去，却不见放钱的盘子，便问："兄弟，请问，这钱，放哪里？"老人却说："谢谢，请别给我钱，我只是自娱自乐玩一玩唢呐，体会一下唢呐的滋味，不要钱的。"

顿时我震撼强烈：夕阳西下，一个年迈之人，还如此陶醉于人生。我，正值壮年，有什么理由想逃离人生的轨迹！

听风望远，不远之处便是无垠的大漠，一轮滚圆的落日，阳光模糊，眼前，一个年迈的老人，吹着唢呐，面对落日，这情景又让人们的心灵再次受到冲击。

老人吹奏了好几曲，我忽然觉得，这块黄土地上，不能没有唢呐，也不能没有唢呐声。黄土地的醇香和唢呐奏响的曲子，融为一体，形成独有的中国风情。唢呐声，时而豪迈，时而高亢，时而细腻，时而低沉，完美诠释了发生在黄土地与老人身上的点点滴滴。

一说到唢呐，首先想到的便是农村的红白事，不错，唢呐和芦笙，几乎是农村红白事的顶梁柱。唢呐是乡村最为嘹亮最为通透的嗓音，因为有了它才使人渲泄热烈，让人感动，让人奔放。这也让它成了生长在乡村中与泥土最为接近的乐器。

我是一个乐盲，独处时却喜欢倾听传统乐器的演奏，不知不觉喜欢唢呐。听着唢呐吹奏的曲子，脑海中浮现出唢呐艺人鼓吹时不同的形象，头顶之上，蓝天浩荡，白云渺渺；远处是浩渺的大山，连绵不绝，还有深浅不一的沟壑草地，林带苍翠。有时是窑洞，瓦屋，楼堂，馆所；有时是苍茫的农田，荒地。喇叭口朝天，唢呐杆子倾斜，飘带向下，艺人宛然雕塑屹立，鼓吹时表情或愉悦或肃穆，目光专注坚毅。

少年时，认为唢呐和那些与美好有关的乐器是格格不入的，唢呐太土太俗，有些野蛮。我们会用浪漫来形容吉他，用高雅来形容钢琴，用悠扬来形容提琴，用婉转来形容箜篌，用沧桑来形容胡琴，哪一个形容词适合唢呐呢？

古典吉他有一股与生俱来的浪漫风情与清澈的忧伤，吉他声调平淡优雅，从容如水流淌，温柔的低语很容易击穿少年敏感的心灵，让寂寞的少年沉溺。一个忧郁的男生，独自坐在午后操场的木质长椅上，抱着吉他轻轻地弹奏，手法娴熟，浅吟低唱地弹奏着一首令人心醉神往的曲子，旋律在操场的上空飘荡。曲声里仿佛一个少年走在荒凉的旅途上，他正在寻找温暖的避风港，是流浪累了还是心茫然了，是否找到了安慰的温暖，是否找到了那间小小的阁楼，一扇朝北的窗，让人望见星斗。这一幕像极了我们的青春。

到了中年，能静下心来听雨，做个安静的倾听者，在寂寥的夜听一夜无眠的心。很多夜里，从QQ音乐下载一些锁呐独奏。逐渐喜欢上锁呐嘹亮的声音，与唢呐的旋律一起欢乐，一起悲伤，越发像个乡村人。小时候家乡土地上斑驳的往事，在唢呐响起的瞬间就变得灿烂起来，泛出一种鲜活的记忆。

我已经想不明白是喜欢唢呐还是它吹出的曲。《百鸟朝凤》《状元游街》《放风筝》《祭灵》《雁落沙滩》等，是唢呐的保留名曲。在民间传唱最负盛名的戏曲则是《抬花轿》，《抬花轿》的配乐，非《百鸟朝凤》莫属。甚至一度人们忘记了这首曲子本来的名字，而直接称之为《抬花轿》。

20世纪80年代兴起的四大名著电视剧，每一部都有专属的音乐和乐器，《滚滚长江东逝水》，横槊赋诗配上编钟，才大气磅礴；洞箫音色辽远，意蕴悠深，像极了一个中古走出的君子，风雅，却不事张扬。《枉凝眉》，用洞箫才会展示出那种歌舞满场的繁华和陋室空堂、衰草枯杨后的大彻大悟；《云宫迅音》的琵琶之声仿佛仙气缭绕；至于《水浒》，则非唢呐莫属，而这首唢呐曲子就是《一枝花》。

《一枝花》悲凉至极，是葬礼上的专用曲。随着厚重的唢呐声，83版电视剧《水浒》片头曲悲凉地响起，不见人们肃立，无人长跪不起，却一股清凉气息扑面而来，仿佛黄叶秋风萧瑟的秋天忽然而至，一本颇有历史年代感的荣兴堂线装书渐渐被翻开，一个个英雄好汉的刻板画也渐渐展开，一段沧桑厚重的历史，如一幅精彩绝伦的画卷，在阵阵马蹄声中缓缓铺开。

这首曲子是这部电视的绝配，打虎英雄武松是水浒人物中浓墨重彩的一角，当堂堂的英雄在哥哥的灵前焚纸垂泪的时候，悲凉的歌声响起；当好汉英雄披枷戴锁，在残阳之中踏上刺配孟州的路途的时候，这曲《一枝花》悲凉地响起，是导演恰到好处的安排，还是英雄此时内心深处真情的悲歌，英雄总有柔肠百折、垂泪泣血的不为人知的一面。

悲凉的歌声，犹如秋风，虽不冷冽刺骨，却如落日残阳悲壮，似乎《水浒》中的多数英雄好汉的一生都能用《一枝花》来演绎，一支唢呐曲子哀怨诉衷肠，演绎尽了英雄的悲欢离合，原来好汉们手中饮酒的大碗，盛载的是辛酸无奈但却又不得不强忍下咽的泪水。是啊，唢呐既可以演奏出悲凉的曲调，又可以吟诵出欢快的声腔，悲中有喜，乐哀相长。关键是悲凉却不失乐观，得意但却不会忘形。千年唢呐万年箫，一把二胡拉断腰。百般乐器，唢呐为王。

一支唢呐，如同一场雨，清洗秋天，残暑尽退，苍凉和清欢，晨曦一般地醉人，只是短暂。一支唢呐，如一场风来，把爽秋吹进心里，豪迈和柔情深埋在秋风里，即便是飘零，也要相互照耀。人生亦是如此，也要楚天阔，也要大江流。

世间没有快活人

你是否为事业不顺而沮丧？所追求的，也许最后是一场空，如同捧水月在手；不是你不够努力，手掌里的水不多，而是一开始，结局已经注定是水中捞月一场空。人生越往后，越不能随意挥霍，越挥霍不起，时间越珍贵。一回头，你所执着的人和事，早已成为往事，青春不再。真是人老时光急！

你是否为友情烦恼？人与人，合不来，就算了，不能勉强，合得来就多珍惜，多相处，多享受这种交往。很多的好会在利益面前突变，清纯的情谊也会慢慢蜕变，听见的夸赞有时是表面上的，有时变得更好，有时变得让你更痛。心底的善良会被一点点剥蚀，人与人之间就像是一通电话，无论多热闹还是多冷场，最终不是你先挂，就是他先挂。你要和谁在一起，大可以顺其自然。

我们都是世界的客人，“客随主便”，输掉多少都别输掉心情。人生路上，我们打破的是自己的观念，是我们的思想，而不是现实。在人生跑道上，战胜自己，才是命运的强者，战胜对手，只是赛场的赢家。拼搏了你才会知道自己多优秀！加油！

人生就是过客一场，纵有千百种滋味，最多的是落寞，绚烂总是一瞬间的事情。我们就记住路过的那点精彩和幸福，钱财、名利、地位都看淡一些，心就没有烦恼了；看透了，世界就简单了。人生本无事，庸人自扰之。你越执着什么，就越容易失去什么。而且，过于执着便容易急功近利，反而功亏一篑。比如你过分执着人生，总是跑步前进，不是迅速地达不到某个目标，而是一口气跑到死亡的终点。人生一世，不一定有控制一切的权力，却有人愿意为你付出，为你牵挂；不一定拥有足够的财富，却拥有无数的关爱；不一定拥有至高的地位，却拥有许多对你微笑的脸。这样的感动来自亲情，来自友情，不仅仅是爱情，更来源于内心时时刻刻的牵挂，来自彼此的惺惺相惜。

那就顺其自然，淡看名利，笑看风云，活好每一天吧！

快乐的境界

至中年，心不知所处，谓之孤独。思绪浮乱，四顾茫然。

天堂的路有多远，我不知道。但我知道，每个人都得往这条路上走。有人走得从容，有人走得急促，有人跌跌撞撞，还有人未弄明白什么原因，就船到码头车到站了。

在这没有回头路的“时空列车”上，没有人能透视远方，却无人不知结局。

杯茶盏酒之际，我常思考：人活着，究竟什么才是最重要的，名、利、亲情，抑或健康，我不得而知。作为芸芸众生者之一，如何“功德圆满”度过此生，确实颇费思索。

当今世界，鱼龙混杂。捉襟见肘的“孔乙已”不乏其人，腰缠万贯的“大老粗”比比皆是。耿直、老实透顶之流无疑成了滩涂上的龙虾，只有等着做干锅的分；而一些善于谄媚狡猾之辈在社会大潮中如鱼得水，青云直上。

环境造就人，影响左右人的一生。史上不乏其例。柳宗元闲游小石潭，苏东坡夜访承天寺，陶渊明采菊东篱下，龚自珍吟鞭东指即天涯。人生苦短，史实可鉴。与其无休止争执导致的结局也不尽如人意，不尽人所愿，倒不如退避三舍，让那些跳蚤狂蹦至累死为妙。

思虑至此，莫名其妙地高兴起来，这不是阿Q的精神胜利法，但烦躁消失了。人活着，没有疾病的缠绕，没有烦恼的羁绊，衣食无忧，境界将是何等至纯至美。野鹤闲云，羡煞神仙！富也几十年，穷也几十年，健康快乐常伴，穷一点又何妨？

怕小人不算无能

不与小人较真。过于较真，如同用力过度一样，损耗过甚，自毁根基。小人却巴不得你较真，你的百般无奈，苦大仇深，都是他喜闻乐见的。不与他较真，才是对小人的最大漠视和打击。

做人决计不要与小人厮混，混久了你就会被贴上标签。在多年以后回头看，与小人交往的这一段，会是你人生汤锅中的几粒老鼠屎。

林子大了，鸟有各色各样；小人无处不在，有些小人却是无法避开的。那么，如何与小人相处、共存？

面对恶人持凶行恶，倘若没那能力，就不应挺身而出、赤膊上阵，而应报案，让专业的人来处理专业的事，也不要被恶人惦记上。

倘若邻里有小人，便可绕行；若亲友中有小人，则躲避不过，也要避躲。避免与小人直接打交道，避免谈论他们，避免发生冲突，甚至要避免人情往来。并非智商不够碾压小人，并非力气不够胖揍小人，并非忙碌没工夫搭理小人，并非怕小人，而是不值得。与小人纠缠是件特别损耗人生的事，将生命和快乐浪费在小人身上，不值得。

不幸被小人纠缠上，是一种可怕的事。这种怕如同慢性中毒，怕被纠缠，怕被影响，怕被暗算。

可是，“敬君子方显有德，怕小人不算无能”啊。

Part 8
第八辑

情感是漏洞百出的雨伞的补丁

秋天，珍藏那份人生遇见

季节转换了冷暖，转眼间，秋意浓。一派秋的清寒俨然呈现在眼前。落叶纷飞，伸手触摸一片，仿佛抓住了如落花飘飞的思念，那可是已在耳畔萦绕半生的沧桑和遗憾。这一季秋，安静，清浅。一如自己大学五年不深不浅的经历，安静地倚在窗前，看花开叶落，看流年转换，虽然这一切早已沉浮于时光深处。今天，我来到校园，仿佛一切都在眼前，这个秋如此熟悉，以致我能感知：也许，明天，叶落，一地的金黄。

忽然想起原计划与班上同学来学校聚会纪念入学三十年，因故未能相聚，甚为遗憾。忆当年，我们同窗时心境是如此清澈简单，在操场旁，倚栏而坐，一曲清歌，任所有的繁华，在目光里辗转而过。那时，我们年轻，都觉得年老是很远的事，其实它可能短得你都看不见。转眼间，我们还没有学会成长，却已是持重的中年人了，生命已过一半多了！岁月多情！岁月说，我爱你时，你才那么闪耀；岁月无情！岁月说，我不爱你时，你什么都不是。这句话不但适用于爱情，也适用于人生。同学们，珍惜你认为值得珍惜的，别让生命留下惋惜！接下来，我们将面对人生的后半场，要学着去珍爱自己余下的生命。

伫立在操场边的樟树籽结籽落，年年依旧，穿越无数高楼大厦的远处，天边依然云卷云舒。毕业二十多年，我们是否因看透红尘的冷暖，而心依然火热或已冷漠？当年那任性的脚步，如今已不再纵情游走，心灵依然盛载着诗与远方？中年之后，我们是否还奔波挣扎于红尘泥泞之中，还是择一隅清幽，修篱，种菊。我衷心希望同学们都能安度一世的春秋。

此刻，我踏一路的轻盈，置身于母校尽染的秋境中。听，风的声音；看，叶的飘零。心头，也无欢喜也无伤情，只静静地享受这片刻时光的清宁。

深秋中的缓步，思绪，又攀爬上心墙，想起我们初识的美丽。

天凉了，在落叶堆积的秋风里，我得道声：同学们珍重！秋已深，记得要添衣……

有一种亲切，当我看到你的名字时

人依旧，物依然，又是一年。在新年旧年时光的分界线上，是谁在陪你度过往年的分分秒秒？又会是谁陪你迎接新年的第一缕阳光？当我打开手机时，满屏都是朋友的问候与祝福。

有一种亲切，看到你的名字就温暖；有一种微笑，看到你的微信就思念；有一种独白，看到你的信息就诉说。谢谢你，我的朋友，又陪我走过了一年365天。

谢谢你，我的朋友。虽然没有常常聊天见面，但是你一直都在，就是给我最好的暖。

谢谢你，我的朋友。我们有缘彼此遇遇，彼此陪伴，时间流转，我们不说再见。

谢谢你，我的朋友。你在分担我的痛苦，你在惦念我的冷暖，岁月变迁，真心我永远不辜负，真情我永远不遗忘。

谢谢你，我的朋友。我的以前你没有参与，我的现在你足够了解，我的未来你也别走远，相伴这一生的每一天。

新年，我想对你说：按时吃饭，准时睡觉，冷了加衣，病了休息，一定要照顾好自己。身体健康是我对你最真诚的祝愿。

新年，我想对你说：心疼自己，钱够花就好，别再玩命地去挣。一生平安是我对你最大的心愿。

新年，我想对你说：不要在乎太多，谁的生活都有风有雨有波折，就当作是生命的一种体验。

新年，我想对你说：不要困扰折磨，谁的心情都有酸甜苦乐，就看成是心灵的一种历练。

新春的阳光再次刷新地球，我们以喜悦之心迎接新年的第一抹朝阳。让我们在新春之际，添加祝福和期盼，拷贝所有快乐，粘贴进新年的每一天。

结伴而行，人生善缘

人与人，如两滴水珠，明明都在人潮中，却近在咫尺也无缘相识。

人与人，如两个相望遥远的岛，水下有大地相连，有水相通，其间还有更多的缘，如桥的搭接，水浪的相连。

日常，你我结缘的方法有很多种。

主动与他人闲聊几句，打个招呼，是语言上的结缘。给擦身而过的人包括路人一个微笑；给一个孤身在家的亲朋好友打个电话，聊聊天，善言几句，是心灵上的结缘。

给路人指指路，是一种结缘；向遇到困难的人伸出援助之手；给邻居孩子上学前送一本字典，将是让人记上多年的好礼物；记下自己对人许下的每一个承诺，珍藏并不时检查，若因故完不成，就跟人家诚恳地道个歉，更是结缘。

多个朋友多条路，多个熟人多个机会，在世间要有缘才能生存，有人步步难行，那是因为他结缘不广；有人做事方便，那是因为他善缘甚多。

做慈善是一种最佳的结缘。慈善的最终目的不在于给予了多少，而在于有没有一颗同情和善良的心。慈善不应该是富人良心发现时无计划的恩赐和施舍，而应该是每个人从内心深处发出的对他人的同情与关爱。

我们没有钱，没有势，但我们一样可以主张“日行一善”而结缘。不富裕并不说明就没有帮助别人的能力，正如俗话所说的，千里送鹅毛，礼轻情意重。其实慈善就在身边，就在一转念间，就在举手投足中，就在眼前。现在就开始，一定要相信，你能！

相信新年会好

早上，退休多年的大学老师赵佳莲给我发了一条新年祝福的信息，我未及时回复，她一个小时左右后致电问我，今年元旦为何未发信息给大家，言语中满是关心。对于我这样曾经有过事故的人，佳节给朋友与师长报个平安已成了多年的习惯，也成了他们默默牵挂我的习惯。

站在新年的门槛上，蓦然回首，盘旋心田的五味时不时地袭击着我们的心灵，纠结在脑际的无奈缠绕在心头，难以释怀。

撕下最后一纸日历，生命又被画上一道年轮，一种淡淡的忧伤不由得在心田泛起，岁月流逝无情；悄然远去的一年，岁月的足迹里，留下或深或浅的印痕，记载了一年的喜怒哀乐，也记载了我们的情深义重。经年回望，朋友们不离不弃的陪伴与厚爱，让我不再惧怕岁月风雨，路途遥望坎坷。

一个表情，一条留言，一句淡淡的祝福与问候，跨过万水千山。无限温馨与美好，宛如拂面的春风，一路风调雨顺，百花开，心田上空阳光明媚；也让我寒来暑往的路途，从此不再孤寂、落寞。

似一把无情的刻刀，岁月无声在我们每个人的心上刻下了或深或浅的痕迹，总有一种微妙的牵挂与想念，如微笑轻风般自由流溢于心间。彼此之间，相知相惜，生出的殷殷情谊，更是你我的坚持与守候。

为了这份沉甸甸的信任与期盼，为了不忍风干梦想。一如既往，用一抹淡墨，我试图勾勒青葱岁月；用一纸素笺，尽力包裹好沧桑。书写好在这个不缺温暖人世的自己的节奏和心曲，让温暖，覆盖了冬季的寒凉与萧素；让牵念，沉香了岁月的苍老与苦涩。无论快乐还是忧伤，过去一年的岁月，酿成温馨的记忆。

每个人都比自己想象的要强大，但也比自己想象的要普通。只愿你我还能静守内心的那份淡定与从容，观云卷云舒，看日出日落。愿岁月静好！新年万事如意！

我的党校同学们

两个月很快过去了，转眼又到了年底。今天，许多同学都在忙着盘点两个月或者即将过去一年的得失，我亦如此，忍不住回望全年。

时光荏苒，白驹过隙。转瞬即逝，时光就这么匆匆前行，喜忧参半，酸甜苦辣，一月又一月，一年又一年。过去的一年，感谢有你！因为与你们同窗，我的思想与灵魂走得更远。没有同路人的时光是孤独的，拥有同路人的光阴是幸运的，我很幸运，有你们的陪伴。前方的路还有很长，过去的路也值得回味。回首即将过去一年的最后两个月，我的世界发生了太多意料之外的事，好在我仍在前行的路上。因此，忍不住想感谢陪伴了我两个月的你们，我每天的碎碎念和小想法，在学校一起散步兜圈时，你们在一一倾听。来年，愿我们一如既往地走在计划不如变化的路上。这是充满未知和变化的一年，是一言不合就上位的时代！人生，似乎没有什么是不可能！

年关将至，交通运输部门工作的同学在课堂上还要考虑无数人期盼“团圆”的交通；也有同学身在长沙，却关注着北京的雾霾；我也在思考男性健康与高品质生活的医学问题。

更多的大事需要你们去思索，我只能简单地说一句，思维时多宏观，多形象，远离中风与痴呆！岁月是一把无情的刀，可以刻在我们的额头，留下了或深或浅的痕迹，但尽量不要在我们心上留恨与身体上留痕太深。

2019年，丁亥猪年，中国人的中国年。亲爱的同学，又是一年更替，我想对你说几句话：生活的路上，我们不用跟别人比，只需要做最好的自己。我们今天不和昨天比忧伤，内心无忧、精神脱困，对错很重要，善良更重要。不光有知识，更要有见识，多远行，趁年假时多去看看世界。当然，要记得新年开启，先定下一个小目标，看如何能为社会做更多有意义的事。

毕业在即，新年在即，我有很多愿望，唯有这句最重要：祝你们一切安好！

沧桑酿造

二十多年了，一场同学聚会便能写全人生的春夏秋冬，有人眼含悲凉，有人满面沧桑，有人满头风霜，有人春风得意，有人一脸惊喜，有人成熟冷静。

这些年，尽管我们不曾一起共历沧桑，但我们有相等的时光长度。那些在生命中逝去的时光，被收藏在心中，渐渐发酵，一丝丝地改变我们的容貌，雕刻我们的脸庞，姑且就叫作沧桑吧。

到了中年，我们还不能倚老卖老，简单自负，说自己走过多少桥，吃过多少盐，看破了多少红尘，明白了多少沧海桑田。

人生百年，不说比海，不说比磐石，仅只比山，山如人一样有生命，一出世就有十万年，打个盹两千年，翻个身八百年。我们这些肉胎凡人，是无论如何看不破沧海桑田的，不是实力不够，而是时间不够！

人到中年，余生说长也不长，说短也并不短，但是余生中，我们要面对的问题并不会比年轻时候少，反而会更多更沉重。若有机会，二十年后我们再聚，还能从人群中将彼此辨认出来，这需要我们花大力气。如何活好？这是一项需要我们共同努力的技术活。

余生最要做的，是保持一颗年轻心，一颗时常喜悦的心，坦然面对大大小小的坎坷。人生就是一堆堆顾虑，一堆堆忧愁，一堆堆重负，如同山上的草木与土石。我们得像山一样坦然接纳，不能动不动就耸耸肩摊摊手，最终土崩瓦解。

月过十五光明少，人到中年万事休。中年特别容易迷茫和焦虑，年轻时的梦想依然遥不可及，生活的重担却早已压在身上，职业生涯已过黄金时期。

然而，我依然希望同学们，保有少年心性，激情不歇，在工作中或者生活中，有新的热情与目标，并以此为幸福快乐的事；愿大家保有好的心态和身体，逆风而活成少年，眼里都是星光，心中仍有梦想，脚下都是长路，每天都充实而笃定。

2021年总结，2022年思考

2021年真的成了历史，新年伊始的时光里，我早已没有兴趣发泄情绪，过去的一年无论好的坏的都要接受，一切都已过去，还有什么理由拒绝？

静下来的时候，我不禁扪心自问：到底要一个什么样的结局才能让自己配得上这一路上的颠沛流离？

现在所有烦恼，都来源于你的实力弱小，来源于你的存款太少。实力强大了，你更能感受到这个世界的美好。这点认识似乎太狭隘了！烟火味太浓。

曾经流汗，坚持与艰辛的日子，终能让自己明白，除了用欣赏的目光看世间，除了自己不断思考，不断成熟，不断坚强，别无选择。

过去的一年，活得实在才是真实的，日迈月征365天，只有自己的脚才知道鞋子是否舒适，只有自己的心才知道疼有多痛。或许自己的感受才是真实的、正确的，无论别人道三说四，我绝不打乱自己的节奏，喜欢的事自然可以坚持，不喜欢的怎么也长久不了。

其实，无论你喜欢不喜欢，什么样的季节都是美的，只要你善于欣赏，便会发现不同的每个季节，不同的美也藏在其中。其实，如果喜欢，每一年、每一季、每个日子都是好的，你经历的，你能够体验到的，都是幸运的，即便跌跤，只要不是恶意人身攻击，只要是善意的批评，都是岁月的打赏。

何必要求自己拥有什么，生命如尘，我们都是时光的过客，百年人生，倏忽而已，谁都是在红尘短暂停留，喜欢就好，活着，就应该感觉真好。我们并不会为谁而活，能活出自己的精彩，无需别人看见，初心依然，发自己的光，照亮自己的人生。

岁月不居，删繁就简，无数次地砍掉生命中的细枝末节，不知不觉中，便将我们的年华带走，删掉或减消，只剩一些感慨。即便此时年味正浓，还有刚刚走过的岁月，转眼之间也会成为遥远的回忆。

窗外的风，依旧寒冷，生活虽无波澜，而世界依旧精彩，有一些惊喜。

只是盼望已久的雪还是没有降临，但干枯的梅花树枝开出红色或白色的花朵，琼枝玉叶，越来越美丽。2021年冬季很冷，天气预报说，有强降雪。人生有许多事是值得等待的。有时是一树的樱花，有时是一段旅程，有时是用一生等待一个人，而我一直在等待这场瑞雪。我认为有了雪，灯火可亲，人间更温暖，经雪洗涤的世界更干净，经飞雪席卷过的天空会更蓝，更适合我们的梦想来飞翔。

也许，等待会让我们了解更多人生的意义，也会有一天，你会突然发现柳树有了细嫩的小芽，寒冷消失，我们记忆中的年味远去，剩下一些希望，继续勾画人生的风景。

简朴的生活，普通的生活，也一样会被岁月冲淡，淡到没有任何感觉，时光流逝太快，我们的追寻与梦想，总是跟不上。

静下心来思考，我们的时光去了哪里？怎么突然就老了？岁月却不动声色，时光静静流淌。每个人还得以自己的方式度过，或不得不做出选择。

人生，也有太多的禁不起考验，不要直视太阳和人性，你会发现一些扭曲和寒凉，让我们脆弱的心灵承受不起。当你对别人没用时，人性就是自私的；当你对别人有用时，人性就是善良的；当你能帮别人赚钱时，人性就是忠诚的；当你阻碍别人赚钱时，人性就是险恶的。

远离那些让自己不舒服的人和事，用更多的时间去思考，去向往未来，去读懂人生，更关注现在。

红尘行走，我们既是一个旅者，也是一个哲人，用生命践行，用心情感悟，看似平静的人生，却又暗流涌动。你要知道，冥冥中，自有天意，世界上的一切，都在永不停息地运动，互相制约，彼此影响。

2022年就这样来了。我们尊重自然的规律，更尊重季节的更替，欢庆喜乐，或许是因为节日美好而更显得短暂。

人说，耐不了孤独的人是书读少了。但是，人间何处不是书，行万里路也是另类读书。社会是一所货真价实的大学。人世间读书人千千万，但耐得寂寞者依然廖若辰星，要能思想者极少了。二分读书，三分思想，五分实践。关键是能思想，才能发现问题，拓展与联想。这样的人不会骑在墙上，左右为难，无端痛苦！这样的人生才能丰彩。

用心去读、去感受，人生什么时候都不缺少美好；季节也一样，无不是美好的。

人生，好的坏的，都是短暂的，就如同我们的生命，弹指一挥之间，已经两鬓斑白。

当我们老了，在岁月的时空中，我们每个人都是苍穹里的一颗星，有自己的光芒与美丽，或许，只是一闪而过，夜空中也会有我们曾经璀璨的影子，虽不耀眼，却也给浩瀚的天际，留下了一丝光芒。

万事万物皆有自己的风景和美丽，每个人的人生更是有着无限的可能，让我们在岁月中越挫越勇，让我们成熟后，越来越自由，历经风雨洗礼，变得愈加轻松而释然，随着时间流逝，让自己不断向美而行。

只有适时地思考和总结人生，我们对自己的了解才会越来越明晰透彻，精神丰盈，每一个热爱生命的人，都会适时反省自己，总结人生，从而正确拥有自己的价值观与梦想。

过年有一场盛大的迎来送往的感慨

过年，是岁月不由分说地从我们身上辗轧过去，根本不是我们主动跨过去，更不是人们为了记时的方便，庆幸的是，我们都是过往岁月的幸存者……

若不是过年，大家是不愿去凑那份闹心的，大部分人终究不八面玲珑，讨不得四海八荒的喜。还不如围一炉寂静的炉火，以独处心安，以文字，以音乐，以知己，以花香浅草，来温暖岁寒……

过年，是一枚放大镜，无限扩张原本藏在心里的细微情绪，快乐的人更快乐，痛苦的人更痛苦。明天马上就是大年三十了，今天静下心来盘算盘算过年的心情……

小时候盼着长大，对过年翘首以待，满心欢喜。长大以后，却不由嗟叹，心生慌张，因为任重道远，道阻且长。三十岁以后，年龄越大，越明白生活多颠簸，年底的总结会一场接一场，迎接的检查一关接一关，一家接一家的催收尾款。春节便是一年生活、家庭与亲朋好友的大检阅。过年即过关。

三十岁，让人抓狂的成家立业。临近春节，成家立业的种种关心，种种过问，让三十岁的青年人抓狂，逃无可逃。“不小了，别把自己耽误了”“工作怎样，年后去你工作的地方看看”……三言两语的灵魂拷问，瞬间瓦解了自己精心构建的虚幻光环，又像一记记重锤，层层敲碎成年人小心翼翼维护的体面和不愿言语的艰辛。

人到三十，谁不想成家立业，衣锦还乡？偏偏前行路上很累，生活很难，却又不得不咬牙前行，迎难而上。生活本质就是，千难之后还有万难。苦熬是常态，硬撑也是日常。把心放宽，才能在荆棘丛生里走出繁花似锦。

四十岁，一场隐形的大比拼。中年危机，归根结底都是经济危机，好一句简洁的定义，扎心而一语中的。为了生计忧愁，才下眉头，又上心头。“没挣到钱”照出了成年人的狼狈，一句“丢不起人”更刺中了心里的隐痛。不知从何时起，春节成了功能齐全的“碎钞机”，没有一样不花钱。即便一分钱掰成两半花，也架不住如水浇沙般的人情往来。更是暗流涌动的“攀比秀”：房子、车子、收入、孩子成绩……看似拉家常，却处处暗含玄机，在微妙的你来我往中比高低。

人过四十，终究得明白：攀比赢来的面子是虚的，经营好自己的里子才是实打实的。有钱没钱，把日子过踏实，才是成年人的底色。有面没面，把心安顿好，就是人生最大的圆满。

五十岁，害怕年后的离别。相聚太匆匆，离愁更悠悠。无限的冷清和孤寂，在别离那一刻，一齐涌上心头。狂欢过后，声声再见响起，他们又奔赴天南海北，天各一方。每到这时，我们这些知天命之人总是比别人更多了一份黯然忧伤。年过半百的我们不仅要一步三回头地话别年迈的父母，还要强颜欢笑地送别在异地工作的孩子。回头是父母佝偻弯曲的寂寞身影，远眺是儿女渐行渐远的矫健背影。这些中年人则像一座桥，连接着乡愁的这头和那头。五十而知天命，便是懂得时间的无情和相聚的珍贵。

六十岁，害怕老之将至。有人说，60岁是一道沟，沟一边是60岁之前，忙碌和工作是生活的主旋律。到了耳顺之年，健康和时间成了最紧要的话题。脸上的沟壑，头上的白发，还有不断模糊的视力，无不提醒着岁月刻画的痕迹。更让人心酸的是，日渐凋零的旧交故友，成了心中最难言的悲凉。人至暮年，时光就像电量不足的手机，总是嘀嘀地提醒你即将关机。但真正活得通透的人，不是他们不怕年老，而是用年轻的心忘记衰老。不屈于年龄，才能把时光过成朋友。

或许我们都将经历30岁的煎熬，40岁的狼狈，50岁的惶恐，60岁的焦虑。别害怕，不管好坏，都是岁月的馈赠；无论顺逆，都是人生的修行。只要有家可回，有人在等，不论未来多远的路，多高的山，你我都有来处和归途。“我的归宿，是我的家。”当洗去一年浮尘，卸下满身疲惫，全家人举杯相庆辞旧迎新时，你会发现：人生最美的时光，从来都不是用物质堆砌的，而是用情感凝聚的。家人闲坐，灯火可亲，稚子绕膝，父母康健。这便是平凡生活里最珍贵的清欢。

如果你累了，就回家吧

累了，不妨回家。

城里套路深，不如回家去。累了，更要回到家乡去。那里有无拘无束的自由，温馨的炊烟，百年老井甘甜的水，光溜溜的树枝头上挂满了通红柿子的暖和，转弯处满坡的衰草，似油画的金黄，月亮很大，星星很清新，灯笼里一闪一闪的萤火虫，一路奔跑拼命地摇着尾巴的小黄犬，偶尔几声雄浑的公鸡打鸣声，还有车辆奔驰后尘土飞扬的小公路；老屋高大而威严地站在半山腰上……无论四季如何轮换，无论花开花落、日出日落……家乡无处不是景，无处不亲切温馨。家乡的景，像蜘蛛丝缠绕着，理不清，剪不断。我习惯呆坐一处，回忆着、想象着，幸福灌满自己的每一个细胞。

今天，回到元木山。什么时候开始有了这般模样，与记忆中的家乡大相径庭，面目全非。红白相间的小别墅，欧式的、日式的，蘑菇似的长满在并不宽阔的山坡上，那幢老屋还在，只是萎缩了，矮了，孤独地趴在一隅。那条村口的土马路也铺上一层厚厚的水泥，冷硬不少。这就是摇曳在梦乡中的家乡？来到这里，仿佛我是一个游客，跋涉千里来到了一个遥远的他乡。

忽然我听到远处一首沧桑味很浓的歌——“听闻远方有你”。歌曲中反复吟唱，“我吹过你吹过的风，是不是相拥”“我走过你走过的路，是不是相逢”

我开始从一扇扇开着的门、从一扇扇开着的窗去寻找，一声清脆的童稚声，带着一股浓浓乡音扑面而来，“爷爷！您回来了！”

一瓣心香

1. 2021年新年祝愿

这一年，有人见尘埃，有人见星辰，不过，没关系！我们最终躲过了风雨交加。2020年就到此为止吧！你已被2020移出群，2021添加你为好友，请通过。未来可期，来日可待！

2021年我对你有五个愿望：家眷永安康，旧友仍相随，来日得久爱，一日忽暴富，游历天下景。还有一个试问，我们之间除了问候新年快乐，难道就没人发个大一点的红包吗？！好吧，我就是问问，若没有人回复，我等下再来问问。

此时，窗外的烟花绚烂，我给你也给自己送上真挚祝愿：

未来的日子一路惊喜，我们会勇敢，变得更优秀，不消极不妥协。你我此生，有梦想有锋芒，野蛮生长，永不彷徨。

2021年，新年快乐！

2. 祝您安好

时间，让深的东西越来越深，让浅的东西越来越浅。

不劳而获的是年龄，但过去的一年却让我们的友谊又长大了一圈。

今天站在岁月河畔的这个特殊码头上。我想起了你，心中就流溢着一股温暖，一切尽在不言中。

过往岁月，笑看世间沧桑，花开花落，是因为我心存一份感激，当我想起你时，感激之情尤甚；过往岁月，静数尘世纷扰，静观风聚雨散，是因为我曾经拥有了你清澈的友情，驱散了阴霾，彰显了大爱无疆。

很多时候，一句话，一件事，我都会七拐八弯想起你。即使不见面，不说话，不发信息，我心里总会留一个位置，安安稳稳地放着你。时间过去，无关乎喜欢不喜欢，总会很习惯地想起你；然后希望你一切都好！万事遂意！

3. 写在雪地的话

你说，要理性。于是，我的心空下起了雪。我顺手拿了一根枯枝，在雪地上写了一些话，投寄在那块雪地上。我想，如果只下雪，这些话会一直保存。如同一对恋人，没有雨，在雪地上一直往前，也是会白头偕老的。

雪一直下着，我想雪会把那些话遮盖得严严实实，永不变色。只是，我不敢张望，你是什么也看不到的，那些话写在雪地上，埋在雪中。

一个人活在尘世中，如情话，而红尘便是雪，在风雪中沉沦。

4. 人生路上，且行且珍惜

遇事了，才知道谁对你真心；下雨了，才知道谁会给你送伞。

有些人，只会火上浇油，不会坦诚相待；有些人，只会锦上添花，不会雪中送炭。

花开了，会谢；时光走了，不会再来；不是宿命，生命大限会出乎意料地来临。珍惜该珍惜的人，做自己该做的事，别在乎太多其他。

话不守诺言，再漂亮也是枉然；友情不懂珍惜，再浓也是徒劳。人生，缘则聚，情则暖，不珍惜则散。

5. 绝望中寻找希望

有些痛苦，需要无声忘记；有些话，需要藏在心里。经历过，成长了，自己知道就好。很多改变，自己不说，别人也会看到。

决定我们成为什么样的人的选择，不是能力。但智商与品德除外。若有理想，地狱也是天堂；若有希望，痛苦也成欢乐；绝望中寻找希望，人生终将辉煌。我终于明白了有信仰是何等的幸福。

6. 在路上

每一段路，都是一种领悟。

无论远近，勇敢而无悔地走下去，只因是自己的选择；无论得失，自然而坦荡，只是因为一生中只有几个瞬间的醒悟；无论成败，只要阳光的、美丽的，是因为我们在用心做事。

人生中的每段路，无论坎坷顺畅，都能让人感慨许多，懂得许多，也成长许多。不知不觉人生旅途之景时刻变幻着。心情愉悦时，暗中告诉自己，人生，不能总是得意；心情不好时，悄悄对自己说，生活，就是这样，好好休息一下，别忘了明天会有阳光。

生活中有风雨交加，也有艳阳高照，人生就是一个曲曲折折的过程，若高兴，不要沉醉其中，顺畅不会永远；挫折时，学会振作起来，挫折不会永恒不变，生活还要继续下去。生活就是苦中想着幸福，幸福中坦然。

7. 向天笑

面对被人误解，微微一笑；面对被轻蔑，平静一笑；面对吃亏，开心一笑；面对委屈，坦然一笑；面对危难，泰然一笑；无奈时，达观一笑；失意时，轻轻一笑。

自信让你的笑容像阳光一样。控制好自己的情绪，大方待人，换位思考。

多赞美他人，低调做事。有人说某人坏话时，你只微笑，不附和也不反驳。信守诺言，常怀一颗平常心。

行万里路，不读万卷书，还不如邮差；若不能博古通今，需明白三千年之史，充斥功名利禄；三万天悟道，灵魂终在诗酒田园安放。心观佛，践行道，履儒仁，只眼看世界，只眼看自己。

技在手，能在身，思在脑，从容过生活。幸福是生活的高品质，而不是人生唱高调的商标；从容面对人生的逆顺境，平静接受得失。

于是，我自仰头向天笑！

8. 陪父母看桃花去

一诗人微信说，周末郊游踏青去。是呀，春分至，万物焕新。今年，我们等待这一时刻，太久了。你看，春是何等的丰腴，随手抓住一把春光，便从指缝中溢出了全新的世界。

前不久，还有一位爱好摄影的朋友约起，我们错过了油菜花的盛开，不能再错过桃花的盛开了。如果不喜爱桃花丛中摆POSE（姿势），那就顺便坐在湖边，也是可以钓一池春色的。

而我却只得婉绝他们的美意了。这个周末，我得去岳麓山后的桃花岭，桃花岭上，我父母就生活在那里，我得陪同父母去看看春天。

我想，与父母一起，这个春天一定有美好事情正在发生。这个桃花岭的小山才是名副其实的桃花岭，人世间最美的桃花源。这个世上大约七十亿人，在人生能有多少瞬间，少数几个人，敌过千军万马，四海潮生。

昼夜可分，而爱与责任不可细分。古人说，父母在，不远游。年少时，我也认为，春天可以一分为二,一半在行囊里，一半在远方。而现在，春分时节，最好的境遇，也只是与父母同坐温暖而已，胜过无数个远方。

9. 父母爱心无价

有些动物皮毛值钱，譬如狐狸；有些动物肉值钱，譬如牛；还有些动物骨骼值钱，譬如人。所有动物幼崽，包括儿童，目光清澈，胜过皎洁的月亮；还有人们公认的，父母对子女无私的爱最崇高。

民间一直有赌石的游戏，几乎所有的玉石都有伪装的皮，非行家是看不出那块石头是玉还是丑石。

同样，望着父母那张被岁月搓揉得皱皱巴巴的脸，不用切开，慈祥之下却藏着一颗纯净善良而溢满爱的心灵。这颗心，从南国到北国，或者从北国到南国，在烟雨中都不曾遗忘，永远闪烁!

父恩母爱似春、似海，子女是鸟、是鱼。

10. 送别好友

我提一壶浊酒，而你携好宝剑，前往太平洋的某岛国闯天下。

我知道梨甘甜，但未也进入梨园；我知道黄连很苦，但也未进入药圃。

江湖旷远，大江冷，千里外雨竖风横；大平洋依旧空荡，宇宙依然谦虚，还是叫太空。所有人都会成为一颗星星，这个世界不会放弃在风雨中奔跑的笨小孩，更不会放弃大海中闯荡的你。

我也曾画山绘海，也曾想绘出青峰之外，此时，我悄悄地坐在桌旁，桌上聒噪的总是铜钱，酒杯底压着的只是几篇残句。

且不顾，我们先坐下来。我往杯里斟满江南一笼烟雨，敬敬烟雨，敬敬风月，敬敬河岸，也敬敬人生的朝露，更敬敬这前往远方热气腾腾的你。

给一位青年的新年祝词

人生就是个从生至死、从产床至坟墓，最终归尘的过程，倏忽百年，普通人在历史长河中甚至激不起半点涟漪。当然沿途还是有几处风光旖旎的驿站。

到底生命还是需要一些浪漫。驿站与驿站之间，或许风雨交加，实在不能避雨，没伞的孩子，不妨雨中奔跑，反而不会感冒，顺便体验一下雨中览景。若雪地上铺满阳光，不妨让雪下得更深一些，把自己深陷其中，做些白日梦，在短暂的生命里也是值得的。写点情诗，喂喂白鸽，即使最终让自己囊中羞涩，只要脑袋不空，也是不足惜的……

男儿要生得磊落，然后，要去做大山，做云海，做孤松，做关隘之处抵挡万夫的一柱，即使命运让你做了绵绵细雨，也要杂夹一场场狂风；当然也要拥有可贵的冒险精神与自由精神，精神丰盈，灵魂自由。对此，鲁迅先生所言十分全面："扬在脸上的自信，长在心里的善良，融进血液的骨气，刻在生命里的坚强！"

人生或许是一场投资，需要考虑结果。但更多时候是，作为年轻人不能一味计较结果，年轻时多不计后果，知其不可而为之。因为，生活的本质是千难之后是万难，任何一件事，都不是唾手可得。你还年轻，一切才刚刚启航，千帆过后，归来还是少年。

惬意人生是：得意之处就快马，不得意就加鞭，白日梦才值得你去深陷。当你真心想要去做成一件事情的时候，整个宇宙都会联合起来帮助你！

从来没什么风声大和眼角涩痛这一说，不如意的事，都只如千帆过尽！毕竟，上天翻云覆雨的手，怎么压得垮，少年的舟。

只有自己强大了，世界才会对你和颜悦色

十八岁前，无论你做什么，都有人会说你帅；十八岁后，走入社会，如果你一无所成，无所事事，都会有人鄙弃。

成功了，身边全是好人，每一张脸笑容洋溢。这验证了一个很朴素的道理，当你强大时，整个世界都会对你和颜悦色。世界上的坏人最多，就是你最弱的时候，你也最容易受委屈。

欺凌弱小，欺凌老实厚道，随处可见，是社会和做人败落的标志。人类社会和动物社会没有什么不同，都是弱肉强食；欺负弱者是人的本性，每个人都不过是衣冠禽兽，心里都有恶魔，这个恶魔叫自利。没有办法，生活在大得无以穷尽的人世间，各色各样的人，有各种小心机，各式各样的生存之道与技巧。

强大了，底气足够了，别人就不会横眉冷对，人前人后想被人尊敬，就要实力足够强大。一个人富有了，别人会对他有所求；富有了，能用钱解决的问题，都不是问题，甚至有人反而免费帮你忙。反之，未富之前，求人不如求己；你可以帮助别人，但千万不要求别人。

多一样技能，就少一些嘲讽。本领越多，越不需要求人。万事求人难，不如自己圆，脚踏实地地走完该走的路，认真地做完该做的事，对自己狠一点，逼自己更加努力，再过几年你就会感谢当年的自己。

你年轻，不够强大，没有资本指指点点，只有不断充实自己。社会不比自己在家里，没人惯你，更没人宠你。只有你自己好好疼自己，而自己疼自己就是逼自己努力，让自己沉淀积累。心高气傲只能毁了你。

没有足够实力，也不要妄自菲薄；自我鼓励，自我安慰。人生需要孤独，孤独了就能让自己沉下心踏踏实实去努力，温润谦和，积蓄力量。

只有足够强大，你才不会被打败，才不会被别人践踏，才能得到别人的尊重。所以交往中一定要学会拒绝，提高自己的能力，注重自己的感受和需求。坚持本心，坚持梦想，任何时候都要努力去做好任何事情，不要被任何事情影响。

有想法，敢于行动，活成自己想活成的样子。

三件事、三种做好、三种人

天底下只有三件事：老天的事、别人的事、自己的事。人的烦恼常常是，担心老天都管不了的事、爱管别人的事，忘了自己的事。人的幸福来自内心的宁静，打理好自己的事，做自己的贵人；少去管别人的事，当一个局外人；不去操心老天的事，做个乐天的人。

人生，受业时，要以学习为主，胸中无知，肚中没文化，人生价值很难变现；婚姻时，尊重内心，户当门对，而不能一味看重对方的利益家世；事业时，一要全力以赴，二要力所能及，不要好高骛远，眼高手低。

人生不是没有机会，而是缺少眼光和把握能力；人生比努力更重要的是选择。不是看到了希望才去坚持，而是因为坚持了才能看到希望。任何事情，贵在坚持，难在坚持，成在坚持。选择容易，坚持不易，且行且珍惜。做好选择、坚持、珍惜这三件事，你的人生就不会有遗憾！

成功全靠"拼"，真正的强者，大部分都是不论出身的，属于白手起家，或者是实干苦劳者。生活全靠"熬"，丰盛的人生都是熬出来的。日子全靠"过"，说过日子，谁家都没有那么如意的，全靠双方配合着过。

人与人的区别，最终是格局的区别。做事的人，依靠出卖劳动力与技能生存，遵循"事道"，讲究"技术"，把事情做好。

"做式"的人，是设计出一个"模式"，让那些做事的人更好地去做事，遵循的是"世道"。"做式"的人必须要懂得：一是社会大势，从小溪奔赴江河之前即需洞悉江水滔滔之势；二是看懂新劳动工具，比如互联网；三是读懂新政策。"式"永远在"术"之上。

"做局"的人，运筹帷幄，决胜于千里之外，于幕后默默布局，让社会更好运转，这叫"做局"。"局"在"式"之上。"做局"的基本逻辑是，复杂问题简单化，简单问题数量化，数量问题程序化，程序问题体系化。

当今社会由做事之人、做式之人、做局之人组成，下层人做事，中层人做式，上层人做局。就是说，做事的一般是工薪阶层，做式的大都是创业者和企业家，而做局的常常是背后的资本集团、投资家，他们永远静坐在幕后，操控着社会的运转。

做事、做式、做局，是技术—模式—格局的升级，也是事道—世道—天道的升级。归根结底是一个人格局的升级。

我们生活的时代是社会阶层正在不断固化，同时也是逆袭随时可能发生的时代。提升你的格局，是人生逆袭的唯一途径。

龟兔赛跑新说

高考是人生一次很重要的竞赛。必然有排名高低之分，虽然“文无第一”，但从某些意义上说，这是一场人为的“龟兔”比赛，成绩差别必须很大。

若不幸成为“乌龟”，自然很失落，但不要沮丧，一蹶不振；若有幸成为“兔子”，当然值得高兴，但不要嘚瑟，忘乎所以。

这两份名单你认识多少？第一份名单：曹雪芹、胡雪岩、李渔、顾炎武、金圣叹、黄宗羲、吴敬梓、蒲松龄、洪秀全、袁世凯。第二份名单：傅以渐、王式丹、毕沅、林召堂、王云锦、刘子壮、陈沆、刘福姚、刘春霖。哪份名单上你认识的人多一些？答案揭晓：前者全是当时落第秀才；后者全是清朝科举状元。

据统计，自高考开考以来，历年各省状元，成为行业领军人物的，几乎为零；成为著名企业家的，寥若晨星。倒是听说清华大学出了三百多位厅官，据了解也没有几个状元出身。这不是为“乌龟”们开脱，文凭不代表文化，但文化人大多数还是有一张很“气派”的文凭，社会精英们大都是从高校大门走出来的。所以，对高考的态度用一个不达意的词概括：“不亢不卑”！凡事不求十分，只求尽心；万事不讲圆满，只求尽力。高考只是人生路上的一次竞技罢了，并且规则很程式化，传言中的龟兔比赛，好像只能在陆地！

其实，我们要告诉乌龟的是：兔子虽然现在不再打盹，比赛尽管只是在陆地，输了这段比赛，只要你还活着，就不要泄气，前方就是河流，谁能跑到最后成为胜者，真的还不知道！

人生之路很漫长，不是运动场上的跑道。人生路上有山，有水，有风，有雨，即便是跑道还有转弯处。总有一天，会遇到“风口”的，哪怕是猪，也会飞起来的！

人生无限，真正的考场其实从来就不在学校！年轻意味着无限的可能。因此，趁着年轻，趁着青春悠长，大胆地走出去，迎接风霜雨雪的洗礼，练就忍耐、豁达、睿智，幸福就会款款而来。

故乡：一个温馨的梦

故乡如梦，一直摇曳在我的脑中，如一帧帧黑白的山水画。一山一水都显得温馨甜蜜，常诱惑我好几次踏上回故乡的路。我感叹：世上再美的风景，都不及回家那段路上的风景。

然而，每次当我翻过那道山梁时，山的对面就是那个我梦萦心系的小山村，静卧在群山中，安静如襁褓里的婴儿。我静静坐在一块大石头上，呆呆地望着，却不敢往前跨步，唯恐让现实破坏自己那份脆弱如玻璃般的想象，那份美好。于是，我最终还是在迟暮中返回。

或许是另一类的近乡情怯吧。这种感觉，总让我温润的心间开出明媚的花朵，吐出悠久而绵长的淡雅。人生的幸福不一定在于拥有，而在于追寻的路上。人生最大一种痛，不是失败，不是失去，而是没有在心灵上经历想要经历的一切。现实或许不是那么美好，但心灵的追寻绝对让人心生荡漾。

有人说，一个温暖的现在抵得上一万个美丽的未来，一个温馨的回忆抵得上一万个温暖的现实。每一个真实的现在，都是我们过去曾经幻想的未来；每一个芳香的意境，都是我们美好经历的过滤。

在清简如素的日子，回忆起故乡，仿佛自己已采撷了一份静暖，正品味一盏茶的安静，默读一阕词的清幽，靠在窗边遐想着每段经历。青春都会苍老，但我希望记忆里的故乡一直美好如初。

我们成了陌生的熟悉人

我们是发小、同学、朋友，相交于微末之时。正如《永远是兄弟》歌词所说：曾一起分享了青春的美味，曾经的日子伤感又苦涩，你我一起承受了身心的疲惫，曾经的浪漫让你我极度沉醉，曾经的沧桑让你我不再纯粹。今天，我茫然四顾，什么时候，你我已不知对方的去处。

然而，曾以为天长地久、海枯石烂的友谊，某个时刻却无疾而终。真如新年伊始的祝福所言，跟往事干杯，和往事清零；我们也曾抵足而眠，也曾把酒言欢，也曾义薄云天，也曾肝胆相照。只是在彼此最美好的年纪相遇，相识在无限变化的青春风中，聚散已是身不由己！来不及在某一天说声“再见”，就渐行渐远。

是岁月的变迁？彼此在成长，我们让时光，还是时光让我们，都无法回溯！

曾经陌生的我们，相交莫逆，那时的我们一无所有，不名一文，只有一颗最为纯粹的赤子之心。

风起于青萍之末，浪成于微澜之间，友交于微末之时。最好的感情，最初的那份简单。曾经的亲密无间，没有背叛，没有磕碰。不知不觉在流水般的岁月中，我们慢慢地长成了另外一张熟悉又陌生的面孔，曾经的无话不谈，也变成了无从谈起。人生中，友谊只可共青春，而不足以共成长。年轻时，我们都是菜鸟，有不少清闲的时光，喝酒、唱歌、游山玩水，青春时光这边独好，生命是如此随意，恐怕什么也无法成为友情的羁绊。但之后，一切不会按青春预期的剧本发展，青春美好而短暂！

友情只是有些人人生的一部分，可能还是最微不足道的那一部分；友情是有时效性的，让人唏嘘的就是，我把你当作唯一，你却把我当作其中之一。友谊无法天长地久，是人生的常态。

人生就像有快慢的跑步，阻隔不是时间地点，即使我们近在咫尺，当认知不在一个频道上，也是两个世界。谁可曾想起了曾经把酒言欢的年轻时光？谁可曾记得那张曾经热情洋溢的脸？谁可曾记起推心置腹，曾经的一起蹚水，一起闯祸！有人成了熟悉的陌生人，清朗的脸庞，却变成冷漠无情的侧脸！三观不同，我们如何相容。

人生之道，难道先平坦后坎坷？如同是从宽阔的平原走进森林。

“平原上我们可以结伙而行，欢乐地前推后挤、相濡以沫；进入森林，草丛和荆棘挡路，各人专心走各人的路，寻找各人的方向。”那推推挤挤同唱同乐的群体情感，那无忧无虑无猜忌的同僚深情，在人的一生之中也只有少年时期才有，或许成长的本质不是向好，而是变得复杂。有些人走着走着就散了，来年陌生的，是昨日最亲的某某。

我们走着走着，就散了。好朋友也越走越远了！既然成了陌生的熟悉人，那就一别两宽，各自安好！

离去的都是风景，留下的才是人生。

不怕麻烦，才是你人生的护城河

麻烦即人生，无时无刻不有，无时无刻不在。

当孩子不麻烦你的时候，可能已长大成人远离你了！

当父母不麻烦你的时候，可能已不在人世了！

当爱人不麻烦你的时候，可能已去麻烦别人了！

当朋友不麻烦你的时候，可能已经有隔阂了！

如果周围的人都不找你麻烦了，就说明你已经是“形同虚设”，毫无价值了。

如果自己没有麻烦，就躺在了“无事无非清净宫，不冷不热神仙洞”里了。

人其实就是生活在相互麻烦的海洋中，在麻烦之中解决事情，在事情之中化解麻烦，在麻烦与被麻烦中加深感情，体现价值，这就是生活！

当然，人际关系上的“麻烦”，本可以不那么复杂，不在小事上纠缠计较，不是懦弱，而是一种智慧。有些冲突需要忍让，有些事情需要时间的沉淀，费尽了心思也无法解决的事情，就交给时间吧，它终将抹平一切。毕竟，人生无非就是“沉住气、拿得起、放得下”这9个字的智慧。

认识自己很难，人性是一个矛盾的复合体。有些“麻烦”只关乎自己，与别人无关。人一辈子要解决的首要问题，就是“活自己”。不跟问题死磕，不跟自己较劲，接纳自己的平凡，收获内心的宁静。一个无法自洽的人，遑论其他。

如何让自己不陷于“麻烦”的海洋？如何不被命运把自己隔离成孤岛，成为弃儿？如何修建好护佑自己的护城河？

1. 怕麻烦是心穷的表现

人生前期越懒得学、越嫌麻烦，后期就越有可能错过新风景，错过让你动心的人和事。

诚然如此。你我何曾见一个勤奋刻苦的人将日子过得一团糟过？！

医师常见的一些病人，因怕上医院的麻烦，小病拖成大病，可愈之病拖成顽疾。

阻止他们迈出第一步的不是别人，恰恰是自己骨子里的怕麻烦。

很多时候，我们都在抱怨社会的矛盾，特别是贫富对立的矛盾。穷人和富人最大的差别，不是财富而是思想格局。

有些人，即使一时落难，也能东山再起；有些人，即使一帆风顺，也终将走向平庸。

人这一生，越怕麻烦，麻烦反而越容易找上门来。既然如此，何不去挑战那些让自己难受且害怕的事情？当生活于你再无所畏惧，又有什么能阻拦你继续向上突破！

2. 越麻烦的事情，越值得去做

一个人开餐厅，不营销、不推广，开了十多年，生意一直很好。有很多人专程跑去排队吃饭。

秘诀是，老板每天6点亲自到菜市场挑菜，一直挑到12点才走人，而且还能坚持十多年。这样想生意不好都难。别人在为控制成本而砍价、为嫌麻烦而选择送货上门时，他却亲自上阵挑选菜蔬，不嫌麻烦不嫌远。

对于普通人来说，要想出彩，唯有长时间持之以恒地坚持。别人害怕的事情，往往藏着你跨越阶层的机会。人生中的很多事情，也正是因为麻烦才值得去做。你的价值，不是去做流水线上的标品，而应该是去尝试别人做不到的事情，从而产生价值。越麻烦的事情，越容易成为你的护城河，让自己有不可替代性。相反，如果所有人都不怕麻烦了，那竞争才是真正的惨烈。

3. 做到常人不能及之事，方成巨大

一些国医大师，十年如一日坚持门诊，即使外出开会，也会在晚上赶回准备好第二天的接诊，即便含饴弄孙，只要接到病患者的电话，也会放下手中的活，不厌其烦，反复解答病患的疑问。其实，95%以上的疾病不是医药治愈，而是病人自身免疫力治愈的，而医生更多的是安慰与鼓励。

一个作家，闭门十年，写作两千多万字，且未有只言片语发表，十年后

却一鸣惊人，洛阳纸贵。任何一个普通人，如著名作家毛姆一般几十年如一日的坚持，即使他的作品不能获得诺贝尔文学奖，实现自我阶层的跨越则是轻松自如。

一些大师，如国际象棋大师、书法家，刻意训练自己万余个小时，其过程毫无乐趣可言，甚至枯燥无味。

现实是，很多人即使知道这条路能取到真经，也难以坚持下来。所有看似光鲜的背后，都有你熬不了的苦。一个人之所以成功，很大程度上，是他做到了大部分人都做不到的事情。没有任何一个人，不经历麻烦就能信手拈来地达成目标。也没有任何一个人，会过上完全没有麻烦的生活。

怕麻烦的人，会苦一辈子；不怕麻烦的人，最多苦一阵子。

4. 感悟

“人生就像俄罗斯套娃，大的冲突里套着小的冲突。”人生中的烦恼从来没有停止过，不论我们喜欢或不喜欢，开心或难过，总有各种各样棘手的疑难杂症找上门来。人生痛苦无尽，苦难无限，但请你坚信熬过去就会峰回路转。烦恼把大多数人都过滤了，看见麻烦就望而却步的人，永远领会不到那些生活在荆棘遍布之下的惊喜；敢于面对困难的人，总是会有一种忍耐，让自己活得更好。任何一条通往光明之路，都不会显得拥挤。只要熬过了眼前的黑暗，曙光终会亮起。

就算再复杂的事情，总会有解决的方法。余生，愿你以大格局化解摩擦，以宽容心待人接物；愿你不惧风雨，笑看人生，踏过泥泞走向坦途。

Part 9
第九辑

社会是个万花筒

一切都在变

造物主是这样造人的，一张嘴、两只耳朵、四肢，希望人能多听，多行动，少说话，然而，“口”这个器官在进化过程中异军突起，语言成了巨人，行动成了矮人。仔细查与“口”相关的联绵词，如喋喋、叮咛、吩咐、叱咤、咆哮、呐喊、吆喝、喧哗、嘟囔、嗫嚅、吁嗟、唏嘘等众多词汇。而与行动相关如“扌”的连绵词却比较少，如掇撺、排场、挣扎、担当、抖擞、挣揣，等等。人世间，大多数人，最终岁月蹉跎。

生存法则改变了，我们不得不懂。未来，我们又要如何说话？时间值不值钱，是一个人的身价高不高。

越成功的人废话越少，成功人士的时间太值钱了，一旦张嘴说话都是最关键的话，简单干脆，直奔目标，往往每句话直指问题的核心。他们没有时间和别人吹牛皮，也没有时间听别人闲聊。那些讲半天都触及不到问题本质的人，说话没有重点的人，充其量是个辅助角色。所以，无论你如何天纵其才，口若悬河，也要尽少去忽悠，“忽悠”一度曾是一些人嘴巴的主要功用。

靠自吹自擂就可以吃遍天下的时代过去了，靠使劲忽悠就可以搞定客户的时代过去了，靠大胆承诺就可以搞定姑娘的时代过去了。一切都在变。你的消费者变得更有品位了，你的客户变得更加谨慎了，你的恋人变得更务实了，你的朋友变得更简单了。人的心智变得越来越成熟，越来越理性，越来越淡定。

极简、极真、高效的时代降临了。最短时间内，你需要拿出你的真功夫，抵达事物本质。于是，你只有两个出路：要么变得更坚定，要么变得更专注。

生存法则改变了，我们不得不懂

关于淘汰还是有些说法的。

“物竞天择、适者生存、优胜劣汰、弱肉强食”说的是丛林原则，是不全面完整的，也不恰当的。与新陈代谢规律一样，任何生物都得遵循，不能藐视它、违背它；这是一种不受人为意愿支配的自然法则，客观地存在于自然界和人类社会，无论是否认同，是否喜爱，它都存在，无法撼动。

任何一个时代，成就一批人，也淘汰一批人。

胆大的淘汰胆小的阶段。二十世纪八十年代，下海摆个摊，就成了“万元户”，就成功了。谁胆肥谁敢闯谁就成功。当然了，那拨人当中，现在也有不少人混成了低保户。

另一个阶段，机灵的淘汰迟缓的。二十世纪九十年代，谁先发现机会，谁就成功了。那真是金点子井喷的年代，机会就藏在点子或概念里。

现在，有文化的淘汰没文化的。学习是终生的事，学习能力成了人生的核心竞争力。

2022年，一大批人倒下，也有一大批人站起来。生意在生意之外，追逐政策才能事半功倍。

生意场上不变的规律，短期看机遇，中期拼实力，长期靠人品。

机遇决定一个人的起点；能力决定一个人能走多快；人品决定一个人能走多久。所以，一个人的财富不能大于贡献，一个人的名声不能大于实力，一个人的职位不能大于能力。中国自古便有“德不配位，必有灾殃”之说。多大的头就戴多大的帽，不要贪帽大布多，多大的脚穿多大的鞋，不要认为足会长大，终有一天会因鞋大碍事而摔跤。

一个包子

与土包子一样，一脸愁容、满腹“心事”。因为自己知道真相早晚都得“露馅儿”。迟早会发现自己一无是用，害己害人。活得洋，活得累，活得虚，活得假……

这馅主要由下述一项以上或多项馅料构成。分拣如下：

1. 没有行动的决心。是收藏夹里的心灵鸡汤；安慰自己的麻醉剂，画饼充饥。行动高于一切，没有行动的决心一文不值。

2. 虚伪的面子。面子是赞美的炫耀，面子是吹嘘的得意，面子是艳羡的光环，面子是难以舍弃的攀比，面子是难以释放的权势，面子是追求的虚伪；面子是别人给的，脸是自己丢的追求，说不尽没有“面子”的苦，道不完享有“面子”的甜。切记：死要面子活受罪！

3. 大过能力的脾气。杜月笙说：头等人，有本事，没脾气；二等人，有本事，有脾气；三等人，没本事，没脾气；末等人，没本事，有脾气。脾气大过本事的人，把自己活成了笑话。

4. 无意义的悔恨。悔恨不会帮助你重新挽回一个人，也不能补偿你曾经犯下的错误。人生不如意事十之八九，真正有格局、有眼光的人，既能享受最好的，也能承受最坏的。

5. 心血来潮的雄心壮志。如墙上所贴的座右铭。典型的眼高手低外加三分钟热度。

6. 高高在上的自尊心。把自尊放在第一位，太要面子！就像事故发生后的卸责。

7. 无法兑现的诺言。就像是电脑出了故障，解决不了问题的提示。就像情人许诺给她摘星星一样。又如水中之月，如镜中之花。

8. 杞人忧天的恐惧。对于未知事物的恐惧超出正常范围是一种精神心理疾病，最好是去正规医院的精神心理科就诊，必要时还要配合一些药物。

9. 不敢说出口的暗恋。别折磨自己，也别错过别人。没有必要在没有结果的事情上纠缠不休。就像是旧手机的充电器一样，既占地方又碍手碍脚。

10. 分手后的悔恨，不爱后的关怀。如考试结束后的复习资料。不爱后的关怀是一种毒药。

11. 拿不起、放不下的满腹抱怨。渣男渣女玩弄感情，面对时糟心，放下时恶心。如果错过了，及时止损，早点放手，才是最好的解脱。

12. 没有实力的尊严。摆在家里的跑步机。恰如工资条，看了生气，擦屁股太细。

13. 捕风捉影的焦虑。如寒假的作息表。又如一句“少安勿躁”！

14. 莫名其妙的优越感。暗恋时的独角戏或只能感动自己的浪漫，这种优越感源于内心深处的自卑感，脆弱的情感容易受到冲击而陷入痛苦。这种“自大”的心理可能与以往生活的艰辛、或者受到不公正对遇有关。

15. 没有能力的愤怒。如百度视频上FBI的警告，吓唬谁？狂妄却没资本的狠话。没有实力的愤怒，苍白可笑。

16. 盲目跟随崇拜。盲从崇拜他人，无主见，听从他人意见。又如朋友圈的点赞。

17. 向不关心你的人诉苦。能说出口的痛苦就不叫痛苦。真正的痛苦，隐藏在内心深处，时时吞噬着自己，没有人可以诉说，只有自己一点点地融化。百分之二十的人不关心你，百分之八十的人听了会很高兴；人生就是哭给自己听笑给别人看。

18. 对不喜欢自己的人讨好。一种最愚蠢的行为，是自甘堕落。在不喜欢你的人眼里，你做什么事都是错的。与其去巴结别人，还不如去巴结自己。对自己好一点，才是最好的开始。

19. 毫无心计的掏心掏肺。一种典型的“缺心眼”的表现。老人常常告诫我们：“逢人且说三分话，不可全抛一片心。”做人做事，话不能多说，有所保留，口无遮拦，言多必失，惹人误会生嫌。“茶倒七分满，话留三分软”，言辞不可过于直接，也不可过于强势，以免引起别人的反感与愤怒。最后吃亏、受伤的往往是我们自己。

20. 总活在童话故事中。童话之所以美丽是因为有些东西真的只存在童话里，“童话都是骗人的”。靠山山会倒，踏踏实实靠自己来得有安全感。

21. 和三观不一致的人的争执。和层次不同的人争辩，是一种无谓的消耗。不是所有人，都有和你一样的境界；不是所有事情，都能用言语说清。人与人相处，别以为所有的人都会了解你，为了他人委曲求全。

22.没有自知之明的怨天尤人。人贵有自知之明。鸵鸟自知身重翅短，不敢奢望能飞向蓝天；没有腿的海豚不会在陆地上徒手攀援。癞蛤蟆总想吃天鹅肉，螳螂挡车不自量力。浩瀚人海，自知之明者能够大显身手，成就一番事业；无知的人，一念之间，就会前功尽弃，沦为笑柄。

23.成功前的自夸和失败后的借口。成功者之所以成功不需要理由，借口则是问题的源头。正因为有了一些合理的借口，愧疚感才会减轻，汲取的教训也不会那么深刻，争取成功的愿望就变得不那么强烈，成功当然与我们擦肩而过了。

24.单方面感动自己的浪漫。付出与回报不对等，不成正比；付出就混杂着甜蜜和愁苦。那不叫爱情，那最多是一个人的爱情，是单方面的爱情，那只是感动了你自己。仅此而已！

25.低情商的善良。低情商的善良与仁慈是人性最大的恶。以怕对方伤心难过为由，硬撑着不和男朋友分手。打着亲情浓于水的旗号，忍受和纵容那些混蛋子女。

人间不好不坏，匆忙罢了

还记得少年时嬉戏的情景，转眼间就是大叔大伯模样。

从什么时候开始，自己的纪元里再难以十年、二十年作为基数，人活得越来越小心，自嘲着掌握了为人处世的智慧。人间盼望、人间理想，忽然想起，也是很久之前的冲动。

没有阅尽江湖，便没有资格说归隐田园；没有世事看透，便没有资格说修篱种菊；没有家财万贯，也没有资格说淡泊明志；没有历尽劫难，更没有资格说爱在吾心。所以说，普通人一辈子过得马马虎虎，难以清醒！

如今要干掉一个坏人太难了，难于上青天，因为这个世界有适合他们的土壤；要干掉一个好人简直不费吹灰之力，因为在坏人圈子里的好人孤立无援……评判人的好坏标准在变化，社会伦理在变化。还是少提想当年之类的话语了。

失败也好，成功也罢，一笑风云过！视生活为戏的人，处惊不变；视戏为生活的人，抑郁成疾……

大部分的时光是辛劳的，大部分的时光是碌碌无为的，大部分的人都是沧海一粟，但在那些大部分被湮灭的光阴里，也要坚信，总有那些惊鸿的瞬间拽住了时间，烙在自己深深浅浅的经历中，成为用以回味的浪漫光景，于是，日子便有了日复一日的理由……

无论艳阳高照还是风雨交加，无论风平浪静还是雨凄浪高，日子无谓好坏，只是匆匆忙忙罢了。

用心读人

漫步湖边，清澈的湖水，蔚蓝的天空，水天一色。天空是宁静的湖水，读出清澈；湖水是流动的天空，读出广阔。

人们读的书越多越觉得自己无知，也因此更谦虚，气质更加温润；见过世面、打过交道的人越少也就越容易大惊小怪。读书是为了增长见识，更加了解这个世界的模样；“读人”是为了懂得人情百态，更好地和这个世界相处。

我们常用过来人或长者口吻说“人就这么一辈子”这句话来告诫自己并劝说他人，这七个字，说起简单，听来容易，细细一想却很深沉。人就这么一辈子，如何过好这一生才是值得我们思考的问题，看透人生，首先是要看透自己的，方能读懂别人。

人人都是一本耐人寻味的书。读人，比读其他文字的书更难。书市上关于读心之类的书汗牛充栋，在我看来都是一些屠龙之技，不太适用，研究人的模型过于典型、理想、简化。

每个人出生的时候，都是一张白纸，随着年龄和阅历的增加，最终会积攒成一本书。世界上存在形形色色的人，会有各式各样的故事，从而形成不同版本的书。有些人，你读了一辈子，也没有读懂；有些人，你看一眼，就完全读透本质；有些人，你只能读懂三分之一。

比如，婴幼儿，一看他清澈的目光，就知其干净的心灵。其眼神完全折射了心灵的光华，一个人的真、善、美与内心的富饶从眼神里是可以读出来的。眼神里那份淡定与从容，那份真实和坦然，是内心的折射，是作假不来的，是谁也掠夺不去的。

读不懂的人。比如武则天，那四面空空如也的无字墓碑，让人沉思良久。这位权倾天下的女皇帝，真是一位历史的智者了，“己之功过，留后人评”，是一个多么聪明得体的做法。也许，在生命与历史中，语言是多么的苍白和无力，而超脱，终究是一种无声。

不要说帝王将相。就是现实生活中的斗米小民、凡夫俗子，何尝不是如此呢？每一个生命都是一部百科全书，它谱写了走过的漫长人生路，记载了一路上的蜿蜒曲折，品尝了所有的酸甜苦辣，见证了一切荣辱与挫折。

读懂一个人，就得真正地了解他周围的人，必须要理解他的思想，理解他的需要，理解他的爱，宽宏大度地容纳他的缺陷和不足，感受到他的真诚！只要付出了真情真意，就必定会好好地与人相处，就很容易懂得彼此。

现实生活中，我们还未感知善良与美好之前，就被自私、功利、虚伪、庸俗等，充斥耳目。这些问题在每一个人身上都或多或少、时有时无地存在着，即使我们自己不愿意或不敢于承认，并因而迷惑、怀疑与无奈。

恰恰因为人们总爱用自己的惯性思维去看待人和事，误会和摩擦、怨恨和争执才不可避免。如果跳出这个固有的框框，换个视角去审视，如湖水看天空，天空看湖水，少了燥热、喧嚣、阴暗、狭窄，我们也许就会心平气和，多了一分慈悲。于人于己，都是一件好事。

读人时，要像筛子一样，筛去阴暗，要学用距离冲淡丑陋。

对自己不喜欢的人和看不惯的事，多一分理解和体谅，并不意味着委屈自己。认识到什么是错的，却依然选择去原谅，实际上是提高了自己的人格和修养。

人的一双眼睛，可以观世界、读别人。看自己时只能去照镜子。在解读自己时，我们总是拿着“放大镜”无限放大自己的优点。一个不愿意剖析自己的人，永远读不懂自己，也读不懂他人。他人就是镜子，“读人”其实可以看作是“见贤思齐，见不贤而内自省也”。人与人之间，似湖水与天空一样对应、折射与有回声，你没有成为更好的自己，就别奢求别人成为更好的别人。

读别人，其实也是在读自己。读真、读善、读美的同时，也在读道貌岸然背后的虚伪，读美丽背后的丑恶，读微笑背后的阴险，也读热情背后的冷漠。读人，最重要的是读懂怎样做人。读人，是为了让自己博取众长，从而做一个磊落的人、高尚的人。因此，读人时，要学会宽容、学会理智、学会换位、学会大度，像在百花丛中采蜜一样采到丰盛的蜜、绝好的蜜，才能读到一些益于自身的东西，才能读出感悟、读出快乐、读出品位、读出幸福。

这条没脱光毛前的狗叫狮子

一头纯种藏獒被牵着出来遛弯，一个精壮的汉子，一头正当年的藏獒，气场逼人。一位满面沧桑的老人蹲在路旁，一条脱光了毛的巨犬趴在老人身旁，有些仲秋的气氛。

藏獒对着脱了毛的巨犬就是一阵狂吠，不知是狗仗人势，还是看出了巨犬的年老体衰。

藏獒主人讥笑起巨犬，虚胖不力，大而无用，辜负了体格巨大的资源。两位主人最后对赌起来，放手让二狗交锋撕咬，藏獒体无完肤，没两分钟，败下阵来，随后再也不敢鸣吠，要不是其主人蛮力拽住，早已落荒而逃。

大爷，你那是什么狗，怎么这么猛？精壮汉子郁闷至极。

我也不知道现在它算啥狗，老头神秘地微笑说，没掉毛以前叫狮子。

老子曾说：兵强则灭，木强则折。你看，八十岁的老人，几乎丢光了坚硬的牙齿，但柔软的舌头还在。强大的藏獒遇到低调的狮子，结果不言而喻。

在这个世界上，优秀的人，厉害的人，真正拥有实力的人，往往平静祥和，就像是狮子与老人一样，从容淡定。

优秀的人，有能力、有本事的人，低调，韬光养晦，收起了自己的锋芒，不显山，不露水；藏于平凡之中，藏于庞大的江湖之中，深藏在这世间的某个角落，比平凡人还平凡，比老实人还老实。

时间让低地成海，本事让人低成王；厉害的人，优秀的人，总会在不动声色中静静努力，深藏不露中崛起。没有本事的人，能力放在嘴上，只是卖弄炫耀，总是让人看出其纸老虎的真相。

土地不言厚，照样恩泽万物；大山不言高，照样巍峨如云；深水不言，照样水静深流。大海不言宽，照样一望无垠。

话语权与实力

黄鼠狼咬死了鸡，它说只为了找口吃的，它也不想咬死鸡；狼吃了羊，它说只是饿了，在狼眼里，羊只是食物；老鼠偷了大米，它说没意识到自己做了贼。被打死，它会觉得十分冤枉；人抢走了蜜蜂的蜂蜜，却不说自己残忍，只称赞蜜蜂的勤劳善良。

这个世界谁是主宰，谁说的就是真理，甚至只需要拥有话语权。

当谁能说话谁不能说话，都要屈从于规则的时候，话语权本身就是一种暴力。我们被这种暴力摧残是从小时候开始的。譬如，小时候，父母或老师常说的一句话就是：你闭嘴，先听我说！对与错先放在一边，你都没有说话的自由。这种粗暴，首先摧毁的是平等的权利。然后，又用居高临下，剥夺了你申辩的权利。

话语权暴力最终形成的，是一种自上而下的秩序。在丛林，在草原，平素里，你可以啁啾歌唱，可以撒欢欢叫，但在某些时刻，站在金字塔顶端的狮子或老虎一声啸叫，所有的动物就得噤声俯首，或者，四散奔逃。

这样的话语权，难免会混淆是非，颠倒黑白。也因此，它容易导致一种极端的暗昧：不是谁对谁说，而是谁可以说谁就是对的。

被这种话语权压制久了，人是容易畸形的，不是极端痛恨，而是极端崇拜。具体的表现是，受制的时候越是诚惶诚恐，越会在心底里对话语权追逐到疯狂。如果抗争不了，就低三下四，就忍气吞声，直到有朝一日，自己有了话语权去压制他人。本质上，进一步，属于扭曲的报复；退一步，属于猥琐的投降。

人争一口气，人要有出息。最直接的方式，便是有话语权。掌握了话语权，迎接你的是满世界的笑脸。有话语权的人说话，就有人信，就有人听。

丛林社会存在着弱肉强食，食物链上的生存竞争没有公平正义可言。人世间也是个丛林社会，除非你拥有了话语权！强大了，其他问题才不再是问题。

其实，国与国之间和人与人之间的相处一样；以前我们国家穷，国际地位不高，就没有什么话语权；如今国家强大了，外国人做事也会敬畏中国三分，你看看如今的新闻发言人说话的底气就知道了。这种底气就是话语权，这种话语权来自国家实力的支撑。

成年人的社交，实力才是硬道理。实力是钱和地位，所谓无钱莫入众，言轻莫劝人，待到功成后，把酒言初心。没有钱的时候不要和太多人结交，不要让自己处于人群之中，在自己身份低微说话没有分量的时候，不要去规劝别人。因为这个时候你的一言一行，别人都不会当回事。

现实还告诉你，唯有靠自己。

股市不为人知的秘密

我是个资深股民，曾四处打听内部消息，对股评师言听计从。或因愚笨，几万元股金统统散尽，现只剩一些记忆的碎片。

在我垂头丧气地离开股市很久之后，偶尔读到了一个让我大彻大悟的，与股市相关的故事。说的是富商买猴子的故事。富商带着助手来到了一个山上有很多猴子的小山村，富商对村民们说，我要买猴子，1000元一只。果然按1000元一只的价格购买了一个胆大的村民抓的猴子。村里人一看，这捉猴子换钱来得轻松，于是纷纷都去抓猴子。富商很快就买到了一百多只猴子，山上猴子不多了。富商这时出价2000元一只来买猴子，村民们见猴价翻番，便绞尽脑汁想着各种招术去抓，山上的猴子几乎绝迹。富商又出价3000元一只继续收购，一直涨到5000元一只。村民每天上山找猴子，种的地都荒废了。而富商则将猴子全部圈养着，自己回城准备联系大型货车前来运输。

负责看管猴子的助手跟村民们相处得不错，免费培训村民们的捕猴与喂养技术，不时告知村民富商的消息，得到了大家的喜爱和信任。有一天他对村民们说，富商在外面签了个大合同，这些猴子能卖个大价钱。接着又悄悄地同几个关系特别好村民说，我按3000元一只猴子卖给你们，等运输车来了，你一定要按5000元一只卖给富商，这样你们就发财了。没有不透风的墙，这个小山村的村民还有周边村的村民闻风而动，疯了一般筹措资金，终于凑足钱把所有猴子都买走了。

村民们耐心地等着富商带着运输车回来，但村民们不知道助手已经带着数百万元现金悄悄地离开了村庄。刚开始时，他们坚信富商会回来花5000元一只买走猴子，可是富商却再也没有回来。终于有人扛不住，把猴子放了。时间越来越久，所有人都知道没什么希望了，于是全部猴子都被放回了山上。

这些村民是不是像极了入市，跟风，听内部消息，赚小利，加满仓，被套牢，哭着割肉的股民们。

天下黑茶，神韵安化

我一直感叹中国山水画的神奇，寥寥数笔，一幅让人无限遐思的画作便跃然而出。过去我一直以为画画是纯粹的天赋，等到了安化，我才发现一切天赋之外还有眼界，眼界是要有基础的。看，峻拔的大山，资江清幽如兰，蜿蜒在崇山峻岭之中；虽是深秋，深绿依然笼着天地，满目翠绿欲滴，国画风骨在这里传神起来。

安化的黑茶，就是生在如此天灵地秀的山水之中。

现在爱喝茶的人很多，特别是人到中年，许多人就变得离不开茶了，我亦是嗜茶者。黑茶那琥珀般透亮的茶汁，那雅淡而幽深的茶味，宛如中年人的成熟、厚实与稳重。

一壶黑茶，我感受到它的文化底蕴。你到安化现场，黑茶文化不仅历史悠久，同时弥漫着古今。茶马古道犹在，传统制造工艺犹在，陶澍古墓犹在，左宗棠私塾犹在……安化是中国黑茶之乡，“安化千两茶”的制作技艺被列入国家非物质文化遗产保护名录，享有“世界茶王”美誉。享有美誉的还有生于斯长于斯的一干历史文化名人。如清两江总督陶澍、云贵总督罗绕典、书法家黄自元等。这里还是梅山文化的发源地。

让我不由得迷惑，闭塞的群山之地，是如何孕育这些精华的？

一壶黑茶，味淡却浓，承担了太多的精彩，它每年能带来数百亿元的产值。这也说明了黑茶的优秀“基因”，可能还有安化人的蛮劲，和其独特的营销模式。

作为一个黑茶产业“十三五”规划编制的参与者，我常想黑茶潜力市场将在哪里。安化黑茶是边疆各族人民“不可一日或缺”的生活必需品，但目前，一些地区有被绿茶和花茶等替代的趋势。黑茶将如何面对，更好地打开局面，黑茶将如何建立标准体系，如何优化产品结构，如何引导消费、强化品牌，黑茶产业链将要如何延伸，安化旅游又将如何与黑茶商贸结合，茶饮、茶食、药膳如何挖掘推广，黑茶产业与中医药产业如何结合，如何在大健康产业中独树一帜，等等，不一而足。这些问题，让人深思。

Part 10

第十辑

健康是人生最大的资本

幸福是养自己的心，不是养人家的眼

在生发诊室里，我见到越来越多的脱发患者。“地中海”“电灯泡”“一线天”“鬼剃头”“M秃”……网络上，关于脱发的类型描述多半有些戏谑意味。

你不是一个人在脱发。

报告显示，中国脱发人群约为2.5亿，每6个中国人中就有1人脱发。很多公众人物，比如杨幂、吴彦祖、英国威廉王子和著名演员卷福，也常因为发际线问题被“关怀”。

世界级难题正逐渐年轻化。前不久，中国青年网对全国643所高校大学生进行问卷调查，结果发现：超五成大学生有脱发困扰，超七成学生处于轻微脱发状态，他们一半以上曾寻找各种防脱措施，七成以上的学生认为脱发会让心情变差。现在的脱发人群以20岁到40岁为主，比上一代人“脱龄”提前了整整20年，还且没有要停下来的意思。有网友调侃到，“90后没脱贫先脱发”，挺秃然的。

对此，生发什么的，无疑螳臂当车，脱发目前在医学上还只能延缓。人类疾病约有40%以上是遗传病，引起的脱发因素超过40%就是遗传因素。去年，号称“日本脱发研究第一人”的板见智医生受邀参加NHK（日本广播协会）的访谈节目，用长达30多年的研究成果为大家解答了脱发困扰。网友看后纷纷表示：哇塞，真是太有用，太专业了！大家一起来感受一下……这位专家的结论是：大家都别困扰了，该秃还是会秃。看看这位医生真诚的发际线，就知道医生已经证明了自己的结论。如果看到这里，你还是为脱发困扰。我只能说，你再焦虑也阻挡不了脱发的历史进程滚滚向前，反而会加速脱发。

脱发对身体没什么损害，但它是困扰现代人的一大无害疾病，严重影响外观效果，让生理困扰逐渐变成了心理困扰。其实，脱发自古有之，上到帝王将相，下至布衣百姓，无不深受其扰。就连恺撒大帝也阻止不了发际线的后退。对一般人来说，说不好听点就是生活所迫，说好听点叫聪明绝顶。

既然脱发逃不掉，我们不如去爱上自己的秃头！注定无法挽回的痛苦，不如早点放弃。其实脱发除了丑以外，都是优点。即使露着锃亮的光头，也不要再有任何的心理负担。最坏的结果是，头发脱光了，但人还活着；有一条命在，比什么都强。

我们掉头发，原因一方面是自然规律，另一方面还有心情、生活习惯。越担心越恐惧越压抑，越掉得厉害。想开了，心态变得好了，头发反而掉得少了。因此，人活着，有一个好的心态，真的比什么都重要。心态好了，再糟糕的情况也会慢慢变好。

心态不好，一切都是牢笼。面对脱发，目前，治疗方法不多，但我们一味认为因为自己的脱发而对不起观众，从而产生严重的心理问题，自卑、自怜、忧郁；除了加重脱发外，还产生了一系列对身体健康的危害。说穿了，头发是人体的附属器官，有很多功能，美观是其主要功效，美观是给他人看的，脱发并不影响健康。

然而，不堪的是，生活中“伪名媛”这个词最近被霸屏了，遭受人肉诟骂。越来越多的人，争先恐后地想活成别人眼中的样子，买东西、吃东西、染发、卷发、读书、找工作、结婚，而这些人不知头发是人体的附属器官，是身外之物，却都要看别人的眼光，原以为这样就能幸福，殊不知众口难调，按照别人的想法去活，永远没法幸福。

很多人前半生似乎都在关注如何养人家的眼，于是乎……考试成绩不佳，会想到用红笔改分数，因为要养父母的眼。长得胖了，却希望多买些漂亮的衣服来让别人看自己舒服一点。工作了，包包不能用得太廉价，要不然被人嫌弃。虽然买了包之后，真的得啃面包。车子要有，虽然一个月也开不了几次，坐公交更省钱。但没车显得很寒酸，其他人似乎都有了。其实，那些人基本上和我们都没有半毛关系。

人生真的很奇妙，明明没有关系，却苦心孤诣地要让别人看着舒服，忽视了自己的荷包和自己的内在感受。

养了别人的眼，自己内心的感受也是真实的可怕。明明很清晰的事情，为什么就是卷在里面出不来？一个声音堂而皇之地说：“没办法呀！”是真的没办法，还是自己没有勇气跳脱出这个虚假的体系呢？绝大部分的原因，是因为没有内在的价值标准，所以凡事人云亦云。就怕枪打出头鸟，也没有勇气抵挡周边的舆论压力。

但生活最终的买单人，其实是自己。如果你都没法让自己开心，让自己顺气，谁会来搭理你呢？想明白了，才会知道，人生是需要自己负责的。不管别人怎么说，自己充实笃定，才是最重要的。切实用好荷包，经营好自己的生活，那就是最好的幸福指南。没有过多的干涉，没有过多地框架，没有过多的担忧，能专注地让自己养心，又是一种怎样的体验呢？

1.早睡早起，作息规律。因为无所担忧，所以能够睡得充足。只有睡眠得以充分保障之后，人体才有时间补血和进行重要器脏的修复。人活一世，活得时间久一点其实也是一种成功。

2.专注做事，做个开心的透明人。没有大职权，做事来点小透明。人活着是为了生活，工作虽然是为了生活，但如果生活因为工作而变味，这样的工作也是需要重新考虑的。当个无足轻重的人，偶尔出现小错误，也不会有大麻烦，知道错了立即改正就好，也不容易被人盯着各种不足或错误。因为无惧错误，做的时候反而更能投入其中，着眼于事情本身，而不是各种担心上级不满意。

3.梳理头绪，及时整理日常小幸福。上下班，收集路上的美景。如此美景，如果没有养心的步骤，很容易被忽视。一花一草一物，都可能是一世界，只不过我们衡量的视角不同罢了。幸福，不一定是别人认为的那种开豪车住豪宅，也可能是真正享受当下，珍惜自己已经拥有的一切。养心，就是那种能够全身心投入，活在当下的感受吧。

4.中年人，脱发再也不能让自己焦虑了。此时，最宜独守寂寞，于孤独中品尝岁月。一间陋室，几枝花草，一曲轻音半卷书。静品岁月风雨落花，淡读时光苍茫，心如莲花，一路芬芳。日子在柴米油盐中生香，在粗茶淡饭中孕育诗意！生活是养自己的心，不是用来养别人眼的。浅浅喜，静静爱，深深思，淡淡释怀！放空自己，给心灵留一寸角落安放。清水无忧，皆因随性；落叶无憾，皆因心空。

热爱生命，才与生命相涉

一阵风带来苍凉，不叫苍凉；一股寒潮带来悲怆，不叫悲怆。只要晨光如期照耀门窗之外的山河，一切生机勃勃。所以，坐在炉边的孩童，一个冬季都在盼望着下雪；有豪情的人，常嘲讽一天二十四个小时的划分。朝阳、夕阳、落日无一不是太阳的别称。

多情伤离别，其实离别不在桃花潭水，不在长亭古道。真正的离别却是，相同的早晨，有人留昨天。所以，总有一些东西要用消失来证明它的珍贵，比如青春，比如健康，比如初恋，比如那些曾经让你热血沸腾的梦想，还有不用戴口罩的日子。

我们必须明白，站在人生十字路口，没有红绿灯之事实。我不知道这二者的区别，给我力量接受那些无力改变的事情，给我勇气改变那些我可以改变的事情。给我智慧吧！让我明白，我爱大海，可以与大海无涉；我爱你，可以与你无涉。只有爱生命，才与生命相关，生命的意义只与活着有关，与活着之外任何事情无关。

年轻时，我们遥望远方，而现在却回望故乡，总忆起家门口的那棵树，开着粉红色的花朵，瑞年时也结些小果，虽然有些难看却也香甜；暖和无风无雨的日子里，尤其开花的那几天，大人们在树下搬张桌子，摆几碟小菜，自然也少不了一壶米酒。现在依然着迷，酒菜之香弥漫，人们无拘无束，繁花在风里，在暮色里，在月光里涌动。人生也是值了。

关注健康

心中若无牵挂，此时贫穷对你而言，就是牛排和馒头的差别，无损你的幸福；当你爱上一个人时，贫穷让你深深感到什么叫自卑；其实，这依然算不了什么，只有当你失去健康时，绝望才让你有锥心之痛。

树在，山在，大自然在，时间在，她在，难道此时此刻还不是你心中最美好的世界?！没有了健康，再如何的繁华都会失去颜色，再如何生动的鲜花都会僵硬如塑料花。唯有健康，能让荒凉拥有温暖，唯有健康，能让荒芜生出绿洲。没有谁能与生活讨价还价，也别问他人为什么，要多问自己凭什么。问多了，你自然会关注自己的健康。一个人赤条条地来，赤条条地去，健康是你唯一抗击坎坷与风雨的盾牌。

我们忙着考虑他人的感受，却忘了这世上最应该讨好的，其实是自己；最应该费心费时犒劳的，是自己的身体。一定要像保养爱车一样，保修自己久经沧桑的身体。

很多事情也不用太责怪自己，再多做一次，也就那么回事。唯有下面几件事不能耽搁，及时尽孝，子女教育与自己的身体保健。

天上的白云，聚了也散了，散了也聚了，人生离合，大抵如斯。但健康离失，拼命找回来也绝不再是你以前健康的身体，丢失找回的人也不是以前的人了。中医说上一秒的阴阳平衡与药石之后的阴阳平衡，是不在同一个范畴内的。

年少时，你豪言要喝遍全世界的美酒佳酿，年老后才发觉，白水最长情。年轻时，英雄说要统率千军万马、百万雄兵，暮年才发现，要统率自己的身体都已经那么困难！

健康地活着是人生的山河

一个人到底值多少钱，健康可以证明！有健康叫资产，没健康叫遗产！

没有一个病是小病，拖久了都成了大病！

如果一张脸都不能打理好，凭什么说还有诗与远方？

别把钱财看得比命还重，世界万物绚丽多彩，没有一件是自己的，唯有身体才是你自己的！

健康是幸福之本，有健康不等于有了一切，但没有健康却等于没有了一切。失去健康你赢了世界又如何？捡一座金山，你得能够拿得起；腰缠万贯，你得有命花；赏一路风光，你得走得动；满桌佳肴，你得有好牙。垄沟里刨食的是条好汉子，病床上数钱的是个大傻瓜。

健康是个掉下去就碎的空心玻璃球；其他一切是皮球，掉下去以后还会弹起来。健康与时间，永远是单行线。

对健康问题，老天爷没有你自己管用。健康，要活得长、活得好。养生从30岁左右就该开始，不能等到中老年才考虑。世上本没病，只有小病，积累多了才成大病；要你命的，更多是不当的生活方式，如抽烟喝酒、胡吃海喝、懒做与乱折腾。

人不能死在嘴上，晚上胡吃海喝是百病之根。会吃会喝才健康，能吃会喝不健康；嘴吃饭求享受，肚子吃饭求温饱，脑子吃饭求健康。早上吃得如皇帝，中午吃得如大臣，晚上吃得如乞丐。吃喝要均衡与多样，80%植物类，20%动物类，营养过剩一样会中毒。

每天一定要喝八杯水，水就是人的生命，不能渴了才去喝。一天两到四种水果，三到五种蔬菜，保护心脏，综合抗癌。醉一次酒，等于得了一次急性肝炎。全世界最不好的习惯是抽烟，接着就是气管炎、肺气肿、肺心病，最后肺癌，是死亡三部曲。

不良情绪是杀手，很多人并不是老死的，不是病死的，而是气死的。《黄帝内经》说得绝："怒伤肝，喜伤心，悲伤肺，忧思伤脾，惊恐伤肾，百病皆生于气。"一定要驾驭好情绪，多笑，开心大笑。实在不能，也要假笑。

走路是种非常好的锻炼方式，凡事有个度，过犹不及。吃饭有个度，睡觉有个度，锻炼也得有个度。每天运动半个小时，光走路就好。

家庭不和睦，人就会生病。人的疾病70%来自家庭，人们的癌症50%来自家庭，"小吵天天有，大吵三六九"，不吵架，不说话，半个月不说话，也会憋死人。

孤独比贫穷更可怕，夫妻恩爱的才长寿，互敬、互爱、互信、互帮、互慰、互勉、互让、互谅。

健康生活，要做到七个方面:1.每天要笑，身心健康；2.一定要睡好八个小时觉；3.一定要吃好三顿饭；4.每天坚持运动半个小时；5.每天一定要大便；6.家庭要和睦；7.不吸烟，不酗酒。

生命里没有如果，只有后果和结果。有人因为没有健康而倾家荡产，人财两空，没有人会因为养生而倾家荡产。唯有趁早重视自己，重视自身的健康，健康每一天，每天都健康，才能成就一生的健康。才能拥有一个快乐无忧的人生，才能拥有人生一片大好河山！人生最大的成功就是健康地活着！

这个世界多美好，取决于你多健康

人人们很少做他们相信对的事情，只做比较方便的事，然后后悔。比如说，牺牲健康，汲汲名利，把赚钱作为终生目标。

永远不要把钱看成财富，这只是一堆成本低廉的符号，国家随时可以开印。年轻时，拿健康换钱，年老时拿钱来换健康，最后人财两空，钱都交给医院，人成了一缕青烟。不要认为自己很能赚钱，病床是最贵的床，不信，进医院的ICU病房看看，钱就如同手纸，扯一张不够，要扯得你手疼，也不够交一张处方单。

《黄帝内经》大音希声扫阴翳，认为真正的财富是占据生存资料，实现永久的不劳而获，对个体而言，如此！对人类而言，如此！对国家而言，亦如此！健康是含金量最高的生存资料。在当代，一份健康的体检报告，才是最牛的炫富！

多少人，本末倒置。拼了命地赚钱买房，成了房奴，年老之后，却发现自己只能搬到养老院去，住只能住一间房，睡只能睡一张床，再多的房产也只能看着；那些用血汗钱买的别墅，用牺牲健康换来的豪宅，或许空着，或许是保姆在享受，或许成了他人的资产，或许成了沉淀的死资产。坐拥阳光万亩，生命只开一朵。春天万物生长，没有一样东西你可以留下，你唯一拥有的，只有自己，唯有健康。

老鼠嘲笑猫时，旁边必须有个洞。人与命运搏斗时，必须要有一个好身体。确实，人生不易，一个麻烦接着一个麻烦，一路艰辛接着一路艰辛，一场风雨接着一场风雨。不是暴风雨过去了生活才开始，而是与暴风雨一起舞动，在暴风雨中跳舞。为了不感冒，为了不塌垮，你得有副好身体，你得健康。

健康时，你看见的是世界，没了健康时，你听见的才是世界。这个世界多美好，完全取决于你有多健康与多爱自己。

关于健康的几则语录

不管快乐、幸福还是怜悯，能与时间对抗的只有健康；不管友情、亲情还是爱情，能与时间对抗的也只有健康。

当你的健康潜意识没有进入你意识的时候，那就是你的命运，不治之症真的就是绝症，绝症嘛，就是没有以后了。

与其降低你的开支，不如尝试增加你的收入，而身体康健刚好相反，最终治愈疾病是自身的免疫力，是自己的身体。

等你见过世面了，经济独立了，你才不纠结一个人爱不爱你。健康是你最大的本钱，只有有了健康，你才能以梦为马，敢作敢为。因为健康才能承载生命的光芒。

一智能解万年愚，一灯能破千年暗。健康是万千幸福中最大的幸福，是千万快乐中最实在的快乐。

健康是1，财富、爱情、亲情都是1后面的0。

今夜，你遇见世界上的一切；今夜，你拥有人世间的一切繁华。没有健康，这一切将止于黎明前，这便是一场春秋大梦。

我们可以不要太在意一些选择，尤其年少青春的时候。不管你怎么过，随意也好认真也好，疯狂也好严谨也好，绝大部分人反正会把它过得乱七八糟、曲曲弯弯的，只要能说明你来过人间一趟便好。倘若你身体的健康欠佳，终生病恹恹的模样，无疑是对时间的亵渎，对生命的糟蹋。

人们总劝说别人，想说的话一定要说出来，想做的事一定赶紧去做，想珍惜的人一定要握在手里不松手。其实，这一切都是以你健康为基础，无论是身体健康还是心理健康。犹如，看怎样的景，有怎样的记忆，都是你的所处决定的。

这个世界，没有对错，只有善恶，只有我们的站位。而这个站位是垫在健康这块砖头上的。

健康相伴

1. 中医有感

月明星稀，孩童说肯定是星星有自知之明躲了起来。

萤火虫却是真正地喜欢月亮，月光越明它提着小灯笼越起劲地飞舞。它说，它要把自己所有光献给月亮。

我收集了所有的浪漫与温柔，所有的耐心与认真，所有的勤奋与天赋，一个很彻底的凡夫俗子，背携着这些历经千山万水，自诩这是一生中的大收获，直至我今天在道县中医院再次读起你，对生命健康的追求于你而言，只是底色。

我依然认为，如同萤火虫喜欢月亮，我也喜欢中医，认为中医的渊博与我没有关系，如同跟喜欢人的强大没有关系一样，是纯粹的喜爱。

2. 失去健康，前方便是彼岸

人生所有的拼命，都抵不过健康。身体出现了毛病，你就会意识到，健康比什么都重要，所有的烦心事，都是饱了闲的撑的。

生活中我们对于美好，如单相思，只能袖手旁观看着她爱别人，自己心里沮丧得不行。但一旦发现自己身体有恙时，“我不重要，你不说，我也知道”。仅此而已！自己内心却淡泊宁静，或许，内心深处明白：一切都得让路于自己的健康。

人生值得高兴的是，父母健在，好友三二，盗不走的爱人，还有一副好身板。对我这样的吃货，有一口好牙也是不错的！

因为，健康一旦失去，人生的下一步便是彼岸！

3. 道县之行

来到周敦颐的故乡道县。时值冬日，千山尽瘦，万木凋零，门前池塘残荷雨滴，寒风有些轻狂，梧桐树的叶子学会放下，一年又一年漫长，飘零才是最终的注释，散发荣枯的叹息。

今晚，我又是无眠，静听窗外雨声。活着的人，作秋之诗，行冬之道，奔向春天。其实，生命中有两样东西，一是肉体舒适二是灵魂自由。写秋天的诗，行冬日的路，去往春。其实，人生只有两件事。

站在周敦颐塑像旁，心田的残荷已经换季，如海棠娇嫩，泛着阳光的温暖。此一人，此一事，此一时，此一地。却也是，所有人，种种事，到永远，去各处。

4. 省中医药研究院建院65年座谈会感怀

2022年3月17日，灯光千杯，春光万盏。岳麓山下，一场盛大的国医节，一场六十五周年的庆典，隆重召开。

65载薪火相传，65个春华秋实，拿什么换来？忆三代歧黄传人，闯荡浩瀚无边江山，豪情万丈。一支素笔点染，亦可画尽杏林全部色彩，白雪皑皑只身穿过，管他八荒够不够野蛮！

思当年，曾豪迈，纵无帆半张，也要扯下一片天空来航船，坎坷踏破，敢笑这风暴不配波澜！

俱往矣，“雄关漫道真如铁，而今迈步从头越”！

5. 不要胡乱整容

生而为人，相貌会定下你是怎样的角色，承担何样的使命。如果你胡乱整容了，你的角色也就乱了，忽而这个，忽而另个，严严实实遮盖了命运赋给你的真实角色，也让你承担不了你应有的使命。

时间以相同方式流经每个人，而每个人因角色不一样而以不同的方式度过。有人富有，顺遂，鲜花着锦，烈火烹油；有人穷困，苦楚，多灾多难，祸不单行。麻绳专挑最细处断，厄运偏找苦命人。谁都想安稳适度过一生，可很多人，没有那个条件，然而生活始终要继续走才有希望。不是谁整容就能够逃避的。

生命无非是苦，苦来了，把它安顿了就好，相貌不堪，也要“敝帚”自珍。为人一生，容颜早已定下各人的角色，每个在自己的角色上尽力尽责，若最终有无可奈何处，也只能更务实，更完善。凡是生命给予的，无论美丑，凡是自己经历和体验的，无一不是财富，拥有了何必再贪恋。

人世百年，此日最易过。天地万古常在，此生却难得。等你到了一定的岁数，对于很多过去在乎的事情，如半途而退的潮汐似乎毫无再提起的必要，一浪浪地消失。

这世界上究竟有无命运这回事？意外是没有的，但各人是有使命的，只是有人始终承担，有人错位承载。

6.养容唤醒青春颜

女人有两段时光，一段豆蔻年华，惊艳了时光；一段容颜迟暮，温柔了岁月。陌上花开，苍白了誓言，陌上花败，凋零了容颜。

你会不会，依旧如昔，执我双手，有倾世温柔。冬日的阳光，沉稳而温和，散发着思念的香；岁月静好，你还不来，我岂敢老去？

7.人生本过客，何必千千结

无则悲苦，有就欢欣。其实，人世间不是所有的“有”都值得高兴，有些“有”根本不值得去欢。一切拥有都以失去为代价；“有”有何欢？“无”有何苦？人生本来一场空。

人们祈求圆满，觉得好花配好瓶，好茶配好壶，而佳人理当配才子。精致太过，完美太过，反而度日惊心。有时候缺憾是种美丽，随性更能怡情。

人生是有无之间的更替，得失之后的心态决定苦乐。缘来不拒，境去不留，得失看淡，才有闲心品尝幸福，

人世生存，不要过多奢求，人生之路对谁都是荒径，我们需要轻装上阵；人人都是过客，生不带来，死不带去；拥有再多或者一无所有，过去了，每一片记忆都是曾经。

一无所有时，若能说自己很幸福，必定自己还有健康的身体；不再享有健康时，依然微笑着说自己幸福，必定自己还有一颗健康的心；甚至连心也不能跳动了，临终时仍旧安详闭上双眼，也是很幸福的。自己有何德何能，能在人世间幸运地走了一遭，幸福地生活过。

幸福不是功成名就，幸福不是坐拥千金万银。身体健康不是幸福，但幸福必定有健康的身心，幸福是一种感觉，一种在寒冷的日子里看着太阳，心里不知不觉地暖洋洋亮堂堂，充满希望与信心。

生命简单，不需要华丽雕饰

灾祸往往像狂风暴雨，突然而又不可阻挡地倾泻在日常生活中，掀起惊涛骇浪，暗潮汹涌。

如果没有大地震，汶川人民将一如既往，在繁花似锦的都市里，感受着节日的欢乐，感受着春天的温暖，感受着生命中的美丽。在灾难面前，我们从未感到过死亡是如此的接近，也从来没有觉得死亡如此面目可憎，因为远离，因为漠视，我们的世界里，曾被生活的琐碎与层叠的欲望充斥，以至于在它们的驱逐之下疲于奔命，忽略了近在咫尺的美景，蝶绕花枝舞，鸟藏林间鸣，多么美妙的一幅幅烂漫的生活图画。

只有经历了灾难、疾病、亲人去世等人生大事，方能对死亡有更深的领悟和觉察。原本的生活里，可能仅仅想着读万卷书，行万里路，赚更多钱，升更高位，买更好车，住更大房，这些都是可以物化和衡量的东西，即便实现了，也会被新的可以物化和衡量的目标取代。唯有生死，匮乏洞察。

人只有在面临死亡的时候，才会认真对待。当自己躺在病床上，无论医生如何努力都改变不了生命衰败，那一刻，自己的心里，会想些什么？是曾经高远的理想，还是没有消费的财富？是永不满足的权位，还是江湖未了的恩怨？或许，什么都不是。那一刻，想到的，可能很质朴，那一抹斜阳，从来没有好好欣赏，爱人的脸庞，从来没有好好端详，或者，曾经走过的道路两旁，青草红花，轻风弱水，从来没有好好安享。那一刻，或许才明白，生命原来如此简单，根本不需要费尽心思地华丽雕饰。

我们不认识那些死去的人，但我们却为他们的死深感悲哀——生命凋零，且以如此凄惨的方式，感伤便不由自主地溢满我们的心间。

我见过这一幕，印象深刻。一位病重的老人坐着轮椅，旁边是陪伴的亲人。在初春的傍晚，他们静静地欣赏着夕阳美景，当时正是晚霞满天。那一刻，是最美的定格，时光如此安详，人生如此美好。

生命脆弱，请珍爱

圣诞前三天，我去一个山区调研中药材产业发展，经历了一场十分意外的车祸，让我对生命是如此残酷有了切肤之痛般的叹惜。

有人受伤，也有人失去生命。好端端的一条生命就这样没了，好端端的一个家庭就因无情的命运殒逝，支离破碎。幸福如此近，但天灾人祸又如此不留情面。幸福的载体——生命不存在了，纵使家财千万，人生又何谈幸福呢？

像花一样的生命，就这样在眼前飘零。心里总想生命力如此强大，但在喜怒无常的天灾人祸面前生命又如此脆弱。

岁月若流水，万物有时候静谧得让人有些害怕。在物质生活越来越富足的今天，我们日子过得越来越舒适，往往觉得灾难和死亡离自己很遥远。看到电视上的那些灾祸，总觉得是和自己八竿子打不着的事情，所以很淡然，生也好，死也好，反正这些陡增了我们日后的谈资。真是：压力没到谁头上，谁也不知其重；压抑没到谁身上，谁也不知其绝望。

然而，随着自己越来越多地融入世界，与身边的朋友、同事越来越频繁地接触，又偶有一两位在无声无息中离去，才感觉生命易逝。2003年年初，非典肆虐。每日网络、报纸、电视等媒体发布救治多少多少病例的消息时，心里或多或少产生一丝恐慌。直到有一天一位朋友打电话给我，我俩共同的朋友，他的夫人，在救护病人时，不小心感染上非典而殉职。这一刻，我感到，原来灾难离我们非常近。把握当下的青春，珍惜自己的生命，平安是福，健康是如此重要。

记得2008年5月12日汶川地震，当时正在办公的我突然接到四川朋友的信息说四川发生地震了，我未加以理会，以为只是朋友在开玩笑。随后不久，我就在网上看到四川发生地震的新闻。心中一惊，赶紧给朋友去电话，当获悉朋友一家平安之时，才放下了心中的石头。当从朋友处获悉网友的嫂子，在地震中失去生命，只留下一个十岁的孩子，我心中忍不住有了一种说不出来的悲痛。那段时间，电视、网络中不断播放汶川地震的救援图片，看着人们因失去亲人而痛苦，看着父母付出生命也要保护孩子获得生机，这些感天动地的瞬间，真切地让人感受到人间的爱和沧桑。悲欢离合并非我们个人能左右，但生命在灾难面前并不会懦弱和屈服。敬畏自然，我们更珍视生命的张力，生命正以无限的韧度书写着大爱无垠。生命有时候也很脆弱，但不论你的身份、地位如何，只要我们怀着一颗勇敢的心，顽强地抗争，奇迹总会发生！

与朋友、同事聊天时，经常能听到有人为了感情而自杀，哪家工厂又出现几起事件等信息，心中真为这些人感觉到惋惜。如今社会难道如此不正常？有的人在挫折面前竟如此不堪一击？人生苦短，来日方长，何苦为了那些梦中白马王子、那些苦思冥想的不解之事，为了几块钱或几句争执而一时冲动，抛弃如花一样美丽生命呢？

生命是有限的，但生命力是无限的，请在有限生命中尽力过好属于自己的生活。我想对你说，朋友们，在天灾人祸面前，身体如此弱小，生命那样脆弱，爹妈生下我们已经不容易。拥抱生命，我们要深深珍惜那份爱，尤其是那些爱酒驾的，喜欢开快车的，不遵守交通规则的人，请你们为了家人为了自己，多珍惜生命。

这是2018年的年底，有人感叹说，日子过得真快，仿佛又虚度了一年光阴。我只是弱弱告诉你还活着，这就是成绩。

心乃大药——治病关键还得靠自己

“人活一口气”，指的不仅仅是呼吸之气，还有我们的“心气”，心中这口气泄了，人也就垮了。

心乃大药——治病关键还得靠自己，一念至诚，不可思议。

得了病怎么办呢？“吃药呗！”这是大部分人立刻想到的对策。可是，药物真的有那么神奇吗？真的是“药到病除”吗？其实，药物确实有用，但只能起到一部分作用，关键还得靠自己。

不少患者，专家一走进病房，他的精神立马就好多了，不喘了，浑身也有劲了。名医在他们身边的时候，他们的状态都很不错，可当名医前脚刚踏出门，他们就又觉得不舒服了。

这是为什么？医家其实没做什么，只是因为医家在场，他们的心态不同而已。医家去了，他们心里有依靠了，认为有医术高超的人在身边候着，自己的病一定能治好，心里有着落了，抵抗力也就增强了，自然精神状态也就好了。这样的心态，配上医效，身体恢复得就很快。可有的人却爱怀疑，医生来的时候心里踏实，可医生一离开，他心里就开始犯嘀咕，没了安全感。这样一想，心气就散了，病魔卷土重来，甚至更为强大。

长期焦虑、长期郁闷、常年思想压力过大而罹患不治之症的大有人在。常言道：人生不如意事十有八九,一个人若深陷忧闷，钻牛角尖，忧郁寡欢，或愤懑不平，机体就会脏腑气机失调，生病是迟早的事。

有些人虽然病得很重，坚决放下，甚至皈依佛门，虔诚地学佛，一心念佛求生净土，心无旁骛。时间一长，病情居然大为好转，甚至痊愈了。

可能有人会问：“念佛真的能治病吗？有什么道理呀？”其实，这主要是因为念佛可以使我们心思纯净，心态积极，抵抗力自然增强。

六年前，大夫对一位年逾六旬的美国人说，最多还能活半年。于是，这位被诊断为胃癌晚期的美国人给自己购买了一个别致的骨灰盒，然后带着它在老伴的陪伴下去旅行。他嘱咐老伴，旅途死在何处，就地火化，把骨灰带回就行。三个多月过去了，老两口不紧不慢地游遍了全国各大知名景区，三个多月过去了，病人心情愉悦，精神放松，食欲大增。六个月过去了，老人的身体反而强壮了，死神离他也越来越远了。这说明，乐观的心态对疾病的康复是至关重要的，如果及时调整心态，再用一点医药做辅助，则治病事半功倍。

心乃大药。中医心理疗法符合中国人的文化背景和社会历史特点，满足中国人的心理治疗需要，治疗的阻抗较低。中医治疗精神与心理疾病、睡眠疾病的方法有很多。如按摩、针灸、气功等一些传统的中医身心调节术；传统的中医心理疗法如情志相胜疗法、暗示疗法、归根心理治疗等也能治疗心理疾病。学点中医心理学，有益于疾病的辅助治疗，有利于心理疾病的治疗。

假如树被藤缠上了

假如不幸遭逢不治之症，譬如癌症。癌细胞是人体细胞的叛徒，作恶多端，抢营养，抢血液，疯狂生长，压迫神经，压迫周围组织。鱼那么信任水，水却煮了鱼！

西医第一治疗方案，先手术，后放化疗。杀敌一千，自伤八百。

中医治疗方案，四联疗法综合作战，抗癌，止痛，健脾，提高免疫力。在这里，刀不与剑比锋芒！

风既然吹落了叶，可否还能把落叶重新装上枝头？只能等来嫩芽吐绿了。人的身体，一直在变幻。熟悉的陌生了，陌生的走远了，不幸总是在衰老时撞门。当不治之症缠着身体时，如同顽固的藤缠着树。

没有利器砍断藤，没有力量阴死藤，那只能共生共长。双方比速度，树要更坚强，更要长得快！带瘤生存，心态信心是良药！

人生是一个过程，像朝阳至日暮，又好像一年的四季轮换，春雨、夏露、秋日、冬雪。短短几十年的人生分为上半场和下半场。人生上半场讲究的是"升"，学历学历，职位升，业绩升，财富升，比上升！主动去升，主动去拼。而人生下半场讲究的却是"降"，降血压，降血糖，降血脂，降尿酸，降胆固醇，比下降！降得被迫而无奈。

两场都赢的法则是：不富也要知足，有理也要让人，有权也要低调，再烦也要想通，不渴也要喝水，不累也要休息，没病也要体检，再忙也要锻炼！

在人生的两个半场中，无论何时，要关注健康，不仅养生，培养良好的生活方式，还要有良好的心态，淡泊从容！无论生活是苦是甜，真诚永远；无论道路是直是弯，美好永远；无论生命是长是短，善良永远；无论离你是近是远，我的祝福永远！

空不是虚无境界

中医说，五脏常实，六腑常空。

对生命而言，空比实更有价值。“空”也是人生的最高境界。赤子尤贵！人生之初如一张白纸，有着无限的时空与潜力，可绘就美好蓝图，书写精彩华章，无人不羡！人生如一只空瓶，空瓶可以装醇香，空瓶可以装新水，空瓶可以装快乐，空的房子才可以住人，才可以装进人间烟火、一家人的幸福温馨，还可以装进阳光。一切容器的利用价值在于它的空。空是一种度量和胸怀，佛经里有“一空万有”和“真空妙有”的禅理。空是“有”的最初因缘，空是“有”的可能和前提。

人生若如空杯以对，就有喝不完的好茶，就有装不完的欢喜和感动，装不完的美好、健康、真诚、善良。

人生宜空而忌实，譬如盛气凌人脾气大，譬如骄横自满，譬如自恃其才或恃财。一个功德圆满，能善始善终的人，一个有本事的人，都有这三个习惯。

1. 气忌盛

无论气盛则凌人、气势汹汹还是气吞山河、气势磅礴，气大对交往的对方而言都有压迫感，引起不快！自古人贵声音低，高嗓门，肆无忌惮的大笑，暴露了自己的修养低。所谓一个人的脾气不好、气势太盛、目中无人都是由于自身的修养不够。年轻人处世的大忌就是，心浮气躁，无法静心做事，无法平和待人。

2. 心忌满

谦虚、谦逊是中国传统的美德之一，但很多人认为这是服软、懦弱的表现，从不肯向别人低头，生怕被人瞧不起。殊不知，真正有本事的人，必有一颗谦虚的心。三人行，必有我师，对于自己不懂的，要敢于向别人虚心求教。

3. 才忌露

老话说“人怕出名，猪怕壮”。平庸的人在平凡生活中，安分守己，诚恳待人，往往不会出什么大问题；一个人才华出众，声名远扬，反而容易出事，甚至英年早逝。人人或多或少都会有嫉妒之心，比如仇富心理便是人性顽疾，仇富现象中国人尤其突出。人们往往自觉不自觉嫉恨那些强于自己的人，尤其不满那些强于自己的熟人。所以，与财不可外露一样，才华也不能轻易显露，否则处处受阻，怀才不遇，无论是否有真才实学，都要懂得“低调做人，高调做事”。

时间是一株挂满生死的大树

没人能怀疑时间决定了生命的长度。时间是君主，决定命运，决定生死。时间之树，挂满了万物的生机，也挂满了枯叶。

人类对时间尊崇，如忠臣，甚至到了愚忠的地步，到了本该如此的境界。

好花知时节。庄子说："日出而作，日入而息，逍遥于天地之间而心意自得。"遵循大自然的规律，活出自己生息的节奏，早睡早起，时间便是在滋养自己，这样才是最好的养生。

中医养生讲究五运六气，什么时间，做什么事。一天划分为十二个时辰，每个时辰对应不同的养生法则。晚上9点到11点，为免疫系统的排毒时间，人体应该保持安静；晚间11点到凌晨1点，是肝脏排毒时间，应该进入睡眠状态；凌晨1点到3点，是脊椎造血时间，需在熟睡中进行。因此，睡觉要在晚上11点前，最晚也不能超过12点。

熬夜晚起，让我们产生自己抓住了人生的错觉，殊不知毁了你的精气神，甚至造成不可逆转的悲剧。熬夜，违背自然规律，消耗自己，透支生命，健康就一定会亮红灯。总是晚起，离死亡也就不远了。

有句俗语："早起的鸟儿有虫吃。"早起的鸟儿，不怎么费力地吃到那些"半梦半醒"的虫子，捉虫的时间比晚起的鸟儿多一些，因此总是吃得更加饱一些。

一个人对待早晨的态度，决定了他的人生高度。南怀瑾曾说："能控制早晨的人，方可控制人生。"若是从起床就开始拖延，那么他一生注定在拖延中度过。把握好早起的这段时光，才能过好今后的每一天。

你几点起床，就是什么命！自律的人生，应当从早起开始。早晨的时间，蕴含着巨大的能量。清早起床，人的头脑清醒，办事效率也高。《增广贤文》有言："早起三光，迟起三慌。"起床早，可以有充分的时间，做事不慌不忙、井井有条；起床晚，不但时间紧张，更容易丢三落四、忙中出错。如果每天坚持早起一小时，一年下来就多了一个月的时间。不仅时间变得充裕，人的心态也会随之改变。

富兰克林说：“我未曾见过一个早起勤奋谨慎诚实的人抱怨命运不好。”你的时间花费在哪儿，你就收买到什么样的命运。当日出你还在被窝做梦时，早起的人已经开始晨练、晨读、工作，就赢在了起跑线上。

这个世界，一直在偷偷地奖励那些坚持早起的人；许多有成就的人，并不是做了什么轰动的事情，而是他们能坚持每天重复做好一些自律的小事，日积月累而辉煌。某种意义上说，早睡早起，正是这样一件了不起的小事。

成功的路上并不拥挤，因为能够坚持下去的人少之又少。而人生的蜕变，往往就是从早起这个小小的、不难的习惯开始。驯服早晨，就能驯服人生。早睡早起，哪怕只是提前一小时，也能让自己更从容。

俗话说，天下大事，必作于细，我们的人生就是无数小习惯的总和。别小看这一点点时间，人和人的差距就是这样拉大的。清晨是一天的缩影，你几点起床，就怎么过一天；你怎么过一天，就是什么命。而早起的习惯里，蕴含着惊人的力量，会给你带来巨大的改变，也会给你带来更多的好运和惊喜。改变一个人命运的，往往不是惊天动地的大事，而是生活中的小事，好的习惯、好运总是藏在微枝末节中，坚持下来便有意想不到的收获。

坚持自律，就能带着掌控感，过上更有方向的人生。

后记：没有局外人

多年前，人生的路上，我跌了一跤，一时深陷困境。一天，心情沮丧，独自一人，我从长沙沿309国道步行去宁乡沩山寺，走到黄材水库旁的一座山上，居然迷了路。当夜，空气清新凛冽，夜色清澈澄明，苍穹上有一颗星，从未见过的闪烁耀眼，顿时我内心深处被深深地触动。大自然竟然还有这样的景观，让我这样一个贫困的人遇到了，这是上苍的赏赐，上苍并没有厚此薄彼，只给贫困者一片黑暗。贫穷的人确实买不起钻石，困顿的人确实很失望，而星星就是穷人的钻石，就是困顿人的希望。

当命运对你关上了门时，必然还会开一扇窗，因为，人总得活着，只要不自弃。自此，我逐渐明白命运。命运就是宿命和运气，命与生俱来，为人一生之所归，运却是会改变的，在某个时段或顺或逆，有起有伏，如鸿运当头或利运不通。

每个人最终都难逃宿命。

生活中的逃遁者，人生中的隐士。它的命运就像是一滴水：如果不想蒸发，最好融入大海；以为这样就能保住性命，所以盲目追寻，以为躲在人群里就安全了。

盲从和随波逐流是逃不过命运的，恰恰相反，时间会无声无息地杀死它们。每个人都逃不过自己的宿命，命运不是爱恨情仇，不是恩怨情仇，也不是因果轮回，而是人类整体无法逃脱的既定规律。

1. 一次唯一的生命

造物主早已在人类基因中设置不可篡改的“底层代码”。每个人都逃不过新陈代谢，必须吃，必须喝，不得不长大和衰老，不得不在社会中做人，不得不害怕……这便是人类的宿命，任何人逃不出既定的规律。每个人的生命都只有一次。这短暂而庸常的一生，便是他的命。

生命中唯一的一天，每一个时辰都是绝版，看似一模一样，一去不复返。注定有些人，一旦错过，就会分道扬镳，注定有些机会，一旦把握不住，就会失去，注定有些道理等到明白了也就没用了，注定有些事等到有时间有能力去做时，感觉却不在了。

生命本来的面目很残忍，从得到仅有一次的生命开始，剩下的就是不断地失去。从出生离开母体以后，我们失去了那个温暖的、恒定的、没有任何担忧与烦恼的环境。失去了洁白的乳汁，那是母亲用爱酿制的玉浆；失去白皙光滑的皮肤，失去明眸如水的眼睛，失去天真无邪的眼神和笑容，进而失去自我支配的时间，失去表露内心的资格和能力，失去亲人，失去爱人，失去了健康的身体，失去了行走的能力，失去了语言，失去了思考，失去了生命。

时间是丈量每个人生命长度的尺子；生命同样是一把尺子，丈量每个人自己的生活。人们要在有限的时间之内完成生存、繁衍、幸福、爱情、悲伤、奸诈、阴谋、意外，并不漫长的一生，是我们全体的宿命。

2. 最重要的决定，都是在不懂事的时候做出

年轻的时候，不需要考虑时间，有足够的时间和选择。要不要好好学习，要不要出国，填什么志愿，做什么工作，与谁恋爱，与谁结婚，要不要生儿育女，是否辞职。都不刻意，在懵懂无知时就做出，似乎很随意。中年以后，回首往事，年轻时一举一动，每个决定都会影响到以后的人生轨迹，之后人

生中的痛苦、快乐、幸运和不幸，都是源于那些年轻时某一天某一刻某一个一闪而过的念头和一时兴起的动作。

而从个体扩展到群体，比如铁轨的宽度，就是由四匹马屁股的宽度相加而成。至于要不要开发核武器，那是当时的人无意间做出的决定。虽然今天已经注定了未来，但谁又知道未来会发生什么呢？

3. 永远得不到的安全感

生命是脆弱的，即便不断进化，也无法改变弱小的本质。安全感成了人类永远可望不可即的理想。人类进化过程中产生的功能各异的器官，褪去毛发穿上衣服，各式各样的防御装备、穴居，以至于如今的城市，以及各种以地理位置为基础修建的各式各样具有保护功能的乡村聚落，都是人类不断寻求安全感的产物。人类的进化、防御、经验、环境改造，虽然让人越来越安全，但不安全感却被深深刻在基因之中。

现在的人们担心时代抛弃自己时连招呼都不打，担心自己挣不到足够的钱，担心亲朋好友的背叛，担心眼前送花、背后插刀，担心领导给自己穿玻璃小鞋，担心客户的合作只是套话压价，担心孩子被骗、学坏、引狼入室，担心邻国的武器是针对自己国家，担心一切无法理解、无法掌控的力量近距离出现在自己的面前。

无论做什么，想做什么，担心总是存在，自我怀疑。安全感如同一根吊在眼前的胡萝卜，而我们每个人都是那头被胡萝卜“勾引”前进却永远得不到的驴。

4. 局促的人生

浩瀚的宇宙和广阔的时间，人类如同尘埃微粒，想象潜力好似无限，但每个人永远只能以自己的认知为基准去应对这个世界，而个人的认知却总是太少，所以总是会被自己的认知所局限。

人只能看清、听清身边数米的物体、情况，行走的距离也受制于自己的身体、时空与食物等，人天生就是短视而局限的。如人受限于钱，当年迟志强唱的一首叫《钞票》的歌，道出了很多人终其一生，于窘迫中对“钱”非理性的认识，并为此被牢牢局限。

钱是一种价值交换的介质，不代表财富，本质上只是服务承诺，代表一些人对拥有“钱”的人的服务许诺。花出去的钱换回来才代表“财富”。存在银行没花的钱，都代表着源于人类欲望而被浪费掉的生产力。虽然如今人类一周产生的“财富”可以让人类消费一年，但人依然越喝越渴，不断地将所有时间用在挣更多的钱上。

人总觉得自己看到的就是世界的全部。发生过无数个盲人摸象的事故，最著名的便是中世纪的“地球就是宇宙中心”论。服食丹药长生不老也是一个芝麻没捞着却丢了生命的故事；砒霜可以治痔疮，聪明一世的张居正用砒霜治疗痔疮而中毒身亡。

思想的局限会影响人的一生。一些理念十分顽固，如影子，有人倾其一生也摆脱不了。原生家庭对一个人的影响，主要就是家庭环境会在一个人成长过程中局限他的世界观。也许有一天他“跳”出了局限，可流逝的时间，已经回不来了。

5. 人是社会人

社会有一套独特的运作方式和运行技巧，以自私为驱动力，个体努力奋斗，更利于群体。而个体则觉得自己所做的一些有利群体的事情对自己也是有利的。比如挣的钱就代表着财富，其实挣钱越多，社会得到的财富越多。做英雄很光荣，受拯救的是大众。获得地位很有成就感，其实是为更多人服务。虽然夹杂了个体的私心欲望，但在这个机制下，个体总是为了群体而付出，所有个体以为得到的利益，都是以实现群体利益为前提。人生是群体人，死是群体鬼。

即使躲在“桃花源”，最自由的人也要处理自己与群体之间的关系。人只要生存下来，必须与群体发生交易，用已有生活资料换取自己未有且需要的生活资料。他需要衡量花多少时间在工作上，又花多少时间坐在海边看日出，坐在山坡看夕阳。花多少时间在学习上，花多少时间在无所事事游手好闲上。虽然很多貌似很懂的人都喜欢跟别人说“勇敢做自己”，但在社会中做自己是个伪命题，因为社会中，并没有“自己”这个概念。

6. 愚笨者太蠢，聪明者不真诚

“聪明”是就人类整体而言的，但就个体来说，自作聪明的人多，真实聪明的人太少，人类整体聪明抬高了本不聪明而显得聪明的指数。人与人之间的交往本来可以很简单。一是一,二是二，喜欢就是喜欢，讨厌就是讨厌。这是最有效率的相处方式，可以激发最大的社会生产力。但人偏不，觉得自己的计谋和聪明可以获得更大的利益，于是尔虞我诈、钩心斗角。但斗来斗去，事情并没有朝向某一个总体上有利的方向发展，长远来看所有的博弈都是零和博弈。机关算尽太聪明，徒劳一场空。

但不要聪明，不用点小手段吗？行么？不行！在要聪明的社会里，不要聪明的人要么有真正的大智慧，要么就是太没有头脑。

7. 人生就是竞技场

种内之争和种外之争，是每一种生物终生都要面临的一场争斗。

每个物种都希望在食物链条上处于最佳地位，成为捕食者，而非被猎杀者。而想成为捕食者，就要去和其他捕食者竞争，这是物种之间的竞争。

其实，同类也得竞争，此为种内竞争。

“物竞天择，适者生存”，这是自然进化的法则，也是人类社会进化、进步的法则。中国的竞争理念基本上由儒、法、道、兵等学派组成，他们从各个方面对竞争进行了不同的认识，形成了中国人的竞争观念，并对中国人的竞争方式产生了深远的影响。儒家是以道义为核心的竞争哲学，法家是以力量为核心的竞争哲学，道家是以耐心为核心的竞争哲学，兵家是以策略为核心的竞争哲学。

而在现实生活中，各种KPI、绩效考核、末位淘汰被用来保证个体之间的竞争性。在家里你妈妈也会拿着扫帚疙瘩催促你起床上学、上班、干活来保证个体之间的竞争性。

丈母娘说别人家娶亲要车要房，我们必须也要有！媳妇说闺蜜们都买了LV的包包我也要买一个！男人说邻居家的车二十万，我们要买四十万的！孩子说，这次考试考了全班第一。反正，竞争在anywhere、anytime，人不是在竞争中，就在竞争的路上，逃脱不了竞争。

需要有长远的眼光，耐得住寂寞，超越一时一地的喧嚣，更好地从长远和根本上把握自己的竞争战略，从而把握自己的命运。

8. 只能用“错误”去验证“真理”

一往无前，不撞南墙不回头好像真的是人类向前走的方式。人的眼睛只能看到眼前的事物，人的大脑只能记录看到、经历过的事情。只是事情变坏的时候，人才知道事情变坏了，才会想如何去解决。所有的文化、科学、医学等技术的发展，都建立在过往无数的尸骸之上。群体用这种数量换时间的形式，让群体得到更大“发展”。

每一个人，都是物种试错前行的炮灰，只是那些在过程中已然变化的发展方向，很多时候并不能因为发展而扭转。

然而社会越好就越宽容，越鼓励试错，创新力越强。个体与团队就要跃马追逐，紧抓机会，“即使错也要比别人先错。”因为先错，你就能先从错误中醒悟过来，就会先于别人以新的力量走向真理。可见我们活着，就不应该害怕犯错误，要比别人先去犯错，那样就能优先于别人进步，走得更远。

9. 物种的属性是一种基因选择

事物都在不断地改变，总在变化中，但物种的属性是遗传，是一种基因选择。树作为一种根在土壤身在空中的植物是基因选择。以磷虾为食、以巨大的体型游弋大海之中的蓝鲸是基因选择。蟑螂有两亿年生存史，自始至终以我们今天看到的样子存在着，依然是基因选择。除了人类之外，其他物种几乎全部选择以尽可能少地改变周围环境的方式存在。

相对万物稳定，人类总在变化中。人类并不是因为比其他物种“智慧”或高级，而被“智慧”遗传基因所选中，但人类这个物种从一开始就处在巨大变化之中。我们通过改变自然状态获得更好的生存环境，通过改变物体的状态去获得工具、设置陷阱。通过持续的变化，去“不断走向新的辉煌”。一旦一成不变，巨大的不安全感就会席卷个体的脑海，逼着个体去创新，去改变。

虽然人们知道“以不变应万变”的道理，却根本没办法应用到整个种族的进化上。我们的发展观、经济理论、科学研究方向、成功学，都是建立在“变化”基础上的，依赖于“变化”。人永远没有资格，去享受一成不变。

10. 没有人生意义的意义

人生的意义是什么？人之所以有这样的疑问，大概率是因为个体的自我与群体的意志之间产生了冲突。人对于人类的意义在于增加人类基因繁衍的可能性，对于群体的意义在于为群体其他成员提供物质和经验。但人并不满足于此，人会想，“我”的意义是什么呢？人的存在并没有太大意义，如果非要找出一种“自我”意义的话，我想大概是体验吧。

人类并非是这个星球的主宰，我们是时间的过客，也是空间的过客。我们背负着人类繁衍的使命来到人间，肩负起兴盛种族的重任。除此之外还能做些什么呢？庸俗地说，我们可以找到更多的乐趣，在没有伤害别人的前提下，去感受不同的世界，不同的生活，不同的情感，不同的色彩。对于人生，我们就当是在物种繁衍使命之余，进行的一场“摸鱼”吧。

近六年时间，我前后写了二百多篇小文。文笔平淡，感悟浅薄。自揣谫陋，自惭形秽，极少公开发表，只在微信朋友圈里零星发布。十分感谢的是，也得到了不少朋友的鼓励，以至于让我坚持下来。一位素未谋面、自称为“靓女”的人留言说，她每晚不看到我的“心灵鸡汤”就睡不着。一位同学遭逢疴疾，他自诉说，困顿时反反复复地读这些小文。这些都让我很感动，即使回家再晚，我还得坚持去写一撮文字，不误期望。

这次出版整理时，自己回头一看，有些文字幼稚，有些语句重复，有些想法过于直率，不禁哑然失笑，自叹道：“这个呆子啊！”即便如此，心也淡然，不想再加以修改，给过去以过去，给过去心情以原封不动。这些小文，压根儿没有让自己站在某一高处故作高深，询问自己，“我是谁？在何处？去何处？”对生命本义的思索不需要故作深刻。我只希望自己以善良真诚的心去感受生活。

生命中总是会有动人的东西，生活中，总有一些事情让人感动，我也愿意用文字去记录。人生注定曲折坎坷，命运不会讨好谁，也不会去怜悯谁，你的看不惯，你的想不通，都会伴随着你的生命，那是自身在折磨自己，自己在摧残自己，是与别人无关的，怨不得任何人。如果你足够坚强，走过去，你就会成长。其实，路就在脚下，遇到些风雨在所难免，只有坚强，人生才会完美。